아버지와
이토 씨

아버지와
이토 씨

나카자와 히나코 장편소설
최윤영 옮김

레드박스

한 그루의 나무가 모여 푸른 숲을 이루듯이
청림의 책들은 삶을 풍요롭게 합니다.

1

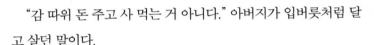

"감 따위 돈 주고 사 먹는 거 아니다." 아버지가 입버릇처럼 달고 살던 말이다.

아버지는 신슈(나가노 현의 다른 이름./ 옮긴이) 산골짜기, 멀리 북알프스가 내다보이는 조그만 마을에서 자랐다. 나도 딱 한 번 간 적이 있는 그 마을은 산의 나라답게 논두렁길이며 마당 여기저기에 감나무가 심겨 있어, 가을이 되면 마을 전체가 진한 황금빛으로 빛났다. 무르익은 감은 먹어도 먹어도 조금도 줄어들지 않고 가지에 툭하니 걸린 채 썩어 간다. 대개 아무리 빈곤한 산골 마을이라해도 감만은 풍성했다.

그 시절의 기억 때문일까, 아버지는 가을이 되면 줄기차게 감을 사 오는 엄마를 못마땅하게 여겼다. 제아무리 실하고 반들반들 윤이 나는 감이라 해도 아버지 눈에는 차는 법이 없었다. 널리고 널린 감을 돈 주고 사는 것 자체가 아버지에게는 '엄청난 낭비'였으니 말이다.

"그럼 먹고 싶을 때에는 어떻게 해야 해요?"

엄마가 아주 진지하게 묻자 아버지는 우쭐거리듯 한마디 던졌다.

"거기 가서 따 오면 되지."

말 같지도 않은 소리다.

그 이야기를 늦은 밤 복숭아 껍질을 벗기며 이토 씨에게 했다. 어쩌다가 아버지 이야기로 이어졌는지는 기억나지 않는다. 복숭아가 아직 덜 익었는지 껍질이 잘 벗겨지지 않자 짜증이 나기 시작했다. 8월 말인데도 찜통더위는 극에 달해, 그것에도 짜증이 일었다. 여름 참 싫다. 이토 씨는 부엌 환기팬 아래에 서서 하이라이트를 피우고 있었다.

"옹고집이라고 해야 할지, 까다롭다고 해야 할지. 아무튼 성가셔. 자질구레한 일에도 일일이."

벗겨지지 않는 껍질에 화가 치밀어 과육에 손톱을 세웠다. 과즙이 떨어진다. 표면이 긁힌 상처로 가득해진다.

"이리 줘 봐."

입을 다문 채 담배 연기를 내뿜던 이토 씨가 재떨이 대용 우유팩에 담배꽁초를 비비며 내가 앉은 탁자 옆으로 다가왔다.

"단단해, 굉장히."

복숭아를 올린 접시를 이토 씨 쪽으로 밀어 보낸다. 이토 씨는 복숭아를 집어 들고는 아무 말 없이 벗기기 시작했다. 전혀 다른 복숭아인 것처럼 술술 껍질이 벗겨진다. 이토 씨는 손끝이 참으로 야무지다. 어떤 껍질이든 차분히 스웨터를 벗기듯 능숙하게 벗겨 낸다. 성급하고 서툰 나는 감히 흉내 낼 수 없다. 순식간에 알몸이 된 복숭아 두 개가 접시 위에 놓였다. 이어서 이토 씨는 백 엔 숍에서 산 싸구려 나이프로 신중하게 과육을 썰기 시작했다. 딱딱한 씨의 가장자리를 나이프로 부드럽게 썰어 나간다. 복숭아는 금세 한 입 크기의 조각이 되었다. 이토 씨가 손을 뻗어 한 조각 집어 먹을 줄 알았는데, 과육이 조금밖에 안 붙은 큰 씨를 입으로 가져갔다.

"달다."

아이처럼 기뻐한다. 눈깔사탕을 빨듯 입 안에서 굴리고 있다. 이토 씨의 입술 끝에서 복숭아 과즙 한 줄기가 주욱 떨어졌다.

신주쿠에서 사십 분 정도 떨어진 선로를 따라 나 있는 이 동네에 이토 씨와 살기 시작한 지는 일 년이 조금 더 된다.

첫 만남은 아르바이트 장소. 같은 편의점에서 일하던, 아주 흔한 만남이었다. 어떤 조그만 '사건'을 계기로 말을 나누게 되었고 몇 번인가 함께 술을 마시러 갔다. 세 번째 술자리 후 키스를 하

고, 다섯 번째 술자리 후에는 우리 집에서 섹스를, 여덟 번째 술
자리 후 아침을 함께 맞이했다. 그러고는 그대로 이토 씨가 눌러
살게 돼 버려 살고 있던 원룸을 처분하고 같은 역에 위치한 좀 더
넓은 물건을 찾았다. 그것이 이 아파트로 4조 넓이의 다이닝 키
친에, 4조 반과 6조 다다미방이 딸린 2DK다. 집세는 관리비 포
함 칠만 이천 엔. 역에서 조금 멀다는 점과 지어진 지 이십오 년
된 낡은 집이라는 점 덕분에 이 가격으로 해결하고 있다. 집은 일
층 길모퉁이에 있어 밝다. 청소창문(실내의 쓰레기를 쓸어내기 위해 바닥
과 같은 높이로 낸 작은 창문./ 옮긴이) 너머 이웃집 담장 사이에 한 이 미
터 정도의 정원이라 말하기도 뭐한 '남은 땅'이 있어, 이토 씨는
그곳을 멋대로 개간해 궁상맞은 채소밭을 만들어 버렸다. 지금은
가지와 방울토마토가 열려 있다.

이토 씨의 짐은 달랑 큰 스포츠 가방 한 개라 이사는 간단했다.

일하던 편의점은 작년 여름 문을 닫았다.

나는 역 앞 서점에 아르바이트를 구해 주 오 일, 아침 9시부터
저녁 6시 반까지 일하고 있다.

이토 씨는 시에서 주관하는 '급식 조리 보조원' 시간제에 채용
되어 아침 6시 반에 집을 나가 오후 3시에 귀가하는 생활을 하고
있다. 아침, 내가 잠자는 동안에 집을 나서고 저녁, 집에 돌아오면
대부분 쿨쿨 자고 있다. 본인은 '풋잠'이라 말하지만 아무리 봐도
깊은 잠이다. 이토 씨를 흔들어 깨워 함께 저녁을 만들어 캔 맥주

를 마시면서 먹고, 멍하니 텔레비전을 시청하다가 차례로 목욕을 하고서 잠든다. 주 일 회 정도 섹스를 한다. 피임에는 콘돔을 사용한다. 이토 씨는 돌싱이고 나는 결혼 경험이 없다. 그런, 어디에나 있을 법한 지극히 평범한 커플이다. 그나마 우리에게 다른 커플과 조금 다른 점이 있다고 한다면 그건, 나=서른넷인 데 반해 이토 씨=쉰넷이라는 스무 살의 나이 차 정도일까.

오빠에게서 전화가 온 것은 이토 씨와 복숭아를 먹은 다다음 날이었다.

점심시간, 휴대전화에 표시된 오빠 이름에 조금 놀랐다. 오빠와는 삼 년 정도 만나지 않았다. 가장 마지막에 만난 것은 엄마의 일주기 때였을 것이다. 서로 문자도 하지 않고 SNS로 연결되어 있지도 않은, 관계가 소원한 남매라 다음 연락은 칠주기 때겠거니, 생각하고 있었다.

탈의실이라는 이름뿐인 먼지 가득한 창고에 에이프런을 벗어놓고 지갑과 휴대전화만 들고서 밖으로 나간다. 오후의 강렬한 햇볕과 열기에 픽 하고 머리를 얻어맞은 것 같았다. 보잘것없는 작은 상점가를 가로지르는 아스팔트 도로 위의 무자비한 뙤약볕이 몸을 달군다. 가게 안은 빵빵하게 튼 에어컨 덕에 추울 정도라 온도 차에 토할 것 같다. 그늘을 골라 걸으며 서점에서 오십 미터 정도 떨어진 소고기 덮밥 가게 앞에서 오빠가 남긴 음성 메시지를 들었다.

"……기요시인데."

이 초 정도 정적이 흐른 끝에 속삭이는 듯한 오빠의 목소리가 들렸다. 귀에 바짝 대지 않으면 알아들을 수 없을 만큼 작은 목소리다.

"……전화 좀 해 줘."

그게 끝이었다.

아버지가 죽었나. 반사적으로 그런 생각이 들었다. 아버지는 심장에 지병이 있어 지금껏 세 번의 큰 수술을 받았다. 엄마가 죽고 이 년 정도 혼자 생활했는데, 불안정해진 혈압에다 넘어져 팔에 골절상을 입는 등 건강 문제가 잇따르면서 오빠 일가와 함께 살게 되었다. "아버님은 제가 모실게요." 올케인 리리코가 강경하게 주장해서 몇 번의 의논을 거친 끝에 완고한 아버지도 결국 고집을 꺾었다는 말을, 한참 후 사에코 이모에게 들었다. 사에코 이모는 엄마의 여동생이다. 수더분하던 엄마와는 정반대로 기가 세고 남에게 지기 싫어하는 성격이다. 무슨 일이든 간섭하고 싶어 하는 성미라 엄마 살아생전 때부터 이래저래 우리 집 일에 간섭을 해 왔다. 어쩌면 나보다도 우리 가족에 대해 속속들이 알고 있지 않을까 싶을 때가 있다.

죽었나, 하는 생각이 들었음에도 그다지 동요는 없다. 딸로서 당연히 동요해야 하는 거라고 뇌에서 경고를 날려 대고 있었지만, 아무리 해도 안 되는 건 어쩔 수가 없다. 침착하게 전화를 건다. 신호음이 울리는 동안 소고기 덮밥 가게의 메뉴를 쳐다봤다. '매운 고추기름 소고기 덮밥'이 기간 한정 판매 중이라는 걸 알았다. 이열치열의 의도인가.

"여보세요."

두 번 울린 순간 오빠가 받았다. 오빠는 큰 제약회사에서 경리 일을 맡고 있다. 아직 1시 전이라 바로 받았을 것이다.

"아얀데. 오전에 전화, 했었네."

그렇게 대답하면서 머릿속으로 스케줄러를 펼쳤다. 오늘 죽었다면 내일이 오쓰야(가까운 친척이나 친지들이 모여 죽은 사람의 유해를 지키며 하룻밤 새는 것. / 옮긴이). 모레가 장례식이니 그 뒤 며칠이나 휴가를 내야 할까. 발행되는 잡지가 많아서 월말은 바쁘다. 분명 점장에게 싫은 소리를 들을 게 뻔하다.

"……말이야."

"응?"

주변에 들릴까 봐 조심스러운지 오빠의 목소리는 음성 메시지에 남겨진 것보다도 훨씬 작았다.

"……만났으면 하는데. 할 말이 있어."

"할 말? 무슨?"

"그건 저기, 만나서."

"뭐야, 전화로는 안 돼?"

11

"응…… 가능하면…… 아니, 응…….”

"아버지 일이야?"

"아, 응."

물어볼 필요도 없었다. 나와 오빠 사이에 공통되는 화제는 이제 아버지 일 말고는 없으니.

"무슨 일인데? 또 심장이?"

"아니, 괜찮으셔. 아버지는 건강해."

"그럼 뭐 때문에?"

"그러니까 그건 만나서."

아무래도 전화로는 끝내지 않을 모양이다. 나는 단념하고 재차 머릿속 스케줄러를 젖혔다.

"밤이 좋겠지? 주말보단 평일이 괜찮아?"

"아니 밤은…… 일 때문에 시간이 언제 날지 몰라."

"그렇지만 낮에는, 내가 시간을 못 내. 주말은?"

"아냐, 평일 괜찮아……. 너 비는 날에 맞출 테니까."

"잠깐만. ……내일 목요일이나 다음 주 월요일은 괜찮은데."

"그럼 내일, 내일, 내일로 해. 내일로."

내일을 네 번이나 되풀이했다. 이 오빠 괜찮은 건가.

"몇 시에 어디서?"

"아야, 지금 어디였지?"

가장 가까운 역을 말하자 신주쿠로 장소를 정하며 역 근처 오래된 유명 과일 카페의 이름을 댄다. 파르페 한 개에 이천 엔 가까이 하는 가게다. 그 가게에서 2시가 어떠냐고 묻는다.

"나는 괜찮지만, 오빠 회사는?"

"괜찮아, 괜찮아, 괜찮아. 그날 쉬어, 쉬어, 쉬어."

이번에는 세 번×두 단어다. 도대체 얼마나 성가신 용건이기에, 마음이 무거워진다.

전화를 끊자마자 깊은 한숨이 나왔다. 아버지가 죽었나, 하고 생각했던 때보다 지금이 훨씬 우울하다. 그렇게 생각하니 더욱 우울한 기분이 나를 뒤덮어 버렸다.

일단 뭐로든 배를 좀 채우자 싶어 휴대전화로 시간을 확인했다. 점심시간은 앞으로 삼십 분 남짓. 이쯤에서 바로 먹을 수 있는 것이, 하면서 주위를 둘러보다가 계산대 한가운데에 서 있는 소고기 덮밥 가게의 점원과 눈이 딱 마주치고 말았다. 점원이 잽싸게 눈길을 돌린다. 그 모습에서, 한참 전부터 이쪽을 엿보고 있었음을 알아챘다. 할 수 없지, 점심은 여기서 해결해야겠다. 가게 앞에서 줄곧 전화를 해 댄 신세도 있으니. 자동문을 열며 안으로 들어선다. "어서 오세요." 점원의 목소리와 바짝 조린 설탕 간장 향이 동시에 나를 에워쌌다.

"오늘 점심 때, 오빠에게서 전화가 왔었어."

이토 씨는 텔레비전 속 야간 경기 중계에서 눈을 돌리며 나를 바라봤다. 입은 우물우물 움직이는 채로. 그 입안에서는 현재 가자미조림이 씹혀지고 있다.

어둠이 내린 밤, 저녁을 먹고 있다. 오늘의 메뉴는 가자미조림과 단호박 샐러드, 참치 오이 무침에 가지와 방울토마토를 넣은 된장국. 토마토도 가지도 모두 이토 씨가 키운 것이다. 땅이 메마른 탓일까, 모두 크기가 작고 모양이 나쁘다. 그래도 맛은 좋다. 이제야 기분이 좀 괜찮아지는 것 같다.

"아야, 오빠, 있었어?"

겨우 다 씹은 이토 씨가 묻는다.

"있어. 여덟 살 위니까 현재 마흔두 살. 결혼해서 쌍둥이 조카가 있고. 우라야스에 살고 있어."

"그렇구나."

고개를 끄덕이며 후루룩 된장국을 마시고는 밥 덩어리를 입안에 넣었다. 그러고 그대로 야간 경기로 시선을 되돌린다. 아무래도 오빠 이야기는 그의 흥미를 불러일으키지 못한 듯하다. 뭐 세상 대부분의 일이 이토 씨의 흥미를 돋우지 못하지만.

"만나고 싶대. 할 얘기가 있대."

"오오."

"희한한 일이야, 그 사람이 그런 말을 하는 것."

"웅."

"아버지 일인 것 같은데. 무슨 일일까. 신경 쓰여."

이쯤에서 이토 씨가 겨우 흰밥의 음미를 끝냈다. 평소 굉장히 정성스레 씹어 대서 실제로는 위가 네 개이지 않을까 하는 의심을 몰래 하고 있다. 야구 중계에서 식탁으로 시선이 되돌아와, 망설임 없이 단호박 샐러드로 젓가락을 가져간다. 한 젓가락 크게 집어 들었다.

"아버님, 지병 있으셨지?"

신중하게 단호박 샐러드를 옮기며 말한다. 나는 끄덕였다. 엄마의 죽음과 아버지 심장에 관한 이야기는 이미 오래전에 했었다.

작은 접시에 덜어 먹을 줄 알았는데 그대로 입속으로 투입해 버렸다. 또다시 긴 음미가 시작된다. 단호박 샐러드 정도는 그냥 삼켜도 될 텐데. 하는 수 없이 혼자서 이야기를 이어 나가기로 한다.

"아마 또 수술이나 검사를 해야 한다는 그런 얘기겠지만. 밤 말고 낮이 좋다고 해서 내일 만나기로 했어. 2시에 신주쿠라서, 우리 외출은, 평소보다 늦어질 것 같아. 미안해."

이토 씨가 의아한 얼굴을 한다. 그렇지 않아도 눈썹이며 눈이며 코며 죄다 처져 있는 얼굴이 더욱 아래로 하향 조정된다. 살짝 주걱턱인 그의 턱은 여전히 리드미컬하게 움직이고 있다.

"내일, 가기로 했잖아, 볼링장."

"아, 그랬지. B데이네, 내일."

꿀걱 삼킨 이토 씨가 대답했다. 최근 우리는 볼링에 빠져 있다.

좀처럼 쉬는 날이 겹치지 않아서 내가 쉬는 날, 이토 씨가 일을 마치고 돌아온 뒤에 함께 외출하는 일이 잦다. 볼링장은 두 정거장 떨어진 역에 있는데, 교통비가 아까워 어지간히 날씨가 나쁘지 않은 한 어슬렁어슬렁 걸어간다. 그러고서 충분히 만족할 때까지 게임을 한 다음, 같은 건물에 있는 중화요리점에서 맥주와 군만두, 그리고 면 종류를 시켜 먹고 다시 어슬렁어슬렁 걸어 돌아온다. 이따금 쓰타야(서점. DVD와 CD를 판매하거나 빌려준다./ 옮긴이)에 들러 조금 화제가 지난 영화를 두세 개 빌려 와 맥주를 마시며 잠들 때까지 본다. 그런 한나절을 이토 씨는 'B데이'라 부르고 있다.

"가더라도 밤이나 돼야 될 텐데. 붐비겠지?"

"뭐, 꼭 내일 아니어도 돼. 볼링은 도망가지 않으니까."

"○○은 도망가지 않는다." 이토 씨의 입버릇이다. 분명 도망가지 않는 것은 세상에 많다. 하지만 그렇게 느긋한 자세를 취하는 동안, 혹은 보지 않는 척하는 사이에 존재 자체를 잃어버린 것이 많지 않을까. 결국 놓쳐 버리고 만 것이. 이토 씨에게는.

그날 밤은 일주일 만에 섹스를 했다. 이토 씨의 체력 사정을 고려해 섹스는 주 후반에 하는 일이 많다. 이토 씨는 섹스도 신중하면서 끈기 있게 한다. 내 성기를 핥기 시작하면 한곳을 계속 핥아댄다. 목초를 뜯어 먹는 소를 닮았다. 삽입하고서도 한참을 움직인다. 쉰넷 치고는 훌륭하지 않은가 하고, 많지 않은 남성 경험을

근거로 나는 평가한다. 급식 일을 시작하면서 짧게 깎은 머리카락을 어루만지며, 역시 위가 네 개라 스태미나가 있나, 하는 생각을 한다.

　신주쿠 역에 도착하니 이미 2시 20분이 지났다. 꾸물거리며 준비하는 사이에 타야 할 전철을 놓쳐서 다음 전철까지 여유를 부리다가 방을 나와 자물쇠를 채우는 순간 휴대전화가 가방에 들어 있지 않다는 것을 알아차렸다. 황급히 방으로 돌아와 아무렇게나 벗어 던진 옷과 잡지로 어질러진 6조 거실을 뒤졌다. 4조 반은 늘 이불 깔린 침실로 사용하고 있다. 스포츠 신문 아래에서 휴대전화를 발견했을 때에는 이미 다음 전철도 놓친 시각이 되어 있었다. 완전한 지각. 오빠에게 '조금 늦어.'라는 말만 문자로 보내고 역을 향해 걸었다. 오늘도 덥다. 어떻게 된 거야, 일본. 온난화가 이렇게나 급격하게 진행되는 것이었나. 오로지 지면만 쳐다보면서 걷는다. 오빠에게서 답장은 없었다.
　약속 장소인 과일 카페에 도착. 오빠는 바로 찾았다. 작은 테이블 앞에 고개를 숙이고서 스마트폰을 만지작거리고 있다. 덩치큰 오빠는 자리가 비좁은지 어깨를 움츠리고 앉아 있다. 살이 더찐 것 같다. 밀려 나온 배와 테이블 사이에 틈이 거의 없다. 감색 폴로셔츠와 비슷한 짙은 색 청바지를 걸치고 있다. 모두 유니클로 제품으로 보였다.

여성 손님들로 시끄러운 테이블을 지나쳐 오빠 앞까지 간다. 오빠는 아직 손에 시선을 떨구고 있어 나를 알아차리지 못한다.

"늦어서 미안."

오빠는 깜짝 놀라 얼굴을 들어 나를 봤다. 검은 프레임 안경 너머의 눈이 스윽 가늘어졌다. 두툼한 외까풀에다 치켜 올라간 눈이라 위협하고 있는 듯 보이지만, 사실 이건 웃는 것이다. 나와 똑같이 애교 없는 눈. 삼십사 년간 함께 살아온 내 눈이지만, 나는 정말이지 애정이 안 간다. 아버지에게 물려받은 눈이라서 그럴지도 모른다.

"나야말로 쉬는 날 불러내서 미안해."

흰 에이프런을 두른 여자 종업원이 주문을 받으러 왔다. 오빠 앞에는 커피가 있다. 같은 것으로 해야겠다며 입을 열려는데 "파르페 안 먹을래?" 하며 오빠가 메뉴판을 펼쳤다. 평소 그다지 단것을 먹지 않지만 보다시피 이천 엔짜리 파르페다. 오빠가 살 텐데, 이곳에선 먹어 둬, 라고 내 안에 있는 짠돌이가 속삭인다. 고민한 끝에 '무화과 파르페'로 한다. 오빠는 '기간 한정·오키나와 망고 파르페'를 골랐다. 덮밥이며 파르페며 기간 한정이 대유행이다.

종업원이 물러가자 천천히 이런저런 사는 이야기를 꺼냈다. "리리코 언니는 잘 지내?"라든가 "린과 고타 학교생활은 어때?" 와 같은 말들을. 린과 고타는 이란성 쌍둥이로 린이 여자, 고타가 남자다. 올해 초등학교 6학년이 되었다는 것을 이 대화를 통해서 알았다. 두 아이가 태어났을 때 나는 아직 대학생이었다. 진부한 말이지만 아이가 크는 건 정말 한순간이다. 오빠가 "주말에도 일해?" 하고 물어 와 "서점이니까."라고 대답했다. "그렇구나." 고개만 끄덕일 뿐 일에 대해 더 이상 묻지 않았다.

오빠가 겨우 핵심을 꺼낸 것은 거대한 파르페를 사분의 일 정도 먹은 뒤였다. 조그만 포크로 망고를 먹기 좋은 크기로 분할하면서 오빠는 이야기를 시작했다.

"아버지 말이야."

"응."

"아야, 함께 살면 안 될까?"

어이가 없어 오빠의 얼굴을 쳐다봤다. 오빠는 내 눈을 마주치지 않고 온 신경을 집중해 미끌미끌한 망고와 격투하고 있다.

"나보고 오빠 집으로 들어오란 얘기야?"

"아니, 아냐. 네 집으로 아버지를. 어떻게 안 될까?"

어떻게 안 될까고 나발이고, 당연히 안 되는 소리다.

"내가 사는 집은 방 두 개밖에 없는 낡아 빠진 아파트야."

"우리는 4LDK에 다섯 명이 살고 있어. 방 개수를 가족 머릿수로 나누면 네가 우리보다 넉넉해."

오빠에게는 이토 씨의 존재를 말하지 않았기 때문에 혼자 산다고 생각하고 있는 것이다. 그건 그렇다 치고, 굉장한 계산서를 들고 왔구나 싶어서 아주 기가 막혔다.

"하지만, 그건 무리야, 갑자기."

"알아. 지금 당장 그러자는 얘기가 아니라, 그래…… 9월 중에
라도."

앞으로 한 달밖에 안 남았다.

"나 일 때문에 낮에는 집에 없어. 식사나 약 관리 같은 거 못해."

"그건 혼자서 하시니까 괜찮아."

"아니, 그래도……."

할 말을 찾고 있는데 망고 분할을 끝낸 오빠가 드디어 고개를
들었다. 하지만 시선은 마주치지 않는다. 내 왼쪽 어깨 부근을 쳐
다보고 있다.

"더구나, 앞으로 계속 그렇게 해 달라는 말이 아냐. 린이랑 고
타 시험이 끝날 때까지 반년, 육 개월의 기간 한정이니까."

또다시 '기간 한정'이다. 마치 무슨 주문 같다.

"시험…… 중학교 입학시험?"

내가 묻자 오빠는 고개를 끄덕이며 망고 한 조각을 먹었다. 이
어서 귀이개 같은 길고 가느다란 스푼으로 생크림을 후비적거리
기 시작한다.

"사 학년 말부터 학원에도 보내며 준비 시작했는데 이게 생각
보다 힘드네. 저녁은 거의 매일 도시락이지, 주말에는 모의시험
이나 특별 강좌로 녹초가 돼. 게다가 우리는 쌍둥이잖아. 힘든 것

도 두 배야. 거기에 더해 아버지도 보살펴야 하고. 결국 리리코
가…….."

거기서 오빠는 입을 다물며, 생크림과 합쳐진 망고소스를 입
으로 가져갔다. 나는 짜증이 났지만 끝나길 기다렸다. 약 올리듯
오빠는 자잘하게 계속해서 파르페를 떠내고 있다. 혹시 파르페가
명물인 이 가게를 선택한 건 오빠의 작전? 시간이 걸리는 음식으
로 생각할 시간을 벌어 자신에게 유리한 상황으로 만들겠다? 모
든 게 의심스러워진 나는 딱딱한 말투로 물었다.

"리리코 언니가 뭐? 쓰러지기라도 했어?"

오빠는 애매한 각도로 고개를 갸웃거렸다. 시선은 여전히 파
르페에 고정되어 있다.

"쓰러졌다기보다……. 하긴 거기에 가까우려나. 약간…… 정
신적으로 불안정해져서."

"노이로제 같은?"

"응, 뭐, 그런 느낌. 보다시피 리리코가 성실하고, 저래 보여도
완벽주의잖아?"

나는 끄덕였다. 내향적이고 소심한 오빠를 채워 주려는 듯 리
리코는 밝고 활기차고 굳센 사람이었다. 오빠에게 처음 리리코를
소개받았을 때 '세상은 조화가 잘 이루어져 있구나.' 하고 매우
감탄했던 것을 기억하고 있다. 일 잘하고 마음 씀씀이도 대단하
다. 리리코가 없었다면 엄마 장례조차 착실하게 치르지 못했을지

도 모른다. 그런 리리코가 노이로제 조짐이란다. 철저하게 노력하는 타입이라 혼자서 무리하게 짊어졌던 걸까. 잠자코 있자 오빠는 맹렬하게 이야기를 시작했다.

"의사에게 보였더니 부담을 줄이지 않으면 갈수록 나빠질 거라더라고. 부담을 줄인다는 게, 집안일을 말하는 거냐고 물었더니, 그것도 있지만 제일 중요한 건 정신적인 문제래. 그게, 집안일이야 돈을 쓰고 그런 서비스를 의뢰하면 되겠지만, 정신적인 것은 나도 어떻게 해야 좋을지. 리리코는 '괜찮아. 할 수 있어.'라고 우겨 대지만 옆에서 보기에도 이미 괜찮지가 않거든. 애당초 이런 병은 참고 버티게 하면 안 된대. 그렇지만 리리코는 그런 성격이라 머리로는 알아도 안 되는 거야, '노력 안 한다.'는 것 자체가. 그래서 최소한 애들 시험이 끝날 때까지……."

오빠는 귀이개 모양 스푼을 든 손을 멈췄다. 그제야 나와 눈을 맞추며 말한다.

"부탁해. 이제 너 말고는 부탁할 사람이 없어."

"아니, 그렇지만…… 그렇지만 말이야."

필사적으로 머리를 굴린다. 내 집에서 아버지를 맡을 수는 없다. 그도 그럴 것이 집에는 이토 씨가 있다. 아버지와 딸과 딸의 보이프렌드의 동거. 더욱이 보이프렌드는 쉰네 살. 무리다. 절대로 잘될 리 없다. 그 순간 좋은 생각이 번뜩 찾아왔다.

"아! 아버지, 혼자 나가 사시게 하면 되잖아! 우리 집 근처에 빈방 많아! 식사 준비나 세탁은 되도록 내가 가서 할 테니까! 뭐 하면 같은 아파트에 빈방 있는지 부동산에 물어봐도…….."

이쯤에서 오빠의 눈에 떠오르는, 말로 표현할 수 없는 표정이 눈에 들어왔다. 굳이 이름을 붙이자면 '동정'이라고 해야 할까.

"……아야, 진심으로 하는 말이야?"

오빠가 조용히 물었다. 아무리 나라고 해도 고개를 숙이지 않을 수 없다.

"아버지 일흔넷이야, 심장에 지병도 있고 조금만 넘어져도 뼈가 부러져 버려, 게다가……. ……사 년 전에 엄마가 돌아가셨다고……."

침묵. 두 사람 사이에 무거운 공기가 낮게 드리운다. 이별 얘기를 하고 있는 커플로 생각했는지 여종업원들도 이 테이블을 피해 걸어가고 있다. 어떡하지. 이토 씨 이야기를 해 버릴까. 우리의 교제에 떳떳하지 못한 부분은 요만큼도 없다. 불륜도 약탈한 사랑도 그 무엇도 아닌, 단순한 동거 생활이니까. 각오를 하고서 내가 입을 열려던 참에 오빠가 한층 낮은 목소리로 속삭였다.

"아야, 혹시…… 누구 함께 생활하고 있는 사람 있어?"

튕겨 나온 듯 나는 얼굴을 들었다. 그것으로 오빠는 충분히 이해한 듯했다. 눈빛에서 '동정'이 사라지고 '곤혹'이 드러났다.

"그렇군……. 뭐, 있어도 이상할 게 없지……."

그렇게 말하고는 큰 한숨을 쉬었다. 덩치 큰 오빠가 단숨에 한

층 조그맣게 움츠러든 것 같은 기분이 들어, 나는 엉겁결에 사과
했다.

"미안해, 오빠."

"아냐, 네가 사과할 일 아냐."

"어떻게 할 거야, 앞으로?"

"일단, 집에 돌아가서 리리코와 의논해 볼게."

"그럼, 이대로 오빠 집에?"

"아니, 하지만 그러면 리리코가······."

"그래, 역시 리리코 언니가······."

"이미 상당히 한계에 달했으니까."

"그렇지만, 나도 그렇고 오빠도 안 된다고 하면······."

"음······ 그때는 새로운 인수처를 찾아야지."

이야기를 나누는 동안 비슷한 대화를 아주 오래전 어딘가에서
주고받은 기분이 들었다. 흐물흐물해진 무화과 파르페를 쿡쿡 찔
러 대며 기억을 끄집어낸다. 그것이 초등학교 졸업 무렵 친한 친
구였던 유미와 유기견을 주웠던 때의 일이었다는 것을 떠올린
건, "빅카메라에 들렀다 갈게."라고 말하는 오빠와 가게 앞에서
헤어진 뒤였다.

오빠에게도 리리코에게도 그리고 무엇보다 아버지에게 미안
한 말이지만, 돌아오는 길, 내 발걸음은 가벼웠다. 아무리 아내의

건강이 나쁘다고 해도 역시 애인과 동거하고 있는 여동생에게 아버지와의 동거를 강요할 수는 없다. 게다가 "혼자 살겠다."고 주장하던 아버지를 강제로 떠맡은 것은 바로 리리코다. 자신이 뿌린 씨앗은 스스로 거두지 않으면 곤란하다.

어제의 전화 이후 내내 가라앉아 있던 기분이 갑자기 좋아져, 정신을 차리고 보니 콧노래까지 부르고 있었다. 더없이 좋은 기분 그대로, 이토 씨에게 줄 선물로 역 앞 슈퍼에서 이마가와야키(물에 갠 밀가루를 틀에 붓고 팥소나 다양한 재료를 넣어 구운 과자./ 옮긴이)를 샀다. 팥소 두 개와 치즈크림 둘. 둘 다 이토 씨가 좋아하는 맛이다. 오빠와의 회담도 생각보다 일찍 끝났겠다, 이마가와야키를 먹고 나서 볼링장에 가야겠다. 저녁은 분위기를 바꿔 꼬치구이 가게로 갈까, 이런 생각을 하며 현관문을 열었다. 그 순간 '뭐지?' 싶었다. 현관 바닥 이토 씨의 스니커 옆에 낯선 남자 가죽 구두가 놓여 있다. 이토 씨는 가죽 구두 같은 건 신지 않으므로, 누군가 남자 손님이 와 있다는 말이다. 좁은 다이닝 맞은편의 6조 다다미방을 쳐다봤다. 열려 있는 칸막이 맹장지 문 사이로, 조금 큰 사이즈의 검은 보스턴백과 골판지 상자 하나가 놓여 있는 것이 보인다. 탁자를 사이에 두고 두 남성이 마주 보고 앉아 있었다. 한 사람은 새우등을 하고서 고개를 숙인 자세, 다른 한 사람은 등을 꼿꼿하게 세우고서 팔짱을 끼고 있다. 새우등 쪽이 천천히 나를 쳐다봤다.

"왔어."

이토 씨의 부드러운 목소리에 포개지듯 팔짱을 낀 남자의 카랑카랑한 목소리가 울렸다.

"다녀왔다는 인사 정도는 해라."

아버지였다.

접시에 남은 두 개의 이마가와야키는 완전히 식어서 표면이 말라 있다.

"갓 구워 낸 거라 맛있어요."라며 아버지에게도 권했지만 "필요 없다."며 거절당하고 말았다. 이마가와야키의 내용물인 팥소는 '하품下品'이고 치즈크림은 '사도邪道'라는 것이다. 그러고 보니 '고시앙(팥을 부드럽게 체에 걸러 설탕을 넣고 조린 것./ 옮긴이)'만 인정하는 사람'이었지, 라고 생각하면서 이토 씨와 둘이서 하나씩 느릿느릿하게 먹는다.

"……용케도 아셨네, 이곳." 치즈크림 탓에 입안이 끈적인다.

"오빠와 리리코 언니도 모르죠? 그런데 왜."

단박에 말을 끊으며 치고 들어온다.

"그런 건 어찌되든 상관없다. 그나저나 어떻게 된 일이냐."

이토 씨와 나를 번갈아 쳐다보며 아버지가 물었다. 그건 내가 할 말이라고요, 마음속으로 중얼거렸지만 입 밖으로는 낼 수 없다. 아버지 앞에서는 늘 이렇다. 하고 싶은 말을 십분의 일도 못한다.

"이토 씨라고 하고, 현재 함께 살고 있는 사람. 이에요."

아주 잠깐 망설이다가 말끝에 "이에요."를 붙였다. 옆에서 이토 씨가 꾸뻑 머리를 숙였다.

"이토 야스아키라고 합니다."

맞다, 이토 씨의 이름이 '야스아키'였지. 평소 까맣게 잊고 있었던 터라 오랜만에 들으니 신선했다.

"결혼한 사이인가?"

"아닙니다."

이토 씨의 대답에 아버지의 미간이 찌푸려졌다. 팥소를 '하품'이라고 단죄했을 때와 같은 표정이었다.

"아야와 교제한 지는 얼마나 되었나?"

"일 년하고…… 조금, 입니다."

"실례지만, 나이가 어떻게 되나?"

"제 나이 말입니까?"

그럼 당신 말고 누가 있나, 하는 눈으로 이토 씨를 다시 쳐다본다.

"쉰넷입니다."

"으응?"

"4월에 쉰넷이 되었습니다."

찌푸려진 미간 아래로, 그렇지 않아도 가는 눈이 더욱 가늘어졌다. 이번에는 치즈크림을 '사도'라고 평가했을 때의 얼굴이다.

"아야와…… 스무 살이나 차이 난단 말인가?"

"계산상으로는 음, 그렇게 되네요."

"아무리 그래도 너무 차이 나지 않은가, 나이가."

"그런…… 가요. 별로 의식한 적이 없습니다만. 그렇지?"

동의를 구하기에 고개를 끄덕였다. 확실히 스무 살이라는 나이 차에 위화감을 느끼는 일은 적었다. 구태여 예를 들자면 어린 시절에 본 텔레비전 방송이 전혀 겹치지 않는 것 정도일까. 아버지는 뭔가 계속 말하고 싶은 눈치였으나, 일단 지금은 나이 차에 트집 잡는 것은 그만둔 모양이다. 보리차로 입술을 적신 뒤 질문을 재개했다.

"어떤 일을 하고 있나?"

"지금은 초등학교에서 근무하고 있습니다."

"교사인가!?"

탁! 하고 아버지가 탁자 위에 양손을 짚고서 몸을 앞으로 쑥 내밀었다. 두 눈이 기대로 반짝반짝 빛나고 있다. 아버지는 퇴직까지 사십 년간 초등학교에서 교사로 일했다. 그 이야기는 꽤 예전에 이토 씨에게도 했다. 기억하고 있는지 어떤지 확실하지는 않지만.

"아뇨, 저기, 선생은 아닙니다."

"음? 그럼 사무직이나 잡역부인가?"

"그쪽도 아닙니다."

"그럼, 교사도 아니고 사무직이나 잡역부도 아니라면."

"아르바이트로 '급식 아저씨'를 하고 있습니다."

아버지의 두 어깨가 부르르 흔들렸다. 옆에서 보기에도 급속도로 눈의 반짝거림이 사라져 가는 게 느껴진다. 쉰네 살의 남자가 아르바이트 생활이라. 아버지가 느끼고 있는 환멸이나 경멸이 강하게 전해져 온다. 그러자니 스스로에게 굉장히 화가 났다. 아버지가 뭔가 결정적인 말을 꺼내기 전에 이야기의 화살을 돌려야만 한다. 나는 되도록 아무렇지 않은 태도로 물었다.

"아버지 그나저나 어쩐 일이에요, 갑자기 찾아오고."

"오늘 기요시 만났지?"

"네. 만났어요."

"그럼 알겠구나."

"뭐, 대충은."

나는 고개를 끄덕였다. 동거 이야기를 하러 왔을 테지만 이토 씨와 맞닥뜨린 이상, 아버지도 단념하지 않을 수 없다. 그렇게 대수롭지 않게 여겼다.

"그렇게 되었다."

아버지는 남은 보리차를 주욱 다 들이켰다.

"자, 잠깐만요, 그렇게 되었다니요."

"당분간 여기서 살련다. 좁은 집이지만 뭐 어떻게든 되겠지."

컵 속의 얼음이 짤그랑 소리를 내며 부서졌다. 이토 씨가 비스 듬히 기운 자세로 아버지를 보고 있었다. 설마 갑자기 눌러 살리 라고는. 역시나 유기견과는 다르다. 당했다.

"정말 미안해."

도대체 몇 번째 사과인가. 이토 씨는 아무 말도 없이 등을 구부 린 채 부지런히 꼬챙이에서 꼬치구이를 빼내고 있다.

밤이다. 역 앞의 상점가에서 조금 떨어진 선술집에 있다. 테이 블에는 꼬치구이 외에 토마토 샐러드와 참마 치즈 구이가 놓여 있다. 들어오자마자 생맥주 중간 사이즈를 시켰는데 두 사람 모 두 순식간에 다 마셔 버렸다. 두 번째 잔도, 이미 반 정도밖에 안 남았다.

두 자리 옆의 테이블에 퇴근길 샐러리맨으로 보이는 네 명의 무리 외에 다른 손님의 모습은 보이지 않는다. 샐러리맨들은 넥 타이를 느슨하게 풀고서 출장 정산이 어쩌고 아쓰기 공장이 어쩌 고 하며 목청 높여 이야기하고 있다. 그 소란스러움이 지금은 고 맙다.

"뭐……."

꼬치를 빼내는 손을 멈추지 않고 이토 씨는 말을 밀어냈다.

"……하는 수 없지."

나는 큰 한숨을 쉬었다. 한숨도, 대체 오늘 몇 번째인가. 이토 씨는 양념구이 꼬치를 다 빼내고서 이번에는 소금구이 꼬치에 매달렸다.

　기세당당한 '동거 선언' 뒤 아버지는 당분간의 생활비(한 달에 팔만 엔), 식사나 생활 습관(일식의 담백한 맛이 기본), 이불이나 나머지 개인 물건(주로 책)이 언제 도착할지 등, 사무적인 내용을 빠른 어조로 단숨에 떠들어 댔다. 질문이나 의문을 품을 여지 같은 건 전혀 없었다. 그 빈틈없는 모습. 분명 몇 번이고 연습하고 왔음이 틀림없다.

　이야기를 끝내고는 오른손에 보스턴백을 들고, 왼손으로 골판지 상자를 껴안으며 일어섰다. 골판지 상자는 한 변이 삼십 센티미터 정도의 정사각형에 가까운 모양이다. 딱히 상품명이나 가게 로고는 표시되어 있지 않다. 양손이었다면 편하게 껴안을 수 있는 크기지만 한 손으로 겨드랑이에 끼우니 꽤 불안정해 보인다.

　"짐 들어 드릴게요."

　이토 씨가 골판지 상자에 손을 내민다. 아버지의 얼굴이 휙 굳어졌다.

　"됐네, 됐어."

　"그래도."

　"별로 안 무거우니 괜찮네."

　뿌리치듯 말하며 황새걸음으로 방을 나선다. 일단 다이닝으로 되돌아와 팔짱을 낀 채 6조와 4조 반을 비교했다. 얼마쯤 있다가, 한 번 끄덕이더니 우리가 침실로 사용하고 있는 4조 반을 가리켰다.

"욕심 안 부리마. 이쪽 방이면 충분해. 원래 인간은 다리 뻗고 누울 공간만 있으면 된다. 암."

그러시면 캡슐 호텔에라도 가세요, 라고 말하고 싶은 것을 억누르고서 우리의 이불과 옷을 6조로 옮겼다. 애초에 지저분했던 방은 짐이 늘어나니 더욱 비좁고 답답해졌다.

"저녁은 메밀국수가 좋다."고 해서 배달을 시켰다. 이토 씨가 차가운 다누키(튀김 부스러기를 올린 메밀국수./ 옮긴이), 나는 쓰키미(날계란을 깨서 얹은 메밀국수./ 옮긴이). 아버지는 자루(김을 뿌린 면을 양념 국물에 찍어 먹는 메밀국수./ 옮긴이) 두 사리. 사십 분 정도 지나 도착한 메밀국수를 다이닝 테이블에서 셋이 함께 먹었다. 의자가 두 개밖에 없어서 이토 씨는 선 채로 먹었다. 메밀국수를 한 입 후루룩거린 아버지는 "국물이 너무 달아."라며 과도하게 얼굴을 찡그렸다.

식사를 끝내자 아버지는 총총히 4조 반으로 사라졌다. 나와 이토 씨는 잠시 방 정리를 했는데 벽 한 장 사이에 감도는 아버지의 분위기랄지 아우라 같은 것에 점점 압도되어 답답해지고 말아, 누구랄 것도 없이 "마시러 나가자."는 상황이 되었다. 예의상 아버지에게도 권했지만 "안 가."라며 이 또한 단칼에 거절당했다. 안심했다.

꼬치구이를 먹으며 점심 때 오빠와 만나 주고받은 대화를 이토 씨에게 말했다. 새삼스러운 느낌은 부정할 수 없지만. 이토 씨는 이따금씩 "중학교 입학시험은 언제."라든가 "리리코 씨 혈액형은."과 같은 질문을 집어넣었다. 아는 범위에서 대답했다. 확실히 2월경. A형이었던 것 같다. 그러는 사이에도 휴대전화로 연락이 오지 않았는지 계속 신경 쓰였다. 집을 나오자마자 오빠에게 전화했지만 연결되지 않았다. 가게에 들어와서도 세 번을 걸었지만 받지 않았다. 어쩌면 집에 있으면서 없는 척하는 것은 아닐까. 지금쯤 리리코와 선후책을 의논하고 있는 것은 아닐까. 의심이 부풀어 간다.

꼬치구이를 다 먹은 뒤 세 번째 잔의 생맥주도 거의 비었을 쯤 겨우 오빠에게서 연락이 왔다. 통화 버튼을 누름과 동시에 일어나 "여보세욧." 소리를 지르며 종종걸음으로 가게 밖으로 나간다. 샐러리맨들이 무슨 일인가 싶어 놀란 모습으로 뒤돌아봤다.

"전화, 못 받아서 미안."

가라앉은 목소리였다. 적어도 낮에 만났을 때보다는 침착한 느낌이 든다.

"아버지 왔어."

직구를 던진다.

"……알아."

"알아?"

"리리코에게 들었어. 1시쯤에 애들 학원에 보내고 장 보고 돌아왔더니 이미 없었대."

"어떻게 우리 집에 왔다는 걸 알았어?"

"……메모를 남겼어. '아야 있는 곳으로 간다.'고."

마치 가출 같다. 혹은 유서. 물론 나는 살아 있지만.

"……곤란해."

오빠는 대답이 없다.

"낮에도 말했지만 나 지금 함께 살고 있는 사람이 있다고. 이렇게 갑자기 찾아오면."

"……알아. 내일이라도 아버지한테 전화해서 돌아오도록 얘기할게. 오늘은 늦었으니까 미안하지만 오늘 밤만……."

처음부터 오늘 밤은 묵게 할 생각이었다. 늙은 아버지를 이런 늦은 시각에 내쫓을 만큼, 나도 못된 딸은 아니다. 반드시 내일 설득하라고 성가실 정도로 거듭 다짐을 받고서야 전화를 끊었다. 우선 안심이다. 하루 이틀, 길어 봤자 며칠 정도라면 귀찮은 아버지라도 참을 수 있다.

자리로 돌아오니 이토 씨는 혼자 찬술을 따라 마시고 있었다. 이토 씨는 술이 세다. 무엇이든, 얼마든지, 마신다. 예전에 "최고로 마셨을 때가 어느 정도야?"라고 물었더니 먼 곳을 응시하며 잠시 생각한 뒤, "……한 다스하고 두 병 반."이라고 대답했다. 단위는 틀렸지만 어쩐지 대단하다.

요리가 다 떨어졌기에 '오늘의 추천 요리' 메뉴판을 보며 오징어 내장 구이와 튀김 두부를 추가했다. 이토 씨가 내 술잔에 찬술을 따라 주었다. 투명한 유리로 된 잔 몸통에 빨간 선 하나가 빙둘러져 있다. 어항 같은 느낌이 정말이지 맑고 시원스럽다. 흔들자 찰랑찰랑 흔들렸다. 훅 하니 술 냄새가 일었다. 냄새 너머로 이토 씨가 물끄러미 나를 보고 있었다.

2

덥다. 너무 덥다. 이제 겨우 아침 8시인데, 웬 놈의 더위인지. 휴대전화 알람을 끄면서 오늘 하루의 폭염을 생각하며 나는 이불 위로 축 늘어진 손발을 아무렇게나 뻗었다. 그늘 아래에 뻗어 있는 동남아시아의 들개 이미지다. 어젯밤은 샤워도 하지 않고 화장도 지우지 않은 채 그대로 잠들어 버렸으니 분명 외관도 들개 수준이겠지.

여름에, 아버지. 서툰 것 두 개가 겹쳐 굉장히 우울하다. 원래 아침은 힘든데, 오늘 아침은 그 어느 때보다 힘들다. 옅은 구름처럼 절망감이 온몸을 에워싼 느낌. 몸에 힘이 빠진 채로 크게 심호흡을 해 본다. 내뱉은 숨만큼 구름에 구멍이 생겼다. 어떻게든 되겠지.

이토 씨의 모습은 이미 없다.

맹장지 문을 사이에 둔 다이닝에서 들으라는 듯이 요란하게 신문을 넘기는 소리가 났다. 우리 집은 신문을 받아 보지 않는다. 분명 일부러 편의점까지 가서 사 왔을 것이다. 이얍, 기합을 넣고서 몸을 일으킨다. 하루 종일 이렇게 있을 순 없다.

"일어나셨어요."

"……술 냄새야."

신문으로 얼굴을 가리고서 아버지가 내뱉었다.

"젊은 여자가 그렇게 마시는 거 아니다. 꼴사납지 않냐."

울컥 화가 치밀었다. 아침 첫마디가 이건가. 그래도 진정하자, 워워, 스스로를 달랜다. 고작 이삼 일만 견디면 되니까. 이삼 일만.

"아침, 드셨어요?"

"차려져 있더구나. 그런데 아침부터 이렇게 기름진 걸로 괜찮으려나."

테이블 위의 접시를 본다. 달걀 프라이에 비엔나소시지와 채소 볶음. 이것을 '기름진' 것이라 하는가. 하지만 반론하면 또 잔소리를 들을 것 같아서 상대하지 않기로 했다.

얼굴을 씻고 재빨리 화장을 하고서 다이닝으로 돌아온다. 아버지는 아직 같은 자세로 의자에 앉아 있었다.

"지금 어디서 일하니."

먹기 시작한 순간, 아버지가 말했다. 얼굴은 변함없이 신문을 향해 있다.

"역 앞 서점이요."

"정직원이냐."

"설마요. 아르바이트."

"처음에 근무했을 때는 정직원이지 않았니. 재취직 할 마음은 없는 게냐."

"힘들어요, 지금 취직하는 건."

"변명만 해 대고, 벌써 서른넷이다. 어쩔 셈이냐 앞으로. 더 이상 젊지 않아, 젊지는."

아깐 젊은 여자라 말해 놓고는. 입을 다문 채 비엔나소시지를 베어 무는데, 바스락하고 소리 높게 신문을 넘기며 아버지가 물었다.

"젊지 않다고 하니, ……이토 씨, 였던가. 도대체 왜 그렇게 나이 차가 나는 남성을 만나는 게냐."

"왜냐고 물어도…… 사귄 사람이 우연히 연상이었던 것뿐이라…….

"우연히라니, 우연히 스무 살이나 많은 인간과 사귈 수 있단 말이냐. 대체 앞으로 어쩔 작정이야. 앞으로 육 년이면 환갑이다. 아이 문제나, 여러 가지로 곤란하지 않겠어?"

"아이 같은 거 안 낳을 거예요."

스스로도 놀랄 정도로 강한 어조였다. 아버지가 신문의 각도를 약간 바꿨다.

"나는 나대로, 제대로 생각하면서 살고 있고 일하고 있어요. 이토 씨에 대해서도 다 알고 있고요. 그래서 어려움 같은 건 하나도 없을뿐더러 행복했어요." 어제까지는, 이라고 말하고 싶은 것을 꾹 참았다. 아버지는 아무 말도 하지 않고 신문을 넘겼다. 나도 그 이상 입을 열지 않고 남은 아침밥을 밀어 넣었다.

아르바이트 장소인 '히타치 서점'의, 에어컨이 틀어진 실내로 들어서니 조금 한숨이 놓였다. 점장인 아사다 씨와 점원 간마니와 씨가 오늘 아침 도착한 잡지와 서적의 포장을 체크하며 풀고 있었다. "좋은 아침입니다." 인사를 하고서 나도 작업에 들어간다. 과묵한 점장은 시선도 맞추지 않고 "……좋은 아침."이라고 대답하며, 뒤이어 「25ans」 여덟 부."라고 말했다. 간마니와 씨가 "「25ans」 여덟 부."라고 복창하고는 나를 보며 "좋은 아침." 하며 빙그레 웃어 보였다.

간마니와는 한자로 '上馬庭'라고 쓴다. 남편이 가고시마 출신으로 그곳에서는 종종 보이는 성이라고 한다. 하지만 나는 그녀를 만나기 전까지는 그런 이름은 본 적도 들은 적도 없었다. 그래서 아르바이트 첫날, "이쪽은 간마니와 씨."라고 소개받았을 때틀림없이 네팔이나 인도나, 아무튼 그쪽 사람이라고 생각했다. 또렷한 쌍꺼풀눈에 높이 솟은 콧날. 거무스름한 피부는 기모노보다 사리(몸을 감고 위쪽 끝을 어깨에 걸치는 인도의 여성복./ 옮긴이) 쪽이 압

도적으로 어울릴 것 같다. 이런 외관의 간마니와. 아무리 봐도 이
국의 사람이다. 하지만 간마니와 씨는 확실한 일본인이었다. 출
생지도 자란 곳도 이 동네로(네팔이나 인도에는 간 적도 없다고
한다), 결혼 전 성은 '스즈키(풀 네임은 스즈키 도모코)'.

"결혼한 지 이십 년이나 지났지만 나 역시 아직까지도 이 이름
이 익숙하지 않아서. 병원에서 이름이 불려도 못 알아듣고 가만
히 있을 때도 있어."라며, 조금 친해졌을 무렵 수줍은 듯 알려 주
었다. 남편은 중견 상사에 근무하는 샐러리맨이라는 것, 자녀 둘
을 두고 있다는 것, 아이들의 육아가 일단락되었기에 '히타치 서
점'에서 일하기 시작한 것, 그것이 '그저 몇 개월' 예정이었는데
벌써 십 년이 돼 버렸다는 것도, 점심시간이나 일이 한가할 때 이
야기해 주었다. 눈에 띄는 외모와 달리, 말하자면 소극적이고 내
향적 성격이다. 말할 때도 느긋하게 말을 골라 가면서 한다. 억세
고 성미가 급한 나와 정반대라서인지 만난 그날부터 나는 간마니
와 씨에게 호의를 가졌다. 사람에 대한 호불호(특히 불호)가 심
한 나로서는 매우 드문 일이지만. 무더위와 초조함으로 신경이
곤두서 있던 이날도 간마니와 씨의 웃는 얼굴을 보니 마음이 꽤
평온해졌다. 고마워, 간마니와 씨. 감사를 담아 미소를 짓는다.

오늘은 여성지가 모두 발매되는 날이라 아침부터 분주하다.
또 한 명의 아르바이트생, 대학생인 야마모토 군이 휴무인 것도
낭패다. 개점 시간 직전까지 셋이서 부지런히 잡지를 교체하고

반품할 것을 정리해 청소하고 재고 확인을 했다.

10시 개점과 동시에 손님이 계속해서 들어온다. 대부분은 고등학생 이하의 학생이다. 초등학교 고학년으로 보이는 아이들도 많다. 여름방학도 끝이 가까워 오자, 지칠 대로 치친 엄마에게 "어디라도 좀 나가."라는 잔소리를 듣고 내쫓긴 아이들이 무료함을 달래고 시원한 바람을 찾아 '히타치 서점'을 대거 방문하는 것이다. 눈요기가 대부분이라고는 해도, 워낙 손님 수가 장난이 아니라서 때로는 계산대 앞에 줄이 생길 정도로 붐빌 때도 있다. 오늘이 바로 그날로, 나는 한눈팔지 않고 열심히 계산 업무에 몰두했다. 점장은 개점하자마자 바로 배달하러 나간 터라, 점내 관리를 맡은 간마니와 씨도 선반에서 선반으로 뱅글뱅글 팽이가 돌아가듯 이동하느라 차분할 여유가 없다.

11시 반이 지나서야 겨우 손님의 행렬이 중단되었다. 이 시간부터 점심시간이 시작되는 정오까지, 짧지만 가게 안이 아주 조용해지는 시간이 찾아온다. 나는 한숨 돌리며 책에서 빼낸 주문서를 정리하기 시작했다. 그때 카운터에 대형 여성 잡지가 쿵하고 놓였다. 깜짝 놀라며 바코드 판독기를 손에 쥔다.

"어서 오세요."

반사적으로 그렇게 말하며 잡지를 손에 든다. 동시에 정수리 쪽에서 날카로운 목소리가 내려왔다.

"오랜만이네, 아야. 조금 살 빠진 것 같네?"

정면을 본다. 용접공 마스크 같기도, 중세 기사의 철가면 같기도 한, 최근 중장년층 여성이 즐겨 쓰는 검은 선바이저를 착용한 여성이 서 있었다. 얼굴이 전혀 보이지 않아서 나도 모르게 경계한다.

"나야, 나."

철가면은 그렇게 말하며 선바이저를 스윽 올렸다. 큰 입을 씨익 벌리며 웃는 사에코 이모의 얼굴이 나타났다. 어제의 아버지나, 지금 내 앞의 이모나, 어쩜 이렇게 노인은 상대방의 상황을 배려하지 않는 걸까. 현기증이 났다.

"……이모. 직장에 찾아오는 건, 좀……."

"그게 말이야, 아야, 넌 전화도 안 받지. 집에 가 봤자 어차피 없을 테고. 그래서."

그 말을 듣고 겨우 생각이 났다. 이토 씨와 살게 되었을 때, 하도 집요하게 물어서 무심코 주소를 알려 주고 말았던 것이다. 사에코 이모는 당연히 주소 이상의 이야기도 듣고 싶어 했지만 나도 오기가 나서 아무것도 알려 주지 않았다. 그러길 잘했다.

"가게에서는 이야기 못해요. 천백 엔입니다."

"알고 있어, 그 정도는. 있잖니, 점심 함께 먹자. 내가 사 줄 테니까. 역 옆에 장어 가게 있지 않아? 거기서 기다리고 있을게. 아야, 몇 시부터 점심시간이지?"

장어, 라는 소리를 듣자 나도 모르게 뱃속 벌레가 꼬르륵 하고 울었다. 장어. 상당히 오랫동안 먹지 않았다.

"늦어요. 1시 반부터예요."

그래도 육체에 대한 저항을 시도해 봤다.

"괜찮아, 그 정도는 충분히 기다릴 수 있어. 이런 무더위에는 말이야, 장어라도 먹어 주지 않으면 안 된다고. 아, 마침 있었군. 다행이다."

캐시 트레이에 오백 엔짜리 동전 두 닢, 오십 엔짜리 동전 한 닢, 십 엔짜리 동전 네 닢에 오 엔짜리 동전 두 닢이 가지런히 놓였다. 오랫동안 주부 생활을 하면 순식간에 이런 자잘한 동전으로 딱 들어맞게 지불할 수 있는 것인가. 무의식중에 감탄하고 있는데, 때를 놓치지 않고 다짐을 받는다.

"그럼 1시 반에 장어 가게에서 봐. 기다리고 있을 테니까."

"아, 영수증."

"필요 없어요."

묘하게 단호히 내뱉고서 사에코 이모는 묵직한 여성 잡지를 안고 한 손을 흔들며 비틀비틀 폭염의 동네로 나갔다. 자동문을 빠져나가기 직전 철가면을 내려뜨리는 것을 잊지 않았다.

"감사합니다." 인사가 입안에서만 우물우물 맴돈다.

출입구 옆의 여행 가이드 코너에 있던 간마니와 씨가 종종걸음으로 다가왔다.

"클레임? 무슨 소리 들었어?"

'히타치 서점'에서 클레임은 원칙적으로 직원인 점장이나 간마니와 씨가 처리하게 되어 있다. 나는 고개를 가로저었다.

"아니, 이모야. 방금 온 사람."

"이모님?"

"엄마 여동생. 근처에 볼일이 있어 왔는데, 점심 같이하자고."

"그렇구나, 다행이네. 아야, 굉장히 곤란한 얼굴을 하고 있기에 무슨 큰 트집이라도 잡힌 줄 알았어."

간마니와 씨의 얼굴에 안심한 듯한 미소가 떠올랐다.

모든 장사가 다 이럴까, 터무니없는 말을 하는 손님이 반드시 하루에 한 명은 있다. 서점이라는 장사의 특성 탓인지, 특히 절도와 관련된 일이 많다. 절도를 나무라면 정색하며 도리어 화를 내고, 걷잡을 수 없을 정도로 흥분하기 시작하는, 그런 케이스도 꽤 있다. 나도 이전에 한 번, 한 절도범에게 매우 불쾌한 경험을 당했다. 그때의 일이 떠오를 것 같아 황급히 '기억 구멍'의 뚜껑을 닫았다. 간마니와 씨는 미소를 띤 채 말했다.

"별로 안 닮았네."

"이모와 나?"

"응. 아야는 호리호리하고 약간 중성적인데 이모님은 뭐랄까……." 평소처럼 잠시 생각에 잠겼다. 말을 찾을 때의 버릇으로 눈이 천장 주변을 이리저리 헤엄친다.

"……온몸으로 '여자~!'라고 주장하고 있는 것 같았어."

확실히 사에코 이모와 나는 정반대의 타입이다. 살갗이 희고 조금 통통한, 가슴도 엉덩이도 큼지막해 노골적인 느낌이 나는 이모에 반해 나는 피부가 검고 말라서 전체적으로 납작하다. 성격도 이모는 밝고 개방적이지만 나는 사람들에게 자주 '무서워 보인다.', '친해지기 힘들다.'는 말을 듣는다. 눈매가 날카로운 탓이라고 자기분석하고 있다. 구태여 닮은 부분을 들자면 손 모양, 이려나. 이모도 나도, 그리고 죽은 엄마도 두툼한 손바닥에 땅딸막한 손가락의 '노동자 계급(아버지 말씀)' 손을 하고 있다.

손님이 줄을 섰기에 "어서 오세요."라고 말하면서 간마니와 씨는 계산대를 떠나 안쪽 서가를 향해 갔다. 그 후에도 손님이 끊이지 않아 그 이상 사에코 이모 이야기는 하지 않았다. 12시 반에 점장이 배달에서 돌아와 간마니와 씨가 먼저 점심 휴식을 취하고 한 시간 후, 교대로 가게를 나왔다. 밖은 덥다기보다 뜨거웠다. 용광로 속이, 분명 이런 느낌이 아닐까. 들어가 보진 않았지만.

"여기야, 아야."

장어 가게에 들어서자 가게 중간쯤에 앉아 있던 이모가 손을 흔들며 나를 불렀다. 점심때가 지난 것치고는 붐비는 편이었다. 더위 먹지 않도록 장어라도, 모두들 그렇게 생각하는 거겠지. 이모와 작은 테이블을 사이에 두고 마주 본다. 지체 없이 차와 물수건과 찬합과 맑은 장국이 놓였다.

"음, 그러니까 주문은, 아직."

"주문해 뒀어. 봐, 장어가 시간이 걸리잖아. 그러니까 미리."

이모가 득의양양하게 코를 부풀리며 말했다.

"말해 두지만 특상이야. 기모스이(뱀장어 간을 넣어 끓인 국./ 옮긴이)
도 주문했어."

"대단해. 고마워요. 잘 먹을게요."

나는 순순히 감사하다고 말하고서 찬합의 뚜껑을 열었다. 이
모부는 직원 서른 명 정도 규모의 공조 설비 회사를 경영하고 있
다. 장사에 소질이 있는 사람인지, 혼자서 시작한 회사를 사십 년
간 여기까지 키웠다. 잠시 이모도 경리를 도왔지만 몇 년 전에 아
들 부부에게 대를 물려주고 지금은 둘이서 골프나 여행을 즐기는
우아한 일상을 보내고 있다. 노는 것뿐만 아니라, 이모는 일주일
에 한 번인가 자택에서 다도를 가르치며 "망령 들지 않는 비결은
항상 사람과 어울리는 것."이라며 자주 자랑하고 있다.

"저기 말이야, 야야, 아버지 일인데."

삼천구백 엔짜리 장어를 음미하면서 '아, 나왔다.' 싶었다. 사에
코 이모가 일부러 찾아온 건 아버지 화제 이외에는 있을 수 없다.

"최근 달라진 것 없니?"

"우리 집에 왔어요. 어제부터."

알고 있으면서, 라고 생각하면서 말한다. 이모는 리리코와 늘
전화를 주고받는다. 아버지의 습격도, 그러니 분명 이미 리리코

가 이야기했을 거라고 생각했다. 그런데 예상과 달리 이모는 "왔어!? 벌써 와 버렸어!?" 하고 얼빠진 소리를 내질렀다. 그 말에 내가 더 놀랐다.

"뭐야, 그럼 그 말 듣고 온 거 아니에요, 이모?"

"안 들었어-! 나는 몰라-! 조만간 갈 거라고는 생각했지만 설마 이미 갔을 줄은, 깜짝 놀랐어."

이모는 깜짝이야, 깜짝이야를 몇 번이나 반복했다. 말하는 짬짬이 효율적으로 장어를 젓가락으로 잘라 양념이 스며든 밥과 함께 입에 넣는다.

"그러고 보니 다급한 목소리였어. 밖에서 걸어 온 것 같았고. 분명 그때 이미 아버지, 기요시네서 나왔던 거야."

"그게, 무슨 말이에요?"

"어머 그러니까, 아야네 주소, 아버지한테 알려 준 게 나야."

사에코 이모는 기가 죽은 기색 같은 건 조금도 없이 대답했다. 나는 엉겁결에 젓가락을 멈추고 뚫어지게 이모 얼굴을 쳐다봤다. 어째서, 오빠도 모르는 내 집을 아버지가 찾아왔는지 의문이었는데 그 수수께끼가 겨우 풀렸다.

"어제 점심 지나서였나. 집에서 네 이모부와 텔레비전을 보고 있는데 아버지한테서 전화가 걸려 왔어. '아야 집 가르쳐 줘.'라고. '리리코나 기요시한테 물어봐요.'라고 말했지만, '그 둘은 몰라.' 하는 거야. 그럼 안 되잖니, 아버지나 오빠에게 그건 제대로 알려 줘야지. 아무리 휴대전화가 있다고 해도 말이야, 요전번 대지진 같은 일이 또 오면 어떻게 해. 연락할 수가 없잖아, 주소도 모르는데. 도대체 요즘 애들은 왜 집에 전화를 안 놓는지. 내가 가르치는 아이들 중에도 꽤 있어, 휴대전화뿐인 아이. 그거, 놀랍지 않니, 애도 있는데 말이야. 자녀가 있어 유치원에 다니는데도 집에 전화가 없다니, 당최 상식적으로 이해할 수 없다고 할까."

"그래서 아버지는 뭐라고 하셨어요?"

영원히 계속될 듯한 이모의 수다를 가로막고서 물었다.

"딱히. 주소 가르쳐 줬더니 '그래.' 하고는 그것으로 끝. 여전히 붙임성이라고는 눈곱만큼도 없어."

그러고서 이번에는 아버지가 얼마나 편협하고 다루기 힘든 인간인지를 거침없이 말하기 시작했다. 늘 있는 일이라 적당히 맞장구를 치며 흘려듣는다. 머릿속으로는 다른 것을 생각하고 있었다.

아버지는 남의 일 캐는 것을 좋아하고 쓸데없는 참견을 잘하는 이런 이모를 매우 꺼려 한다. 엄마가 살아 있을 때부터 모든 수단을 이용해 어떻게든 접촉을 피해 왔다. 그런 이모에게 스스로 전화를 걸다니. 어지간한 사정이 있음이 틀림없다. 이모가 장어에 정신을 되돌린 기회를 잡아 물어봤다.

"리리코 언니 그렇게 안 좋아요?"

"아야, 아무것도 모르는구나?"

"시험과 겹쳐서 힘들다고는 들었는데……."

"그것뿐?"

"그것뿐이라뇨?"

"하여튼. 아버진 그런 사람이라니까. 아무리 리리코가 잘한다고 해도 여러 가지로 문제는 나오기 마련이야, 여러 가지로."

우후후, 이모는 의미심장하게 웃었다. 문제가 여러 가지 일어난다는 말은 충분히 이해한다. 실제로 하루 생활했을 뿐인 나조차 우울한 기분으로 가득하니까.

"하지만 뭐 잘됐어, 아야네에 가 줘서. 이걸로 일단 안심. 잘 부탁해, 아야."

이모의 말에 크게 당황한다.

"아뇨, 아뇨, 아뇨! 같이 사는 건 말도 안 돼요! 이삼 일 묵게 하는 것뿐이라고 오빠에게도 말했고!"

"어머 차가워라-, 함께 살아 드려-. 늙은이는 말이야, 자녀와 사는 게 제일 행복한 거야. 게다가 아야는 아버지가 좋아하는 사람이니까."

귀를 의심했다. 아버지가 좋아하는 사람? 내가?

"이모, 그거 대단한 착각이야. 나 아버지에게 혼난 적은 있어도 칭찬받은 적은 한 번도 없다고요."

"그렇지 않아. 아버지 걸핏하면 '아야가, 아야가.'라고 말하잖니."

"싫어하니까. '아야가' 다음에 '건방지다.'나 '칠칠치 못하다.' 나 '멍청해서 괴롭다.' 같은, 그런 문구가 뒤따른다고요."

"그야 당연히 쑥스러워서 그런 거잖니. 에휴, 부모의 마음을 자식이 어떻게 알겠어."

사에코 이모는 과장되게 머리를 흔들고는 후루룩 소리를 내며 기모스이를 마셨다. 보호자인 척 거드름을 피우는 이모를 보고 있자니 맹렬하게 저항하고 싶은 충동이 높아졌다.

"정말 아니라니까요! 그러니까 나는 어릴 때부터 혼난 기억 밖에 없어요. 툭하면 '여자 주제에 이러쿵저러쿵 말하지 마.'라고 야단맞았다고요. 세게 맞기도 하고 밖에 내쫓긴 적도 있으니까! 내가 하는 일, 일일이 트집 잡았어. 예를 들면, 그래, 초등학교 4학년 때였던 것 같은데, 왜, 딱 한 번 이모네 가족이랑 여행한 적 있잖아요. 그때였어, 그때, 우리 하쿠바에 스키 타러 가서 저녁밥 먹을 때, 내가 어떻게든 분위기를 부드럽게 하려고 굉장히 노력해서 재미있는 이야기, 계속했었어요. 기억 안 나요? 이모도 이모부도 손뼉을 치면서 웃으며 들었잖아요? 그런데 다음 날 돌아가는 차 안에서 '이모 가족들이 즐거워해 준 것 같아 다행이다.' 했더니 아버지가 뭐라고 한 줄 알아요? '너는 바보냐.'라고. '그건 당연히 너한테 맞춰서 재밌는 척한 거지.'라고. '그런 것도 모르고 까불다니. 참 행복한 녀석이다.'라고 말이에요! 4학년이라고요! 고작 열 살이라고요! 보통 그만한 아이를 상대로 그게 할 소린지. 이미 나는, 그 순간 핏기가 화악 가시면서 즐거웠을 기억이 전부 싹 사라졌다고요. 지금도 기억하는 건, 그 차 안에서 느낀 슬픈 기분뿐이에요."

줄곧 가만히 장어를 입으로 옮기며 듣고 있던 이모가 여기서 끼어들었다.

"그래도 아버지 그런 말 좋아하는 사람 아니면 안 해. 아야나 미야코 언니나. 나하고는 눈도 안 마주치니까."

대답이 막혔다. 미야코는, 사에코 이모의 언니, 즉 내 엄마다. 확실히 아버지는 그런 타입의 남자다. 만만한 상대한테는 강하게 나가는 주제에 어려워하는 인간 앞에서는 전혀 다르게 얌전해진 다. 그래서 집 밖에서는 평판이 좋았다. 현역 교사 시절, 친구 엄 마들에게 자주 "아야네 아버지는 훌륭한 분이셔."라는 칭찬을 들 었다.

내 동요를 간파한 듯 이모는 말을 잇는다.

"그러니 이삼 일이라고 말하지 말고 계속 모셔. 물론 좁은 셋 집 생활로 거북하다는 건 알아. 그럼 더 넓은 곳으로 이사하면 되 잖니. 아버지 퇴직금이며 연금도 많이 가지고 있으니까. 정 그러 면 중고 맨션이라도 사는 건 어때? 공동 명의로 하고 대출 받으 면 때맞춰 상속세 대책도 되고. 그게 아니면 뭐야, 이 외에 동거 못하는 이유라도 있어? 혹시 누군가 멋진 사람이 집에서 기다린 다거나?"

적중입니다, 라고는 말 못한다. 죽어도 말 못한다. 이모에게 이토 씨의 존재가 알려지면 난처해진다. 나는 필사적으로 웃는 얼굴을 하며 얼버무렸다.

"설마, 있을 리가 없잖아요. 있다면 벌써 결혼했지. 나도 벌써 서른넷이에요."

"그렇긴 해. 서른넷이나 됐는데 여태 독신이라니, 너무 쓸쓸하잖아. 누구 없니, 좋아하는 사람."

"없어요. 그게 직장도, 보다시피 조그맣지, 애초에 만남이 없다고 해야 할까."

"어머, 그렇구나, 흠, 그래……."

이모가 찬합 속에 남은, 양념으로 빛나는 밥알을 조심스레 긁어모으기 시작했다. 지금 이모의 머릿속에서는 초고속으로 '아는 독신 남성 리스트'가 넘어가고 있겠지, 하고 상상하니 몸이 부르르 떨렸다.

"저기 이모. 미안하지만 나 이제."

"아직 2시 15분이야."

"월말이라 바빠요. 더구나 아르바이트생 한 명이 휴무라."

거짓말은 아니다.

"이제 뭘 할 거예요?"

전표를 쥐고 일어선 이모의 등에 대고 말을 걸었다. 만약 우리 집에 온다고 하면 이토 씨에게 피난 명령을 내려야만 한다. 이모는 좁은 통로를 성큼성큼 걸어가며 대답했다.

"잠깐 리리코네 가 볼 거야. 아버지가 갑자기 집을 나가서 마음 졸이고 있을지도 모르니. 그 아이 묘하게 신경이 예민한 구석이 있어서 걱정이야."

마음속으로 안심했다. 동시에 이 가게를 나가면 당장 오빠와 리리코에게 입단속 문자를 보내야겠다고 생각했다. 앞에서 이모가 계산을 하고 있다. 고등학생처럼 보이는 점원이 내민 영수증을 이모는 또다시 "필요 없어요."라며 단호히 거절했다.

"다녀왔어요." 얇은 문을 열며 시선을 현관 바닥으로 떨어뜨린다. 좁은 바닥에는 이토 씨의 스니커만 외따로 한 켤레 놓여 있을 뿐이었다. 그렇다는 말은, 아버지는 없다. 또다시 우울한 밤이 기다리고 있는 것인가 하고, 무거운 발걸음으로 돌아와서 그런지 맥이 빠졌다.

다이닝에는 골판지 상자가 몇 개 쌓여 있었다. 아무래도 아버지 방=4조 반에 다 들어가지 못한 분량이 여기까지 밀려 나온 듯하다. 이거, 과연 며칠분의 짐일까? 불안해진다.

현관에서 한눈에 내다보이는 6조 방의 청소창문이 열려 있고 방충망 너머의 '채소밭'에서 일하고 있는 이토 씨의 모습이 보인다. 닳아 떨어진 밀짚모자를 쓰고 목에는 수건을 두르고 있다. 허리에는 휴대용 모기향. 체질인 건지, 술고래라서인지 이토 씨는 모기에 잘 물린다. 같은 방에서 자도 나는 물리지 않는데 이토 씨는 등까지 우툴두툴, 그런 일이 자주 있다.

"아버지는?"

큰 소리로 물으며 방에 오른다. 이토 씨가 뒤돌아보더니 어이차 하면서 허리를 폈다.

"없어. 내가 돌아왔을 때 이미 없었어."

"열쇠는?"

"열려 있었어."

"위험하게, 정말."

"뭐, 도둑맞을 만한 것도 없고, 사실."

"오빠 집에 돌아갔다, 거나."

"아니지 않을까. 그렇잖아, 봐 봐, 짐이 저런데."

이토 씨의 흙 묻은 삽이 골판지 상자로 향했다.

"대단하네."

"이불도 왔고 선풍기도 왔어. 그렇지만 대부분 책이지 않을까. 택배 아저씨가 얼굴이 시뻘게질 정도로 옮겼어. '상자 가득 책 채우는 것은 그만두세요.'라는 말을 들었어."

"아-그거, 제일 싫어하는 거지."

"집이 일 층이라 다행이었지. 위였으면 마룻바닥 뽑혔을지도."

"이렇게 들고 와서 어쩌자는 거야. 계속 살 것도 아니면서."

"항상 사용하는 물건이 옆에 없으면 불안해지는 거 아닐까. 노인은 그런 거 아니겠어.”

분명 그럴지도, 하고 생각하면서 아버지 방을 들여다봤다. 비닐봉지가 씌워진 선풍기와 반투명 의상 케이스, 거기에 크고 작은 골판지 상자로 발 디딜 틈도 없다. 한숨을 쉬면서 문을 닫으려는데 붙박이장 앞에 오도카니 놓여 있는 무지 골판지 상자에 눈이 간다. 어제, 아버지가 보스턴백과 함께 가져온 그 상자다. 왜 이 상자만 직접 들고 왔을까? 어차피 택배 회사에 부탁할 거면 한꺼번에 옮기는 게 효율적일 텐데. 어지간히도 중요한 것이 들어 있는 건가. 통장이나 인감도장이나 연금 수첩 같은. 아냐, 그런 건 가방에 넣겠지. 가방에는 넣지 않지만 아버지에게 매우 소중한 것. 그것이, 그게 도대체.

“왜 그래.”

생각에 잠겨 있던 나는, 어느새 뒤에 와 있던 이토 씨의 소리에 날아오를 정도로 놀랐다.

“아, 아니, 저 상자.”

“상자?”

“봐 봐 저거, 아버지가 어제 들고 온.”

“아아, 저 상자.”

“대단히 중요한 게 들어 있는가 보다 하고.”

“내가 손 못 대게 하신 상자네.”

그렇게 말하며 이토 씨는 수건으로 땀을 닦았다. 하얗던 수건

이 흙과 진흙으로 더러워진다. 육체노동만 해 온 탓인지 이토 씨
는 나이에 비해 탄탄한 몸을 하고 있다. 나는 수건을 움직일 때마
다 솟아올랐다가 사라져 가는 근육 두렁을 보고 있었다. 이토 씨
가 불쑥 중얼거린다.

"유골이나."

"유-우골!?"

나도 모르게 소리가 갈라진다.

"어머님 것. 봐 봐, 납골 항아리로 제격인 사이즈의 상자 아
나?"

"……엄마 유골은 이미 납골했는데."

"그래. 그럼 틀렸네."

진심으로 아쉬워하는 듯이 대답했다.

"하지만 틀렸다고 해도 맞은 거나 마찬가지일지도. 엄마와 관
련된 것이라는 생각이 들어, 나도."

"사진이나 일기나, 아, 연애편지라든가."

"연애편지라……."

젊은 날, 아버지와 엄마가 주고받은 연애편지. 그거라면 있을
수 있는 일일지도 모른다. 말주변이 없는 만큼 아버지는 의외로
달필이라, 정열 넘치는 글을 쓰고서는 부지런히 엄마에게 부쳤을
지도.

"……열어 볼까?"

"응?"

이토 씨가 놀란 얼굴로 나를 본다.

"신경 쓰이잖아, 수수께끼 상자의 내용물."

"그야 신경은 쓰이지만."

"어떡해, 생물이거나 하면. 썩어 버리면 곤란하잖아."

"아무리 그래도 부패할 만한 것을 가져오지는 않았을 것 같은데."

"살짝 열어 보자. 괜찮아, 뚜껑, 테이프로 붙인 것도 아니고. 똑바로 돌려놓으면 안 들킬 거야."

한 걸음 내딛은 내 팔을 이토 씨가 세게 잡았다.

"안 돼, 아야."

"안 들킨대도."

"그런 문제가 아냐."

조용한 목소리로 이어서 말한다.

"부모 자식이라고 해도 되는 일과 안 되는 일이 있잖아."

똑바로 쳐다보니 역시 반론할 수 없었다. 정론에 굴한 것이 분해서 나는 홱 시선을 피한다.

"이것 봐."

이토 씨는 좀 전과는 달리 밝은 목소리로 내 신발 크기쯤 되는 고야(오키나와의 장수 식품으로 독특한 쓴맛을 지닌 채소, 우리나라에서는 여주나 고과 등으로 불린다./ 옮긴이)를 흔들어 보였다. 오늘 아침까지 바지랑

대 한가운데쯤에서 흔들리고 있던 녀석이다.

"참치, 있었지. 찬푸르(이것저것 섞인 것, 비빈다는 뜻의 오키나와 식 볶음 요리./ 옮긴이) 해 먹자. 괜찮아, 찬푸르라면."

말의 의미를 알 수 없어서 가만히 얼굴을 되돌아보자 웃는 얼굴로 말했다.

"찬푸르는 일식이니까."

어쩐지 아슬아슬하게 아웃일 것 같은 기분이 들었다.

결국 아버지가 돌아온 것은 8시를 꽤 넘긴 시각이었다. 이토 씨는 마침 샤워 중이라서 나는 혼자 텔레비전 퀴즈 방송을 보고 있었다. 욕실에서 웬 영어 노래가 들려온다. 이토 씨가 자주 부르는 노랜데, 무슨 노래인지 생활한 지 일 년이 된 지금까지도 전혀 모르겠다.

딩동, 벨이 울려 바로 현관으로 나갔지만 문을 열기까지의 그 짧은 시간에 딩동 딩동 딩동 하고 연거푸 세 번이 울렸다. 짜증이 일었다. 서로 얼굴을 보지 않고도 이야기를 하지 않고도 이렇게까지 사람을 화나게 만들 수 있다니, 어떤 의미로 아버지는 천재가 아닐까 하고 생각한다.

"오셨어요."

"짐은 도착했으려나."

내 인사를 무시하며 말한다. 다녀왔다는 인사 정도는 하세요,

라고 어제 일을 떠올리며 속으로 욕했다.

"도착했어요. 방으로 옮겼어."

"이불도 왔으려나?"

"왔어요."

아버지는 크게 끄덕였다.

"다른 사람 이불만큼 불쾌한 것도 없지, 암."

아버지에게 이불을 빼앗겨 다다미 위에서 하룻밤을 잔 이토 씨가 가여웠다.

"목욕인가."

음정 틀린 노래가 들리는 곳을 확인하고서 아버지가 말한다. 고개를 끄덕이자 이번에는 식탁으로 눈을 돌려서는, 정말 싫다는 듯이 미간을 찌푸렸다.

"또 볶음 요리냐."

역시 아웃, 하지만 조금만 더 참았다면 세이프였을 텐데, 생각하면서 냉장고에서 오이 문어 초무침과 가지 조림을 꺼냈다. 놓인 접시를 슬쩍 보고서 아버지는 "자, 먹어라."라며 슈퍼드라이 여섯 캔들이 팩을 다이닝 테이블에 툭하고 놓았다. 산 지 얼마 안 됐는지 차가운 캔에 조그마한 물방울이 흠씬 달려 있다.

"고마워요. 마실래요?"

"음, 아니, 으음, 그럼 뭐 한 캔만 마실까."

한 캔을 아버지 앞에, 다른 한 캔을 내 옆에 둔다. 남은 것은 냉장고에 넣었다. 먹다 남긴 발포주가 떠올라 상당히 미지근해진 것을 벌컥벌컥 단숨에 모두 들이켰다. 고야 찬푸르에 들어 있는 목면두부를 집어먹는데 아버지가 또다시 미간을 찌푸렸다.

"얘, 너무 마시는 거 아니냐."

"겨우 두 개째예요."

"젊을 때부터 그리 마셔 대다간 나중에 큰일 난다, 암."

그러고서 아버지는 젊은층 알코올중독이 어쩌고, 키친 드링커 (알코올 의존증 주부를 일컫는 일본의 신조어./ 옮긴이)가 저쩌고, 하며 특기인 일장 연설을 시작했다. 정말이지 텔레비전 앞으로 돌아갈까 싶었지만 여기서 내가 퇴각하면 목욕을 마치고 나온 무방비 상태의 이토 씨가 느닷없이 아버지 앞에서 망신 당하고 말 것이다. 그것은, 어쩐지, 너무나 미안했다.

두 번째 맥주를 비우고 제법 양이 차자 아버지의 말투도 상당히 온화해졌다. 나도 알코올이 적당히 돌아 세상의 꽤 많은 부분을 용서할 수 있을 듯한 기분이 들었다.

"어떠냐, 일은."

"서점이라 몸은 힘들지만 꽤 재미있어요."

"오호."

"최근에 많잖아요, 예쁜 손글씨 POP. '서점 직원 추천' 같은 것."

"아아, 있지."

"그런 것도 가끔 쓰고. 내가 읽고 재미있었던 책을 손님이 사

주거나 하면 해냈다! 하는 생각도 들고요."

맥주로 붉어진 아버지의 얼굴이, 부드러워진다.

"책을 상대하는 장사라는 건, 꽤 멋지군. 암."

아버지의 맥주가 빈 것 같기에 한 캔 더 마실지 물어보았다.

"아니, 맥주는 이제 됐다. 이 집에는 소주가 있으려나."

"보리소주는 있어요."

"아, 됐어, 그거면 돼. 그럼 조금만, 연하게 해 주려무나."

들은 그대로 만들어 내자 아버지는 눈을 가늘게 뜨며, 유리잔에 입을 갖다 대고는 '주욱' 들이켰다. 아버지의 얼굴은 상당히 붉다. 술을 좋아하지만 주량이 세지는 않다. 나와 똑같다. 정확히 말하자면 내가 닮았다.

"오빠네, 모두 잘 지내요?"

큰맘 먹고 물어본다. 이 화제를 꺼내려면 지금밖에 없다고 생각했다. 아버지는 표정 변화 없이 말했다.

"응, 잘 지내고 있다."

"린과 고타, 시험 친다면서요? 어린 게 고생이네."

무심하게 내뱉은 이 한마디가 아버지에게 극적인 변화를 가져왔다. 아버지는 눈을 딱 부릅뜨며 크게 끄덕였다.

"너도 그렇게 생각하는 게냐. 몇 번이나 반대했건만. 중학교 입학시험 따위 아무런 의미도 없어. 애를 비뚤어지게 만들 뿐이다. 도대체 공립 중학교가 바로 옆에 있는데 무엇 때문에 일부러

비싼 돈을 내고 사립 중학교에 보내려 하는 건지."

"우리 서점 옆에도 학원이 있는데, 매일 밤늦게까지 공부해요. 아직 어린 아이들이."

"믿을 수 있을는지. 도시락을 들고 간다고. 도시락을. 가족끼리 저녁을 먹는 게 얼마나 중요한데. 특히 초등학생 때는, 무리하게 공부시키는 것보다 자유롭게 놀게 하는 게 무조건 좋아. 사십 년, 교사를 했던 인간이 그렇게 말하는데도 기요시 처는……."

"리리코 언니가? 뭐랬는데?"

나도 모르게 몸을 내밀었다. 드디어 핵심에 가까운 화제가 되었다. 아버지가 입을 열려고 하는 순간, 달칵 하고 욕실 문이 열리며 허리에 목욕 수건만 두른 이토 씨가 나타났다.

"후아아~아, 개운해~."

"엇, 아버님. 오셨어요."

머리카락을 쓱쓱 닦으며 이토 씨가 인사한다. 그 모습을 보고 아버지는 급속도로 제정신이 돌아온 듯했다. 추잡스러운 것이라도 본 것처럼 이토 씨에게서 눈을 돌린다. 의자를 끌며 일어나 그대로 4조 반으로 향했다.

"아버님, 목욕은."

"나중에 함세."

맹장지 문이 난폭하게 닫히며 아버지의 모습이 사라졌다. 잠시 멍하니 맹장지 문을 바라보고 있는데 맨발의 이토 씨가 자박

자박한 걸음으로 가까이 다가왔다. 테이블 위의 빈 캔을 보고 "슈퍼드라이." 하며 기쁜 표정으로 중얼거린다. 아버지가 에어컨을 켰는지, 웅웅 실외기 돌아가는 낮은 소리가 들려왔다.

그날 밤, 불을 끄고 이불에 들어가자 생각난 듯이 이토 씨가 말했다.
"내일 어떡할까."
"어, 뭐가?"
"나, 내일, 쉬는 날이라. 아버님 어디 데려가는 게 좋을까 하고."
잊고 있었다. 내일은 토요일로, 이토 씨는 토, 일요일에는 일이 없다. 이 좁은 집에서 아버지와 둘이서 보내야만 하는 것이다.
"괜찮아, 그렇게 신경 쓰지 않아도."
"그런가. 그래도 아버님만 놔두고 우리만 외출하는 것도, 좀."
긴 팔을 머리 아래에 깍지 끼고서 달랑달랑 흔들거리는 전등 줄을 올려다보면서 말한다. 확실히 그쪽이 더 어색할지도 모르겠다.
"아버님, 어떤 곳에 가고 싶어 하시려나."
"……영화는, 꽤 보러 간 것 같아."
"영화라……."
침묵. 나는 어두운 영화관에 나란히 앉은 두 사람의 모습을 상상해 봤다. 허리를 꼿꼿이 세우고 팔짱을 낀 채 영화를 주시하는

63

아버지와, 좌석에 축 기대 캐러멜 맛 팝콘을 한 움큼 집어 먹으면서 화면을 바라보고 있는 이토 씨. 분명 아버지는 다디단 팝콘 향에 얼굴을 찡그리며 지체 없이 떨어진 자리로 이동해 버릴 것이다.

"말은 별론가?"

이토 씨가 위를 올려다보며 말한다.

"경마?"

"응."

"안 돼, 안 돼. 절대 안 가. 경마도 경륜도, 파친코조차 안 가는 사람인데."

"파친코도 안 가?"

"도박은 '엄청난 낭비'래."

"감이랑 똑같네."

"감?"

"얼마 전에 아야가 말했잖아. 아버님 산골 출신이라 감 돈 주고 사는 것 싫어한다고."

그랬다. 불과 며칠 전에 그 이야기를 했었다. 그때, 아버지는 '먼 사람'이었다. 설마 지금, 옆방에 있을 줄은.

"영화, 라……."

말하면서 팔을 풀어 옆에 누운 내 가슴부터 배를 애무하기 시작했다. 손가락 끝이 더욱 아래를 따라간다.

"안 돼, 옆에 있잖아."

팔을 잡아떼며 작은 목소리로 항의하자, 몸도 내 쪽을 향하며 말했다.

"오늘 S데이잖아."

S데이. 섹스 데이인가. 아니, 성교 데이일지도 모른다. 어느 쪽이든 지금 할 일은 하나다.

"다음에 해, 다음."

"에이~ 다음인가요~."

입으로는 그렇게 말하면서도 이토 씨는 손을 멈추지 않는다. 얇은 티셔츠 속으로 이토 씨 손바닥의 부드러움이 전해져 온다. 집요하게 만져 대는 사이에 유두가 서고 말았다. 바로 알아챈 이토 씨는 티셔츠를 젖혀 유두를 입에 머금고는 굴렸다. 동시에 다른 한 손을 팬티 안으로 넣어 중지로 클리토리스를 가볍게 누르며 조금씩 진동시켰다. 소리가 새어 나올 것 같다. 꾹 참는다.

"조용히 할 테니까. 응."

귓가에 대고 속삭이자, 하는 수 없이 끄덕였다. 그렇지 않아도 이토 씨에게는 여러 가지로 민폐를 끼치고 있다. 최소한 몸 정도는 좋아하는 대로 하게 해 주지 않으면, 하는 쓸데없는 생각을 했다.

팬티 속 이토 씨의 손가락이 세로로 미끄러지기 시작했다. 하반신이 마비된 듯 몸이 뜨거워진다. 나는 가만히 이토 씨의 페니스를 만졌다. 이미 충분히 크고 단단해져 있다. 기분 탓인지 평소보다 훌륭한 기분이 들었다. 어쩌면 아버지의 존재 때문에 흥분하고 있는 것일까. 그런 생각이 든 순간 머릿속에 아버지의 앙상한 얼굴이 휙 하고 떠올라 나는 황급히 그 이미지를 지웠다. 싫다, 싫다, 아버지를 의식하면서 섹스하는 건 절대로 싫다. 눈을 감고서 이토 씨 손가락의 움직임과 그에 따라 올라오는 쾌감의 파도에 집중한다. 아버지 방에서는 아무 소리도 나지 않는다. 실외기만이 낮고 단조롭게 돌아가고 있다.

3

아버지는 감을 싫어하는 게 아니다. 오히려 좋아한다고 생각한다. 그 증거로, 사 온 감을 깎아 테이블 위에 놓아두었는데 어느 사이에 접시가 비어 있었던 것이다. 어릴 때는 어쨌는지 몰라도, 성인이 되고서는 나도 오빠도 감 같은 건 거들떠보지도 않았으므로, 그건 분명 아버지가 먹어 치웠을 것이다. 엄마가 "어머어머. 당신 다 먹었네. 내가 먹으려고 깎은 건데!"라고 말하자 "돈 주고 산 것치고는 맛이 없군."이라며 얄미운 소리를 내뱉었다. 엄마는 나를 향해 익살스럽게 눈을 부릅뜨며 뱅그르르 굴려 보인다. 그러고서 다시 감을 깎으러 부엌으로 향한다. 깎는 족족, 있는 감을 모조리, 아버지는 다 먹어 버렸다.

엄마의 병이 발견되기 전이니까, 아직 내가 대학생이었던 때의 일이다. 오빠와 리리코의 결혼이 정해지고 앞으로 한 달 후에 식을 올리는 단계가 됐을 무렵, 갑자기 엄마가 "가족끼리 여행 가자."는 말을 꺼냈다. 그렇지 않아도 일과 새로운 생활 준비로 바쁜 오빠는 당연히 난색을 표했고 아직 일하던 아버지도 "그럴 여유 없다."며 매정하게 거절했다. 하지만 평소에는 아무것에도 집착 않는 엄마가 이때만은 희한하게 물고 늘어진 결과, 그 끈기에 두 손 들어 하는 수 없이 토, 일요일을 이용해 가족 넷이서 일박의 짧은 여행을 가기로 했다. 일정이나 숙소 등 일체의 준비를 엄마가 담당했는데, 직전이 되어 행선지를 들은 우리는 깜짝 놀랐다. 당연히 하코네나 아타미 같은 가까운 온천일 거라고 생각하고 있었는데 엄마가 계획한 여행은 나가노에 있는 아버지가 태어난 산촌을 방문하는 것으로, 묵을 곳은 무려 지금은 폐옥이 된 아버지 생가라는 것이다.

당연히 전원이 맹렬히 반대했다. 뭐가 좋다고 다 쓰러져 가는 시골집에 묵어야 하나. 전기며 가스며 수도도 안 나오는데. 도대체 그런 아무것도 없는 곳에 가서 어쩌자고. 아니, 가고 싶으면 가도 되지만 최소한 밤에는 어디 온천에 가서 묵자. 이러쿵저러쿵 모두 필사적으로 설득했지만 엄마는, 아니 그곳이 좋아, 그 집에 묵을 거라며 계속 버티다가 그러는 사이 결국 출발 일이 되고 말아, 이제 모르겠다, 될 대로 되라며 자포자기의 심정으로 차에 올랐다.

차에는 언제 찾아냈는지 침낭과 랜턴 등 예전에 여름휴가로 가족끼리 캠핑 갔을 때의 도구가 쌓여 있어 '혹시 마음이 바뀌어 료칸에서 묵자고 말할지도.'라는 막연한 희망마저 부서졌다. 가는 차 안에서 엄마 혼자만 기분이 들떠 있고, 핸들을 잡은 오빠도 조수석에 앉은 아버지도 뒷좌석의 엄마 옆에 앉은 나도 필요한 말 이외에는 일절 하지 않았다. 도중에 점심을 먹으려고 들른 휴게소에서 사소한 걸로 나는 아버지와 말다툼을 했다. 말다툼을 한 기억은 남아 있지만 핵심인, 왜 그랬는지는 기억나지 않는다. 아마 정말로 별거 아닌 일이었을 것이다. "더럽게도 맛없는 휴게소 돈가스 덮밥에 천이백 엔이나 지불하는 것은 엄청난 낭비다." 였나 뭐였나.

산 표면에 들러붙은 것처럼 세워진 그 집은 상상했던 그대로의 낡은 집으로, 기와는 반이 떨어지고, 장지문은 멋대로 부서지고, 다다미는 변색되어 지금이라도 발이 빠질 것 같았다. 엄마의 호령 아래, 전에 거실로 사용되었던 10조 방만 청소를 했다. 덧문이며 장지문을 걷어 내고 바람을 들인다. 여름의 끝자락이었지만 이미 산은 가을 공기라, 스쳐 지나가는 바람이 약간 서늘하니 상쾌하다. 눈앞에 북알프스가 짜잔- 하고 우뚝 솟아 있었다. 하늘과 산과 나무들. 그것밖에 없다. 정말로 그것밖에 없는데도 나와 오빠는 한동안 넋을 잃고 움직이지 못했다.

가지고 온 빗자루와 먼지떨이를 이용해 그 주변 먼지를 털어 냈다. 집 앞을 흐르는 작은 시내에서 양동이로 물을 푸고, 단단히 짠 걸레로 닦아 낸다. 평소 하지 않는 일을 하는 건 꽤 즐거웠고, 방이 깨끗해져 가는 걸 보는 것도 기분 좋았다. 처음에는 투덜투덜 불평하던 아버지 역시 자신이 나고 자란 집은 반가운지, "다섯 살 때 넘어져서 이 기둥에 머리를 다쳤지."라든가 "벽장의 낙서는 미쓰오 큰아빠(아버지의 큰형)가 한 거야. 형편없지."처럼, 하나하나 해설을 해 가며 그때마다 작업을 중단했다. 텅 빈 방은 생각보다 간단하게 깨끗해져 주변에 땅거미가 내리기 전에 저녁 준비를 시작할 수 있었다. 준비라고 해 봤자 풍로에 물을 끓이고 레토르트 카레를 데우거나 통조림을 까고, 집에서 다듬어 지퍼락에 넣어 온 채소를 담아내거나 하는 것뿐이었지만.

"땀 씻고들 오세요."라는 엄마의 독촉에 한 명씩 랜턴을 들고 작은 시내에 가서 미역을 감았다. 누군가에게 들킬까 싶어 나무 그늘에서 쭈뼛쭈뼛 옷을 벗었지만, 생각해 보면 낮 동안에도 누구 한 사람 우연히 지나가는 일이 없었다. 해가 떨어진 지금, 이런 곳에 찾아오는 별난 취향의 사람 따위 있을 리 없었다. 산에서 흘러 내려오는 물은 나도 모르게 소리를 지를 정도로 차가웠고, 손으로 떠서 마셔 보니 달고 순한 맛이 났다. 물에 적신 수건으로 온몸을 닦았다. 냇가의 풀숲에서 작은 빛이 호흡하는 듯 반짝이고 있었다. 그것이 반딧불이라는 걸 알기까지 한참 시간이 걸렸다.

맥주를 마시고 검소한 저녁 식사를 끝내고 나니 더 이상 할 일이 아무것도 없었다. 주변은 칠흑 같은 어둠으로, 그 어둠은 도쿄의 것보다도 훨씬 더 두꺼워서 손으로 만지면 다시 제자리로 되돌아갈 것 같은 질감을 수반하고 있었다. 대들보에 매단 것과 보스턴백 위에 둔 것, 그 랜턴 두 개 주변만이 은은하게 빛난다. 빛을 노리는 벌레가 날아들기에 일단 장지문을 끼우고 방 안에 모기향을 피웠다. 내일 아침이면 가방 안의 속옷까지 모기향으로 가득하겠지.

랜턴 빛을 에워싸고서 이야기를 나눴다. 오빠의 결혼, 내 학교 생활, 이 집에 얽힌 아버지의 추억. 집에서는 좀처럼 입을 열지 않는 오빠가 신기하게도 말이 많았던 것을 기억하고 있다. 엄마는 먼저 이야기를 꺼내지 않고 그저 생글생글 웃으며 모두의 이야기를 들었다. 어느 것이나 시시한 이야기였지만 랜턴 빛이 흔들리는 이 방에서 주고받고 있으니 조금은 특별하게 여겨졌다.

그러는 사이에 누가 먼저랄 것도 없이 침낭에 들어갔다. 침낭은 아버지, 엄마, 나, 오빠 순으로 네 개를 나란히 깔았는데 같은 방에 모여 자는 게 몇 년 만인지 하고 나는 생각했다. 낮에 부지런히 움직인 덕분에 눕자마자 잠들어 버렸다. 부서진 장지문 너머에서 가을벌레가 울고 있었다.

한밤중이었을 것이다. '꺅'인지 '악'인지 모를 오빠의 비명에 눈을 떴다. 황급히 베개 옆의 랜턴을 켜자 일어난 오빠가 반미치 광이처럼 온몸을 때리고 있었다.

"뭐하는 거야-."

엄마가 우물거리는 말투로 묻자 오빠는 머리카락을 마구 긁어 대며 말했다.

"뭔가 굉장히 큰 벌레가 내 얼굴에 바스락, 바스락."

"요놈이다, 요놈."

아버지가 오빠의 침낭 위에서 검은 물체를 잡아 올렸다. 그건 큰 뿔을 지닌 굉장한 수컷 장수풍뎅이였다. 아버지에게 몸통을 잡혀 강모가 나 있는 여섯 개의 손발을 꼬물꼬물 움직이고 있다.

"장수풍뎅이였구나." 오빠가 표 나게 안심이 드러나는 목소리로 말했다.

"크다, 백화점에서 사려면 비싸겠지."

내가 감탄하자 아버지는 흥 하고 코웃음을 치며 우습지도 않다는 듯한 목소리로 대답했다.

"이런 건 쓸어버릴 정도로 있어. 돈 내고 사는 놈 속을 모르겠군."

"엄청난 낭비지." 엄마가 조롱하듯 말했다. 아버지는 아무 말 없이 일어나 장지문을 열고 밖의 어둠을 향해 장수풍뎅이를 멀리 던졌다. 그와 동시에 장수풍뎅이가 날개를 퍼덕인 듯하다. 멀어 져 가는 프로펠러기 같은 소리가 났다.

다음 날은 오빠가 오후에 리리코와 외출할 일이 있었기에, 서

둘러 짐을 정리해 돌아갈 준비를 했다. 짐을 다 실어 낸 방은, 그 순간 원래의 폐옥으로 돌아와 어젯밤의 이런저런 일들이 마치 꿈처럼 느껴졌다.

차에 올라타고서 자 출발, 하려는 순간 엄마가 "성묘 안 갔어." 라고 말했다. 아버지 쪽 선조 대의 묘는 이 집의 뒷산에 있고, 아버지의 부모님도 그곳에 잠들어 있다. 하지만 재를 올리느니 선조 공양이니 하는 것에 관심 없는 아버지는 노골적으로 싫은 얼굴을 내비쳤다.

"오늘은 됐어. 기요시도 좀 있다 약속 있고."

"잠시 합장하고 오는 것뿐인데. 시간 그렇게 안 걸리니까."

"그래도."

단념하지 못하고 이미 채워 버린 안전벨트를 가만히 만져 대는 아버지를, 엄마는 이상할 정도로 강경하게 끌어냈다.

"아이참, 괜찮대도. 그럴 시간에."

요맘때 각다귀가 굉장하다느니, 이 여름 호우에 산사태나 나서 없어지면 좋으련만 같은 말로, 계속해서 투덜대는 아버지를 연행하듯 일으켜 세워 엄마는 뒷산을 향해 간다. 나와 오빠는 조용히 두 사람의 뒤를 따랐다.

꾸불꾸불한 산길을 몇 번 통과해 도착한 산 중턱에 부드러운 잡초로 뒤덮인 테니스 코트 크기만 한 빈 땅이 있고, 그곳에 석조 묘 열 몇 기가 나란히 있었다. 큰 것은 곳간 크기지만, 내 무릎 정도밖에 안 되는 작은 것도 많다. 이끼로 뒤덮인 한 묘에 얼굴을 가까이 대고 묘비명을 읽는다. '겐지 2년'이라는 글자와 여성인 듯한 이름을 겨우 읽어 낼 수 있었다. 얼마나 오래됐는지는 알 수 없지만 분명 내 선조 분들이겠지.

묘지 중간쯤에 있는, 비교적 새것으로 보이는 화장대 크기의 묘석 앞에서 아버지와 엄마가 허리를 굽혔다. 이 묘의 주인공이 아버지의 부모님인 듯하다. 나와 오빠도 얌전한 얼굴로 허리를 굽혔다. 조부모는 내가 태어나기 전에 돌아가셨기에 추억할 만한 것이 아무것도 없었다.

"누군가, 왔나 보네."

물병에 올려진, 아직 다 마르지 않은 흰 국화를 보고 아버지가 말한다.

"향이라도 가져왔으면 좋았을 텐데."

여전히 손을 합장한 채, 뭔가 멍하니, 엄마가 말했다.

산을 내려오다가 지상이 훤히 내려다보이는, 나무들이 드문드문 나 있는 경치 좋은 장소를 발견했다. 무심코 발을 멈춘다. 눈 아래로 큰 강이 빛난다. 밭이 가지런하다. 쓰레기라도 태우는지 한 농가 뜰에서 연기가 피어오르고 있었다.

"저 나무다."

아버지의 갑작스런 큰 목소리에 세 사람 모두 깜짝 놀라 아버지를 쳐다봤다. 아버지는 생가의 길 건너 밭에 우뚝 선 큰 나무를 가리키고 있다.

"뭐가 저 나무예요, 아버지." 내가 묻자 아버지는 "보고도 모르냐, 저건 감나무다. 아버지가 어릴 때부터 저곳에 있었는데, 가을이 되면 빽빽이 열매를 맺지. 간식은 무조건 저 열매로, 매일 먹어 댔었다." 연신 응응, 하면서 혼자 끄덕인다.

"정말 훌륭한 나무네요." 오빠가 감탄한 듯이 말하자 가슴을 펴며 "당연하지. 마을에서 제일인 나무야."라며 으스댔다. 그러고 또다시 가늘게 눈웃음을 지으며 감나무를 바라보면서 "오르기에도 그만이었는데, 암. 저, 딱 좋은 상태로 굽은 가지에 걸터앉아 감을 베어 물며 쓰바쿠로다케(일본 나가노 현 오마치 시와 미나미아즈미 군의 경계에 있는 화강암으로 된 산./ 옮긴이)와 호타카(나가노 현과 기후 현의 경계에 있는, 일본에서 세 번째로 높은 산./ 옮긴이)를 바라봤었지."라며 반가운 듯 말했다.

엄마와 오빠와 나는 아버지가 올랐다는 감나무를 가만히 내려다봤다. 지면에서 가까운 곳에 옆으로 뻗은 굵은 가지가 있어 분명 아이들도 손쉽게 오를 만하다. 어린 날의 아버지를 상상해 본다. 가지에 걸터앉아 호타카를 응시하며 감을 베어 무는, 마른 몸에 머리만 큰 소년을. 형의 낡아 빠진 큰 스웨터를 입고 있다. 손에 쥔 감의 끈적임을 신경질적으로 바지에 닦는다. 산맥을 향해 짓궂은 아이의 이름을 투덜투덜 외친다. 다 외치고서는 누가 들지는 않았을까 하고 황급히 주변을 살핀다.

"그러고 보니 전에 왔을 때도 아버지가 알려 줬었어, 저 나무."

엄마가 작은 소리로 중얼거렸다.

"완전히 잊고 있었구나."

"당신은 언제나 멍하니 있으니까." 아버지가 미움 받을 소리를 한다. 나는 놀라서 엄마의 얼굴을 쳐다본다.

"온 적 있어, 엄마?"

"아버지와 결혼하기 전에. 선조님께 보고해야 된다고 해서."

먼 날을 그리워하는 듯이 눈을 가늘게 뜬다.

"확실히 그때는 나무 아래까지 갔었지. 그리고 둘이서 석양으로 물드는 북알프스를 바라봤단다."

"하아ー……."

탄식한다. 아버지와 엄마에게 젊은 시절이 있었다니, 쉽사리 상상이 안 간다. 더욱이 둘이서 나란히 산을 바라보다니, 그런 로맨틱한. 지금은 로맨틱이라는 말에서 가장 멀리 떨어져 있는 부부인데 말이다.

"옛날 일이다."

말을 내뱉고는 아버지는 지체 없이 왔던 길을 되돌아갔다. 오빠와 엄마가 뒤따른다. 우두커니 서 있던 나를 "아야." 하며 엄마가 다정하게 불렀다. 허둥지둥 길을 내려가기 시작한다. 아무리 노력해도 그때의 나에게는 젊은 날의 아버지와 엄마의 모습이 떠오르지 않았다.

이 여행으로부터 반년 후, 엄마의 폐에서 암이 발견되었다. 수
술하여 한 번은 회복했지만 머지않아 뇌로 전이되어 그로부터 순
식간이었다. 결국, 그것이 가족이 함께 간 마지막 여행이 되었다.

이토 씨와 아버지는 영화를 보러 갔을까.
토요일은 일하는 내내 그 생각만 했다.
내가 집을 나올 때 이토 씨는 아직 자고 있었고 아버지 방에서
도 사람이 움직이는 기척은 전해지지 않았다. 가능한 한 소리를
내지 않으려고 애쓰며 연어를 굽고 낫토를 반죽하고 청경채와 유
부를 넣은 된장국을 만들었다. 오이 절임도 준비했다. 조용히 내
분량을 먹고 남은 것은 꼼꼼하게 랩을 씌운 뒤 일하러 나갔다.
일은 엉망이었다. 집에 두고 온 두 사람이 신경 쓰여서 집중을
못해 계산 실수로 손님에게 욕을 먹기도 하고, 깜박하고 발주 전
표를 버려서 점장에게 싫은 소리를 들었다. ("역시 대졸은 다르
군, 전부 머리에 넣어 버리네.") 맹추 같은 짓만 저지르는 나를 간
마니와 씨가 걱정스레 보고 있었다. 잠깐이라도 시간이 비면 간
마니와 씨에게 이야기를 해 봐야겠다고 생각했지만 여름방학 마
지막 주말이라 손님이 끊이질 않아 점심시간조차 제대로 쉬지 못
한 채 하루가 끝났다.

시곗바늘이 6시 반을 가리키자마자 나는 탈의실로 뛰어 들어가 에이프런을 벗어던지고 토트백을 움켜쥐고서 가게를 튀어나왔다. "먼저 실례하겠습니다."라고 말했을 때에 이미 몸은 거리에 나와 있었다. 계산을 하던 간마니와 씨가 동그란 눈을 더욱더 동그랗게 뜨고서 이쪽을 쳐다보는 모습이 시야 끝에 비쳤다. 미안해, 간마니와 씨. 조만간 반드시 사정 얘기할 테니까. 조만간.

달리고 달려 온몸이 땀으로 흠뻑 젖은 채 집에 도착했다. 난폭하게 문을 연다. 하이라이트를 피우며 테이블에서 스포츠 신문을 읽고 있던 이토 씨가 그 소리에 놀라 움찔 몸을 떨었다.

"빨리 왔네."

"아버지는?"

"안 계셔."

이토 씨는 미안한 듯이 목을 움츠리며 말한다.

"안 계시다니?"

"아침에 내가 일어났을 땐 이미 안 계셨어. 점심 지나서까지 기다려 봤지만 안 돌아오셨어."

"그럼 영화는?"

이토 씨는 고개를 가로저었다.

"아버님이 좋아하실 만한 것, 찾아 놓았는데."

그렇게 말하고는 스포츠 신문을 손가락으로 튕겼다. 얼굴을 내밀어 들여다보니 카리브해에서 해적이 대활약하는 헐리우드 영화에 빨간 동그라미가 쳐져 있었다. 무슨 기준으로 '아버지가 좋아할 만한' 영화라고 판단했는지 전혀 이해 안 갔다.

"뭐, 괜찮아. 영화는 도망가지 않으니까."

이토 씨의 입버릇이 나왔다. 도망가진 않지만 상영 기한은 있는데, 라고 생각하면서 앉으려는데 그제야 의자 수가 늘어나 있는 것을 알아챘다. 오늘 아침까지만 해도 두 개밖에 없었는데 세 번째 의자가 다이닝 테이블 밑에 들어가 있다.

"어떻게 된 거야, 이거."

의자를 당겨 본다. 원래 것과 같은 디자인이지만 비닐이 덮인 쿠션의 색이 달랐다. 원래의 두 의자는 옅은 갈색인데 이것은 완전한 하늘색을 띠고 있다.

"괜찮지. 리사이클 숍에서 찾았어. 무려 천 엔이야, 천 엔."

득의양양한 얼굴의 이토 씨가 대답한다.

"에이, 필요 없는 거잖아. 어차피 곧 돌아갈 텐데."

"그렇긴 해도 셋이서 식사할 때 곤란하잖아."

"그야 그렇지만-."

"예비 의자, 하나 정도 있어도 괜찮잖아. 정말 방해가 되면 버려 버리면 되고."

"그야 뭐……. ……그나저나 색 굉장하네."

나는 그 경박스럽다고도 말할 수 있는 하늘색 의자를 바라봤다. 칭찬을 들었다고 생각했는지 이토 씨는 "점원도 '이런 색의 의자는 좀처럼 안 나와요.' 하더라고."라며 콧구멍을 벌름거렸다. 그건 수요가 없으니까, 라는 말이 목구멍까지 차올랐지만 뜨거운 태양 아래 의자를 짊어지고 돌아왔을 노고를 생각해 참았다.

그날 아버지가 돌아온 건 심야 0시가 다 되어서였다. 이토 씨는 훨씬 전에 잠들어 버려, 나는 본가에서 가지고 온 형광등을 켜고 이불에 드러누워 갓 출간된 미스터리를 읽고 있었다.

역시 벨을 울리는 것은 쑥스러운지, 똑똑, 똑똑똑똑, 하고 문을 두드린다. 하지만 날림 공사를 한 약한 문이라 두드리면 오히려 귀에 더 잘 들어온다. 진절머리 나는 기분으로 현관으로 향하면서 내일은 내 열쇠를 아버지에게 줘야겠다고 생각했다.

문을 열자 빨간 얼굴을 한 아버지가 서 있었다. 홀딱 벗겨진 이마는 흠씬 땀에 젖어 있었다. 담배와 기름이 뒤섞인 냄새가 확 풍겨 온다. 싸구려 술집 냄새다.

"그렇게 마시고, 괜찮아요? 혈압."

스스로도 가시 돋친 목소리라고 생각했다.

"별로 안 마셨다. 안 마셨어."

힘들게 신발을 벗고 바지의 벨트를 느슨하게 풀며 자신의 방 맹장지 문에 손을 가져다 댄다.

"내일도 이토 씨, 쉬는 날이니까."

상대 좀 해 주라는 마음과, 다시 어디든 나가 버리라는 마음.

상반되는 두 감정이 내 안에 있다. 어느 쪽의 감정이 보다 강하게 말로 스미어 나올까. 아버지는 뒤돌아보며 "알고 있다. 어느 세상에 일요일에 급식 만드는 초등학교가 있겠냐. 응?" 아주 바보 취급을 하는 듯한 말투로 말했다. 발끈해서 뭐라고 되받아치고 싶었지만 내가 입을 열기도 전에 맹장지 문이 소리를 내며 닫혔다.

내일 오빠 집에 안 돌아가면, 반드시 기필코 전화할 것이다. 도대체 오빠는 제대로 아버지를 설득하고 있는 건지. 이러쿵저러쿵 이유를 대며 미루고 있는 것 아닐까. 리리코도 그렇다. 사과 문자 한 통 정도는 보내야 하는 것 아닌가.

생각하면 생각할수록 화가 치밀었다. 이불에 누워 불을 끄고 나서도 도무지 잠이 안 왔다. 한참을 노력해 봤지만 2시 지나서 포기하고 미스터리를 마저 읽기로 했다. 하늘이 하얘지기 시작한 4시쯤, 겨우 풋잠이 들었다. 꿈을 많이 꾸는 피곤한 잠이었다. 꿈 속에서도 같은 책을 읽고 있었다.

커피 향에 눈이 떠졌다. 텔레비전 소리가 아주 작게 틀어져 있다. 오른손에 머그컵을, 왼손에 잼 토스트를 든 이토 씨가 정좌를 하고서 아침 와이드 쇼를 보고 있다. 화면에 빠져든 눈빛이 진지 그 자체다. 소리가 작아서 집중하지 않으면 알아들을 수 없을 듯하다.

"좋은 아침."

"일어났어? 있잖아, 유료 낚시는 어떨까."

"유료 낚시?"

"응. 순간 번뜩인 건데."

이토 씨는 토스트를 크게 한 입 베어 물었다. 자잘한 부스러기가 다다미에 떨어졌다. 막 잠에서 깬 탓에 돌아가지 않는 머리로 생각한다. 나는 아침에 약하다. 기동하기까지 삼십 분은 걸린다.

"……아버지와 함께?"

겨우 생각해 낸 대답을 말해 본다. 이토 씨는 끄덕였다.

"영화는, 취향이라는 게 있으니까. 남자 둘이서 나란히 보는 것도, 왠지 멋쩍고. 그런 점에서 유료 낚시는 남자끼리라도 전혀 이상하지 않고, 대체로 어색하지 않잖아, 가만히 앉아 있어도."

나쁘지 않은 아이디어라고 생각했다. 아니, 아주 좋다.

"좋네, 좋아, 낚시, 좋다."

나는 들뜬 기분으로 말했다. 이토 씨는 또다시 득의양양하게 콧구멍을 벌름거리며 말했다.

"이미 장소도 알아 놨어. 근처에 괜찮아 보이는 곳이 있어서."

남은 토스트를 두 입에 해치우고 웅크려 휴대전화를 조작하기 시작했다. 노안이라 앞이 잘 안 보이는지, 약간 머리를 뒤로 젖힌 자세로 엄지를 움직인다. 그 서툰 모습을 보고 있으니 미안함에 가슴이 쿡쿡 아렸다.

"저기 말이야-, 이토 씨, 그렇게 신경 안 써도 돼."

"아-, 응."

조작에 집중하고 있어 건성으로 대답한다.

"마음대로 와서는 멋대로 눌러앉아 있는 것뿐이니까. 점심 같은 것도 안 차려도 돼, 딱히."

"아무리 그래도 그럴 수야 없지."

"너무 친절하게 대하면 자리 잡아 버릴지도 몰라. 어떡할 거야, 이대로 계속 함께 살게 되면. 이 좁은 집에서."

"그건 좀 곤란한데."

그렇게 말하고서 휴대전화의 화면을 나에게로 향했다.

"여긴데, 어때?"

나무 그늘이 많은 비교적 넓은 낚시터 사진이 작은 화면 가득히 찍혀 있었다. 어두운 영화관보다는 훨씬 마음이 편안할 것 같았다.

이토 씨와 아버지는 낚시터에 갔을까.

행선지만 바뀌었을 뿐, 전날과 같은 생각을 하면서 하루를 보냈다.

아이가 있는 간마니와 씨는 일요일은 휴무라, 그녀를 대신해 매주 점장 사모님이 일손을 도우러 온다. 야성적인 웨이브의 갈색 머리를 길게 늘어뜨리고 짙은 색의 립스틱을 즐겨 바르는 화려한 사람이다. 서점 사모님보다 스낵바의 마담이 어울린다. 사람 쓰는 게 거칠고 자질구레한 일에 시끄러워서 나는 가능한 엮이지 않으려 하고 있다. 이름도 모른다. "사모님"으로밖에 부른 적이 없다.

반나절 내내 신경 쓰면서 일하고 겨우 점심시간이 되었다. 이토 씨에게 전화를 해 볼까 하고 휴대전화를 꺼내 들었는데 문자한 통이 와 있었다. 간마니와 씨였다.

"갑작스럽지만, 오늘 밤 한잔하러 안 갈래? 남편이 아이 데리고 야간 경기 보러 가거든." 문장 끝에 맥주잔에서 거품이 넘치는 이모티콘 세 개가 달려 있었다. 나와 간마니와 씨는 가끔 둘이서 술을 마시러 간다. 그녀도 꽤 마신다.

가고 싶다. 엊그제부터 일어난 이런저런 일을 이야기하고 싶다. 하지만 아버지가 있다. 저녁까지 이토 씨에게 떠맡겨도 될까.

우선 이토 씨에게 전화해 보기로 했다. 외출한 김에 둘이서 밖에서 먹고 올지도 모르니.

다섯 번의 전화 끝에 이토 씨가 전화를 받았다.

"잘 잡혀?"

"안 잡혀, 라고 해야 할지. 안 갔어."

"왜? 싫다고 하셔?"

내가 집을 나올 때 아버지는 아직 자고 있었다. 그래서 열쇠만 두고 나왔다.

"무슨 볼일이 있대, 11시쯤인가 나가셨어."

"또?"

"일단 점심은 두 사람 분 만들었는데."

"미안해."

"괜찮아. 점심은 도망가지 않으니까."

마시러 가고 싶다는 말은 점점 꺼내기 힘들어져 버렸다. 말을 찾고 있는데 반대로 물어 왔다.

"그래서, 뭐?"

"실은 간마니와 씨가 한잔하러 가자고 해서."

"언제."

"오늘."

"괜찮네, 갔다 와."

시원스레 오케이가 나왔다.

"그렇지만, 저녁 아버지랑 둘이서 먹어야 하는데."

"괜찮아. 그런 건 별로."

"안 어색하겠어?"

"식당에서 합석했다고 생각하면."

이토 씨의 말투는 끝까지 태연스럽다. 응석을 부리기로 했다.

"그럼 갔다 올게. 그렇게 늦지는 않을 거야."

"알았어."

끊으려는데 열쇠가 생각났다. 어젯밤 아버지처럼 밤늦게 잠을 내고 싶지 않다. 이토 씨에게 말하자 "그럼 밖에 놔둘게. 알기 쉬운 곳에 숨겨 놓을게."라고 했다.

"안 돼, 알기 쉬운 곳은. 도둑에게 들키고 말걸." 지적하자, "알기 쉽지만, 알기 어렵게 할게. 의심받지 않도록 연구할 테니." 하고 장담했다. 모순이라고 생각했지만 믿기로 했다.

"그래서 아야 요즘 모습이 이상했었구나."

"역시 티나?"

"알지, 그럼. 아야 얼굴에 드러나니까-."

그렇게 말하며 간마니와 씨는 싱하를 벌컥벌컥 병째 마셨다.

세 정거장 떨어진 터미널 역의 타이 요리점에 와 있다. 나는 근처 술집이어도 상관없었지만, 간마니와 씨가 "학부모들 마주치기 싫다."고 해서 일부러 나왔다. 타이 요리점으로 정한 것도 "평소 집에서 만들 수 없는 것을 먹고 싶다."는 그녀의 희망에 의해서.

"마음이 안 편해, 집에 돌아가도. 신경 쓰여서. 아버지가."

청파파야 샐러드를 집어 먹으며 푸념한다. 작은 타이 고추가 생각 외로 매워서 황급히 싱하에 손을 뻗는다.

"파트너는 뭐라고 해?"

타이 쌀밥 옆에 그린 카레를 담으며 간마니와 씨가 물었다. 이토 씨의 존재에 대해서는 꽤 한참 전에 이야기했었다. 나이 차가 꽤 난다는 것도. 하지만 스무 살이나 된다는 건 아직 말 못했다.

"딱히. 비교적 담담히 대처해 줘서. 오히려 나보다 친절할지도. 나는 안 돼-. 아버지 말 하나하나에 화가 울컥 치밀어서. 바로 되받아쳐 버려."

"원래 그런 걸지도. 실제 부모 자식 사이라는 게 배려가 없잖아. 그래서 도리어 서로에게 상처를 입히지."

서로에게 상처를 입힌다. 나와 아버지의 관계는 그것과는 조금 다른 기분이 든다. 하지만 구체적으로 어디가 다르냐고 물어도 말로 잘 표현할 수가 없다. 대신 물어봤다.

"간마니와 씨는 부모님과 어때?"

간마니와 씨는 이 동네에서 나고 자란 터라, 부모님도 근처에 살고 있다고 한다. 아이가 어릴 때는 꽤 도움을 받았다고 했다.

"어떤······. ······음······."

눈이 우왕좌왕 헤엄친다. 생각 중이다, 생각하고 있다.

"······아주 평범하다고 생각해. 엄마와는 지금도 종종 장 보러 가거나 밖에서 밥을 먹기도 하고. 아버지는 원래 과묵한 사람이라 친정에 갔을 때 잠깐 이야기 나누는 정도. 아, 그런데 최근에 아버지가 페이스북을 시작해서."

"아버지가 페이스북?"

"놀랍지-. 팔십이 다 된 할아버지가. 아버지에게서 '친구 신청'이 왔을 때는 깜짝 놀랐다니깐. 아버지와 친구가 된다는 것에도 위화감이 있었고."

"그래서 어떻게 했어?"

"한동안 보류해 뒀는데, 단념하지 않는 거야, 아버지가. 그래서 이대로 무시하기도 그렇고 해서 승인했지. 그런데 처음으로 아버지 페이지에 갔다가 또 놀랐잖아. 떨어져 살고 있는 오빠나 남동생은 그렇다 쳐도 엄마까지 '친구'가 되어 있는 거야! 매일 얼굴 마주치고 있으면서, 굳이 페이스북으로 연결되지 않아도 되는데 말이야."

간마니와 씨는 그렇게 말하고는 깔깔거리며 아주 이상하게 웃었다.

'대단하네. 부부가 페이스북이라.'

마음속으로 감탄했다. 동시에, 만약 엄마가 살아 있었다고 해도 우리 집에서는 절대로 있을 수 없는 일이라고 생각했다.

"그런데 말이야, 꽤 열심히 하셔, 아버지가. '정원에 붓꽃이 피었습니다.'라든가, '어제는 고교 동창회에 갔습니다.'라든가. 나보다 빈번하게 올리고 있어. 거기에 코멘트를 다는데, 그러면 아버지가 좋아 가지고 또다시 코멘트를 달아서 분위기가 후끈 달아오르기도 해. 얼굴 마주하고서 이야기하는 것보다 편하지ㅡ, 인터넷이. 그래서 지금이, 어쩌면 지금까지의 인생에서 부모 자식 간의 거리가 가장 짧을지도. 지금에 와서 줄인다고 해도 이미 늦은 감도 들지만."

대단하네, 대단하네를 연발하는 내 앞에서 간마니와 씨는 "싱하 둘." 하고 큰 소리로 추가 주문을 했다. 굉장하네. 그렇게 해서 가까워지는 부모 자식 간의 거리가 현대에도 있구나.

"아야도 아버지에게 추천해 보면 어때? 페이스북."

장난기 어린 얼굴로 간마니와 씨가 말한다.

"아니, 아니, 아니. 절대 안 할 테니까. 우리 아버지는. 그런 것."

"모르는 거야-."

나는 얼마나 아버지가 편협하고 완고하며 입이 험한데다 거만하고, 그런데도 얼마나 소심한지를 이야기했다. 싱하를 다 마시고 붉은 와인으로 바꾸자 더욱더 입이 풀려 지독한 구두쇠에다 허세남이며 세상에 대한 체면에 사로잡혀 있고, 그럼에도 또 얼마나 그 세상을 두려워하고 있는지, 이야기했다.

"다시 말해 그릇이 작아. 내 아버지는."

상당히 돌아가지 않는 혀로 나는 단언했다. 거의 약 한 시간 정도 간마니와 씨는 내 이야기를 잠자코 들어 주고 있었다.

"그게 제일 싫어. 용서가 안 돼, 나는. 그릇 작은 인간만큼 비참한 것은 없다고 생각해, 나는!"

와인 잔을 쥐고 반 정도 남아 있던 빨간 액체를 목구멍에다 부어 넣었다. 한 잔 더 따르려 병을 들어 올렸더니 이미 텅 비어 있었다. 방금 마셔 버린 한 잔을 따랐을 때 다 비었었지 하고 생각났다.

"한 병 더 할까?"

"아냐-. 내일 일해야 하니까……."

간마니와 씨는 망설이고 있다. 나는 쉬는 날이지만 내일이 있는 사람에게 강요할 수는 없다. 메뉴를 보고서 나는 유리잔으로 이번에는 화이트를, 간마니와 씨는 메콩위스키 소다를 주문했다. 이것을 최후의 한 잔으로 하자고 서로 말한다.

"아야가 아버지를 인정하지 못하는 마음은 알겠지만."

메콩 유리잔의 테두리를 손가락으로 매만지며 간마니와 씨가 천천히 말을 꺼냈다. 위스키라고 해도 메콩은 소주에 가깝다.

"그래도, 영원히 이어지는 게 아니니까. 너무 외곬으로 생각하지 않는 게 좋다고 생각해."

"응?"

무슨 소리를 듣고 있는 건지 이해가 안 갔다. 간마니와 씨는 이번에는 잔 속의 액체를 천천히 돌리기 시작했다.

"나 아이 둘 키우고 있잖아. 첫째 때, 육아 노이로제 비슷한 게 왔었어, 아주 잠깐이지만."

"응."

맥락을 이해하지 못한 채 맞장구를 친다.

"매일매일 아이와 둘이서 말이야. 밥 먹이고 기저귀 갈고 놀아주고 재우고. 그러고 일어나면 또다시 밥 먹이고. 끝이 없는 거야. 여기까지라는 경계가 없어. 일과 달리."

"응."

"근처 공원에 데리고 나가 아기 엄마들과 교류도 해 봤지만 주변 엄마들과 말이 안 통해서. 싱글벙글 웃으며 듣고는 있는데, 얼굴이 점점 굳어지는 거지. 그래서 집으로 도망쳐 돌아오면 또다시 아이와 둘이잖아. 살려 줘-라고 생각했었어. 이게 계속되다간 나 미쳐 버릴 거라고."

"응⋯⋯."

"이래저래 우울하던 때에 아이가 세 살 정도 됐을까, 어느 날 문득 깨달았어. '이것이 영원히 계속되지는 않는다.'고. '육아가 힘든 시기는 대개 오 년 정도로, 그건 긴 인생 중 겨우 오 년이잖아.' 하고. 한창 힘들 때에는 잘 모르기 쉽지만 언젠가는 끝나기 마련이야, 대부분의 것은. 그걸 깨닫고 나니 마음이 꽤 편해졌어. 그 뒤부터는 '기간 한정, 기간 한정'이라고 스스로에게 말했어."

설마 간마니와 씨의 입에서도 '기간 한정'이 튀어나올 줄은. 어쩌면 정말로 마법의 주문인 걸까.

"그러니까, 음, 내가 하고 싶은 말은 말이지⋯⋯. 아야의 아버지도, 지금처럼 계속 건강하게 옆에 있지는 않는다는 것. 반드시 끝은 찾아오고, 그것은 그렇게 먼 미래가 아닐지도 몰라."

겨우 이야기의 맥락이 보였다.

"음, 그러니까, 아버지에게 다정하게, 라는 말?"

"그게 아니라⋯⋯. 체념해 주면, 이랄지. 용서해 주는 게 어때."

"용서라."

"그러는 편이 아야의 마음도 평온해진다고 할까."

"용서라……."

두 번을 반복해 중얼거려 봤지만 그 단어가 단번에 머리에 내려앉지 않는다. 입을 다물어 버린 나를 간마니와 씨가 빙그레 웃으며 보고 있다.

간마니와 씨와 헤어진 뒤 집으로 향하는 밤길을 걸으며 계속해서 '아버지를 용서하는 것'에 대해 생각했다. 아버지에 대해 그런 생각을 한 적은 지금껏 한 번도 없었다. 대체로 '용서'란 강한 사람이 약한 사람에게 행하는 것으로, 관계를 그런 식으로 인식하기에 아버지는 내게 있어 지나치게 절대적이다.

중간쯤 왔을 때 휴대전화가 울렸다. 오빠에게서였다. 거의 무의식적으로 받았다.

"정말로 미안해. 면목 없어. 잘못했어."

인사 할 겨를도 없이 오빠는 오로지 사죄의 말만 늘어놓았다.

"줄곧 네게 전화해야 한다고 생각했었지만 일이 바빠서. 리리코와도 좀처럼 말할 시간이 없었고."

"응."

"아버지에게도 전화할게. 꼭 할게. 오늘은 이미 늦었지만 내일은 반드시. 그래서 돌아오시도록 말할 테니까."

"괜찮아. 조금 더 머물게 해도."

스스로도 생각지 못한 말이 튀어나왔다. 오빠도 당황했는지 전화 저편에서 잠자코 있다.

"나도, 동거하고 있는 사람도 조금 적응이 됐다고 해야 하나, 아무튼 일을 하고 있으니까 거의 안 마주쳐. 리리코 언니도 조금 더 쉬고 싶을 거야."

무슨 소릴 하는 건가, 나는. 바로 조금 전까지만 해도 한시라도 빨리 데려가지 않으면 하고 씩씩 거리던 주제에. 아니, 지금도 아버지가 무거운 짐이란 걸 머리로는 알고 있다. 게다가 리리코. 리리코에 대해서는 요만큼도 걱정한 적이 없는데. 왜 갑자기 나는.

"그래 그래 그래. 이야- 그렇게 말해 주니 살 것 같다. 정말 살 것 같아. 나도 리리코도 정말 살았다."

스스로에게 혼란스러워 하고 있는데 오빠는 "살았다, 살았다." 를 연발했다. 요전번의 '내일' 같았다.

철회 당하면 곤란하겠다 싶었는지 오빠는 그대로 허둥지둥 전화를 끊어 버렸다. 집에 도착하기 직전 다시 전화를 걸어 봤지만 '전파가 닿지 않는 곳에 있거나 전원이 꺼져 있어 연결되지 않습니다.'라는 무정한 음성만 흐를 뿐이었다. 연결되지 않는 휴대전화를 휘휘 돌리면서 나는 밤길을 걸었다. 왠지 모르게 보도를 걷기가 싫어져 일부러 차도로 내려가 걸었다. 뒤에서 오던 자동차가 크게 나를 피해 추월해 갔다.

집 열쇠는 현관 앞에 놓인 플라스틱 화분 속에 다 보이게끔 넣어져 있었다. 뭐가 '의심받지 않게 연구할게.'야. 이건 마치 '이곳에 열쇠 있습니다.'라고 간판을 건 것과 다름없지 않은가. 아무리 대충이라도 정도가 있다. 마음속으로 충고를 하면서 소리를 내지 않도록 조용히 문을 열었다. 집 안은 쥐 죽은 듯이 조용하고 맹장지 문은 모두 꽉 닫혀 있다. 벽에 걸린 시계를 보니 벌써 11시 반. 두 사람 모두 잠들었겠지.

얌전히 들어와 다이닝의 형광등을 켠다. 원래 있던 의자와 새로운 하늘색 의자, 직각으로 놓인 두 의자 앞에만 테이블이 더러워져 있다. 그렇다는 건 아버지와 이토 씨 둘이서 저녁을 먹었다는 얘기다.

안심하는 마음과, 여러 가지가 나를 두고 가 버리는 것 같은 초조함. 상반되는 두 마음 사이에서 나는 평형 인형처럼 흔들리고 있다.

화장실로 가서 세면대에서 화장을 지우려고 보니 손목시계를 아직도 차고 있다는 걸 깨달았다. 풀어서 도구 상자에 넣으려는데 무엇인가에 눈길이 끌렸다. 열쇠였다. 이토 씨의 열쇠 옆에 놓여 있는, 반짝반짝 빛나는 은색의 아주 새로운 이 집 열쇠. 열쇠 끝에는 세상에서 가장 유명한 쥐 키홀더가 달려 있었다. 오래 사용해 도장이 벗겨진 쥐는 그래도 애교 가득하게 한쪽 눈을 감고 있었다. 뭐지.

4

쥐 키홀더는 예전에 이토 씨의 애차 열쇠에 달려 있었다. 애차라고 해도 물론 자동차가 아니라 오래된 팥색 주부용 자전거였다. 편의점에서 일하던 시절, 이토 씨는 매일 이 팥색 자전거로 가게에 왔다. 스산한 종업원용 자전거 보관소에 애차를 세우고, 휘파람을 불며 열쇠를 빙글빙글 돌리는 이토 씨를 몇 번이나 본 적이 있다. 그때부터 이미 쥐는 여기저기 벗겨져 있었다.

같은 가게에서 일하면서 이토 씨를 줄곧 '저렇게 다 끝난 인생을 걸어온 사람'이라고 인식하고 있었다. 다음 취직 전까지 임시로 아르바이트를 하고 있는 내게 "전 가게보다 월급이 이십 엔 많다."며 기뻐하는 이토 씨. 그래도 나보다 팔십 엔 낮은 이토 씨. 스물다섯이나 어린 점장에게 반말을 듣는 이토 씨. 이토 씨를 볼

때마다 '루저'니 '낙오자'니 '고독사'니 하는 말이 떠올랐다.

아르바이트 동료 모두에게 업신여김을 당하는 이토 씨였지만 딱 한 사람, 다른 눈으로 보는 사람이 있었다. 마흔여덟의 파트타임 주부인 혼마 씨. 혼마 씨는 손님이 끊긴 가게 안이나 재고 정리 창고 같은 데에 나와 둘만 남으면 꼭 "저 남자 굉장한 섹스를 해."라고 속삭였다. 굉장한 섹스? 저 낡아 빠진 중년 남자가? 내가 "아, 네."라고 건성으로 대답하면 혼마 씨는 자못 깔보는 듯 흥하고 코를 치켜들며 "뭐, 너는 모르겠지만."이라고 내뱉었다. 몰라도 돼요, 알고 싶지도 않네요, 라며 유통기한이 임박한 도시락을 앞쪽으로 진열하며 생각했다. 그 옆에서 샐러드에 이십 엔 할인 스티커를 붙이며 "아마 25센티미터는 될걸." 하고 혼마 씨가 중얼거렸다. 뭐가 25센티미터라는 건지, 듣고 싶지도 않았다.

만약 그 겨울 밤, 나와 이토 씨의 교대 근무가 겹치지 않았다면 혼마 씨 추측의 진위를 내가 아는 일은 영원히 없었을 것이다.

심야 2시, 손님 하나 없는 가게에 갑자기 알람 소리가 울려 놀랐다. 냉장고의 온도 이상을 알리는 알람이었다. 문 닫는 것을 잊어버렸나 하고 확인했지만 제대로 닫혀 있다. 온도도 이상 없다. 그때 같이 있던 아르바이트생과 이야기한 결과 알람 오작동일 것이라는 결론을 내고, 둘은 원래의 일로 돌아갔다. 몇 분 후 다른 알람이 울기 시작했다. 이번에는 뜨거운 캔 케이스. 확인해 보니 확실히 창고 내 온도가 내려가 커피와 차가 미지근해져 있었다.

"히터가 고장 난 거 아닐까요."

나도 그렇게 생각해 24시간 대응 수리 전문 업자에게 연락을 취했다. "가능한 빨리 가겠습니다."라는 대답을 듣고 겨우 한시름 놓은 것도 잠시, 아르바이트생이 소리쳤다.

"큰일 났어요! 모든 냉장고의 온도가 올라갔어요!"

잉? 조금 전의 알람은 분명 오작동이었는데, 하면서 다시 한 번 온도를 확인하니 보통 5~6℃를 유지하고 있는 우유 케이스와 디저트 케이스가 이미 10℃를 넘어 있었다.

"주스 케이스도 멈춰 있어요!"

"아이스는!?"

"위험해요! 녹기 시작했어요!"

아르바이트생의 목소리가 비명에 가까워진다.

밖은 영하에 가까운 추위인데 가게 안은 반팔도 더울 정도의 온도다. 업자가 도착하기까지 한 시간은 걸릴 텐데 그사이 분명 아이스 종류는 완전히 액체로 되돌아가고 말 것이다.

"일단 뒤뜰의 냉동고로 옮기자."

고개를 끄덕인 아르바이트생이 가장 녹기 쉬운 소프트아이스크림을 바구니에 담아 뒤뜰로 향한다. 그러더니 최악의 한마디가 문 너머로 들려왔다.

"뒤뜰도 멈춰 있어요!"

환장하겠네.

어찌할 바를 몰라 아이스 케이스 옆에 우두커니 서 있는데 예의 그 쥐 키홀더를 짤랑거리면서 이토 씨가 들어왔다.

"오늘 밤도 쌀쌀하네. 아- 따뜻해. 여긴 천국이군."

이토 씨는 태평스레 그렇게 말했다. 아르바이트생과 교대 시간이었다. 이토 씨의 모습을 보자마자 아르바이트생은 탈의실로 달려가 불과 몇 십 초 만에 옷을 갈아입고 나와서는 "수고하셨습니다! 그럼 저 먼저!"라고 소리치듯이 고하며 밖으로 튀어나가고 말았다. 불러 세울 틈도 여유도 없었다. 파랗게 질려 있는 나를 보고 이상하다는 듯이 이토 씨가 물었다.

"무슨 일 있었어?"

말해 봤자 헛수고, 말할수록 소용없다고 생각하면서도 사정을 설명한다. 다 들은 이토 씨는 시원스레 말했다.

"밖으로 내자."

"밖?"

"녹는 것보단 낫잖아."

"하지만 판매할 상품인데다, 저렇게나 많은데."

"골판지, 조립해 줄래?"

그렇게 말하고는 유니폼으로 갈아입지도 않고 작업을 시작했다. 묵묵히. 날렵하고 정확하게. 한참을 가만히 보고 있다가 이윽고 나도 돕기 시작했다. 딱히 사전에 의논한 것도 아닌데 나와 이토 씨의 호흡이 딱 맞았다. 골판지를 조립해 아이스를 담아 가게 뒤로 옮긴다. 아이스가 끝나면 디저트. 디저트가 끝나면 유제품.

밖은 추웠다. 정말이지 엄청 추웠다. 이토 씨의 등에서 땀이 수증기가 되어 오른다. 수증기의 행선지를 더듬어 가니 오리온에 다다랐다. 분명 눈에 익은 세 개의 별이 평소보다 눈에 띄게 푸르게 보였다.

나와 이토 씨가 사귀기 시작한 것은 이 '사건'으로부터 두 달 정도 지나서였다. 아르바이트 동료에게는 당연히 비밀로 했는데 어째서인지 혼마 씨에게 들키고 말았다. '25센티미터'라고 간파한 것처럼, 혼마 씨에게는 섹스에 관한 특수한 센서가 있을지도 모르겠다.

우리의 관계를 알자마자 혼마 씨는 점장에게 호소했다.

"나, 저 남자에게 성추행 당했어요."

혼마 씨 왈, 뒤뜰에서 자신을 넘어뜨렸다고 한다. 정조만은 끝까지 지켜 냈지만 가슴과 엉덩이를 마구 주물럭거렸다고 한다. 이토 씨는 부정했다.

"신께 맹세하고 그런 짓은 안 했습니다."(나중에 들었지만 이토 씨는 무신론자였다.)

결국 혼마 씨는 그만두고 말았다. 점장이 아르바이트생 전원에게 청취 조사를 한 결과 '이토 씨가 혼마 씨를 넘어뜨리는 일 같은 건 있을 수 없다. 하지만 그 반대라면 있을 수 있을지도 모른다.'는 증언을 받아 냈기 때문이다.

마지막으로 가게에 왔을 때 혼마 씨는 창백한 얼굴로 나를 쏘아보면서 "어디 죽을 때까지 해 봐." 하고 내뱉었다.

혼마 씨의 표정이 너무나 무서웠기에 "정말 아무 짓도 안 했어?" 하고 그날 밤 이토 씨를 추궁했다. 이토 씨는 빙그레 웃으며 "당연하잖아."라고 말했다. 강요에 의해 뽀뽀 정도는 했나, 한껏 내려간 눈초리를 보며 생각했다. 그 정도는 꿰뚫어 볼 정도의 관계가, 그 시기 우리는 되어 있었다.

아버지가 우리 집에 온 지 이 주가 지났다.

상자의 내용물은 변함없이 모른다.

딱 한 번, 안에 무엇이 들어 있느냐고 물은 적이 있다. 아버지는 어떤 감정도 알아챌 수 없는 얼굴로 "별 거 아니다."라고 중얼거렸다.

생활 패턴은 처음 삼 일간과 거의 변함이 없다. 평일, 나도 이토 씨도 일하러 나가는 날은 아침을 먹는 내 옆에서 신문을 읽고, 이토 씨의 귀가 전에 외출해 버린다. 돌아오는 시간은 반드시 나보다 늦다. 주말은 하루 종일 없어진다. 내가 쉬는 날에만 집에 있다. 자신의 방에 박혀 책을 읽고 있을 때가 많다. 아무튼 '이토 씨와 최대한 둘만 남지 않는 생활'을 노리고 있는 듯하다. 딸의 초로의 보이프렌드와 어떻게 마주해야 좋을지, 아직까지도 파악 못한 거겠지.

처음 일주일 정도는 가끔 아버지가 먼저 이토 씨에 대한 화제를 꺼냈다.

"오호, 이 아나운서는 가나자와 출신인 게냐. 그런데 이토 씨는 어디 출신이냐?"라든가, "꽤 젊은 엄마군. 그나저나 이토 씨의 가족은 어떻게 되느냐?"와 같은.

본인은 별 의도 없이 말하는 듯하지만 지나치게 다짜고짜 훅 들어온다. 대답하지 않으면 마음에 담아두므로 되도록 간결하게 대답한다.

"분명 요코하마.", "누나 둘. 아버지는 돌아가셨고 어머니는 첫째 언니네."

다음을 기대하는 눈으로 깜박깜박 이쪽을 쳐다보지만 그 이상은 말하지 않는다. 아니, 그보다 몰라서 말 못하는 거지만. 그 정도에서 대부분은 아버지도 포기하고 입을 다무는데, 딱 한 번 이토 씨의 과거 결혼 생활이 화제가 되었을 때만은 역시나 집요했다.

"결혼!"

결~혼!이라, 대답했다.

"꽤 오래전. 이십 대 때였대요."

"이혼했군."

"그렇지 않겠어요? 지금 독신이니까."

"전 부인은 어떻게 되었냐."

"재혼해서 어디 먼 곳에 살고 있다나 봐요."

"아이는 있고?"

"없는 것 같아요."

"같아요, 는 무슨 뜻이냐."

"들은 적이 없으니까 없다고 생각하는 거죠."

"있으면 어쩔 셈이야!"

목소리가 갈라져 있다. 우뭇가사리를 뜬 스푼이 부들부들 떨렸고 (그때 우리는 미쓰마메(삶은 완두콩에 깍둑썰기한 무를 넣고 꿀을 친 음식./옮긴이)를 먹고 있었다.), 관자놀이에 핏대가 잔뜩 올랐다.

"뭐 딱히, 아무것도 안 할 건데요."

"그럼 안 돼. 아이라고, 아이, 아이!"

분명 아버지의 머릿속에는 '유산 상속', '혈육 간 분쟁', '의문의 죽음을 맞는 딸'과 같은 단어가 날뛰고 있었으리라 생각한다. 애초에 이토 씨에게 자산 같은 건 없지만. 내가 아는 한에서는.

성가셔서 "오늘 밤 물어볼게요." 하고 말을 끝내려는데 "오늘 밤은 늦어. 지금 물어봐라."며 쏘아본다.

"일하는 중이에요."

"틀림없이 배식 끝나고 때마침 휴식 중일 게다."

역시 전 교사.

"오늘 밤에 해도 되잖아요."

"그러고서 너는 꼭 잊어버리지."

역시 현 아버지.

이 이상 입씨름하는 것도 귀찮아져 휴대전화 버튼을 눌렀다. 신호음이 들린다. 맞은편에서 진지한 표정으로 아버지가 나를 보고 있다. 만약 이토 씨에게 아이가 있다고 하면. 나는 반질반질 빛나는 텃밭의 가지를 쳐다보면서 생각한다. 남자라면, 그 녀석과 연애하는 것은 어떤 기분일까. 나보다 어린, 이토 씨를 닮은 남자. 이토 씨와의 관계보다는 건설적일지도 모른다. 건설? 뭐가 건설이란 말인가? 무심코 떠올린 단어 때문에 스스로도 깜짝 놀란다. 이토 씨와 살기 시작하고서부터 지금까지 그런 건 생각해 본 적도 없었다. 분명 그랬는데.

신호음은 계속되고 있다. 아버지는 내게서 눈을 떼지 못한다.

"그래서 어떻게 됐어?"

간마니와 씨의 눈동자가 호기심으로 반짝반짝 빛난다. 눈도 평소보다 세 배 정도 커졌으려나.

9월이 되어 아르바이트생인 야마모토 군이 돌아왔기에 오늘은 삼십 분 정도, 간마니와 씨와 겹쳐 휴식을 취할 수 있었다. 탈의실 겸 창고에서 둘이서 캔 커피를 마시고 있다.

"없었어."

"없었구나~."

아쉬운 듯이 간마니와 씨가 중얼거린다.

전화를 받은 이토 씨는 단박에 "없어."라고 말했다. "있으면 재미있었을지도."라고도 했다. 그 말을 들은 아버지는 그대로 휴우하고 어깨의 힘을 뺐다. 잔뜩 긴장하고 있다가 갑자기 풀려서인지 지쳐 버린 기색으로, "잠깐 누워야겠다."며 자신의 방으로 사라졌다. 어쩌면 혈압도 올라갔을지 모른다. 그리고 그 일 이후 아버지는 이토 씨에 대해 그다지 꼬치꼬치 캐묻지 않았다. 심장에 안 좋다는 걸 깨달은 거겠지.

"재미있어. 아야네는. 아버지도 이토 씨도."

그렇게 말하며 캔 커피를 빙빙 돌렸다. 선술집에서 이야기한 이후 완전히 '아버지 마니아'가 됐는지 늘 "아버지 어떠셔?" 하고 물어 온다. 나도 간마니와 씨 외에는 이야기할 상대가 없기에 매일 느끼는 울분이나 부조리 등을 다소 각색하여 드러내고 있다. 아버지 이야기를 하는 사이에 자연스레 이토 씨의 나이도 들키고 말았다. 스무 살 차이라는 걸 알게 됐을 때는 역시나 놀랐지만 "아야한테 동세대의 남자는 부족하지."라며 시원스레 납득했었다.

"그러고 보니 아버지와 이토 씨, 함께 쇼핑했었어, 얼마 전에."

"아버지 피하고 있으셨잖아, 이토 씨를."

"응. 그래서 우연히. 슈퍼에서 마주쳤다나 봐."

"와우-."

이토 씨의, 긴 문장에 비해 갈피를 잡을 수 없는 설명에 의하면 이렇다.

그날의 급식은 돈가스 카레였다. 아이들에게 배식을 끝내고 한숨 돌린 순간, 6학년 2반 담임이 급식실로 뛰어왔다. 급식 직원이 돈가스가 담긴 식판을 뒤엎고 말았다고 한다. 이야기를 들으니 부족한 수는 정확히 급식 아저씨, 아줌마의 머릿수와 일치했다. 그래서 이토 씨와 직원들은 자신들 용으로 남겨 뒀던 돈가스를 궁지에 빠진 6학년 2반에 증여하기로 했다.

"돈가스가 없는 돈가스 카레는 너무 잔혹하잖아. 한창 먹어 댈 아이들에게."

증여한 것까진 좋았는데 이토 씨의 머릿속에 완전히 돈가스가 들러붙고 말았다. 돈가스 먹고 싶다. 갓 구워 낸, 두껍고 시바견 (일본 고유의 견종./ 옮긴이) 색깔의 고놈. 그래, 오늘 저녁은 돈가스로 하자. 이토 씨는 들뜬 마음으로 슈퍼에서 돼지고기 로스트 세 점과 양배추 한 통을 사서 집에 왔다. 고기에 옷을 입히고 양배추는 채를 치고 된장국 준비도 다 되어 이제 튀기기만 하면 되는데, 갑자기 생각났다. 소스가 없다. 지난번 크로켓을 먹었을 때 소스를 다 사용해 보충해 놔야지 해 놓고서는 잊고 있었다.

돈가스에 소스가 없다는 건 생각할 수 없다. 이토 씨는 샌들을 끌고 지갑을 꽉 쥐고서 슈퍼로 달렸다. 도착하자 우선 가게 앞에 산처럼 쌓인 복숭아가 눈에 들어왔다. '그러고 보니 아야 복숭아 좋아하지.'라는 생각에 이거다, 싶은 하나를 손에 쥐려는데 뒤에서 불쑥 뻗어 나온 손이 그 복숭아를 집었다.

'내 복숭아.' 하며 반사적으로 뒤돌아본다. 복숭아를 집은 아저씨와 눈이 맞았다. 아버지였다.

"그대로 거기서 '그럼 안녕히.'라고 말하는 것도 이상하잖아. 그래서 아무렇지 않게 함께 장을 보게 된 거야. 아버지가 '뭐 사러 왔나.'라고 물어보기에 '소스입니다. 오늘 밤은 돈가스예요.'라고 말했어. 그랬더니 아버지 왈 '그래.' 그 후로 대화도 없이 계속 걸었대. 그리고 조미료 진열대까지 와서 아, 있다 있다 하며 소스를 집으려 하는데 뒤에서 또 불쑥 손이 뻗어 나와서."

"뻗어 나와서?"

간마니와 씨가 절묘한 타이밍에 장단을 맞춘다. 되도록 재미있게 듣고 싶은지, 한 박자 거리를 둔다.

"'운이 좋네. 오늘은 특매군.'이라면서 우스터소스(양파, 마늘, 사과 따위에 조미료, 향신료를 넣어 끓인 소스. 영국의 우스터셔 주가 원산지다./ 옮긴이)를 홱."

"돈가스에 우스터소스를?"

"이토 씨도 그렇게 생각했대. 그래서 솔직하게 '음, 중농소스 (우스터소스와 돈가스소스의 중간 정도 농도의 걸쭉한 소스/ 옮긴이)로 안 하시고요?'라고 물었더니 마치 야생 원숭이라도 보는 듯한 눈으로 한마디."

"한마디?"

"중농소스는 악마의 소스야. 문명인이라면 우-스터지."

간마니와 씨는 폭소했다. "문명인이라면 우-스터." 이것도 아버지의 입버릇 중 하나다. 본가에 있을 때 대체 몇 번이나 이 대사를 들었는지. '우스터'가 아닌 '우-스터'라며, '우'와 '스' 사이에 '-'가 들어가 버리는 것도 아버지의 버릇으로 엄마가 생전, 몇 번 주의를 줘도 고쳐지지 않았다.

"우-스터소스는 없나?"

"어라, 이 가게에는 없나 보네요."

"무슨 가게가 이래. 경영자는 야만인인가."

"아버지. 우-스터가 아니라 우스터요."

이것, 저것, 언제, 어디서 들은 대화일까. 최근, 아주 최근, 이 대화를, 이 대화가 존재하는 풍경을, 내 안에서 재생한 기분이 든다.

"어-이."

간마니와 씨가 내 눈앞에서 손을 팔락팔락 흔들었다. 정신이 든다.

"무슨 생각을 그렇게 해?"

"뭐, 딱히."

"에이, 거짓말. 아야는 생각할 때 여기를(오른쪽 대각선 아래 공간을) 멍하니 쳐다보고 있다고, 항상. 버릇이야, 버릇."

몰랐다. 나에게도 간마니와 씨와 비슷한 버릇이 있는 줄은.

"별거 아니야. 그보다 간마니와 씨 아버지는 요즘 어떠셔? 페이스북."

"하고 있어-. 변함없이 부지런히. 웃겼던 게 '어제 저녁은 고등어 된장 조림. 약간 짜다. 더구나 질기다.'는 글을 올린 거야, 거기에 엄마가 '그럼 직접 조리하세요.'라는 코멘트 달아 가지고. 그걸 계기로 한참 동안 계속해서 서로 비난이 오갔지. 전 세계를 향해 부부 싸움을 공개할 필요는 없을 텐데."

"불타올랐구나."

"고등어 된장 조림 때문에."

소리를 맞추어 웃었다.

창고 문이 열리고 야마모토 군이 물끄러미 얼굴을 내밀었다.

"저기, 이제 시간이."

"아, 미안 미안. 그럼 아야, 먼저 일어날게."

창고를 나가는 간마니와 씨에게 손을 흔들며 나도 일어났다. 야마모토 군과 단둘이 있자니 어색해서 공원 벤치에서 시간을 때워야겠다고 생각했다. 아직 햇볕은 강하지만 나무 그늘에 들어

가면 바람이 꽤 시원하다. '히타치 서점'에서 최근에 구입한 해외 미스터리를 손에 들고 밖으로 나간다. 몇 발짝 걸었을 쯤 등 뒤에서 누군가 톡톡 하고 어깨를 치기에 돌아보았다. 태양이 눈에 들어와 눈부시다. 나도 모르게 얼굴을 찡그리며 눈이 가늘어진다. 철가면 두 개가 나란히 서 있다. 통통한 사람과 날씬하니 머리카락이 긴 사람.

"마침 다행이네. 지금 가게로 가는 중이었어."

살찐 쪽의 철가면이 새된 목소리로 말한다. 사에코 이모였다.

"이모. 그러니까 가게로는."

"있잖니, 오늘은, 리리코도 함께 왔어."

이모는 내 항의를 차단하며 옆에 선 또 다른 철가면의 팔을 꾹 잡아당겼다. 오랜만에 만나는, 올케 언니 리리코였다. 이모의 기세에 리리코가 약간 비틀거린다. 어라, 리리코의 팔이 이렇게나 가늘었나? 새하얬나?

"미안해, 아야. 일하는 중에."

철가면 아래에서 작은 쉰 목소리가 났다. 기억 속 리리코의 목소리보다 역시 훨씬 가늘었다.

삼십 분만이라는 약속을 하고 둘을 데리고 공원으로 갔다. 딱 한 곳 비어 있던 나무 그늘 벤치에 나를 한가운데에 놓고 세 사람이 앉는다.

"9월 중순인데 아직도 덥네, 정말이지."

사에코 이모가 철가면을 올리며 손수건으로 얼굴 전체를 닦았다.

"리리코도 벗어. 얼굴, 땀나잖아."

말을 듣고 그제야 깨달은 듯 리리코는 천천히 가면을 올렸다. 옆모습을 보고 놀랐다. 홀쭉하니 야위었다. 피부가 심하게 거칠다. 립스틱은 밀려 나오고 파운데이션이 얼룩져 있다. 세련된 리리코에게는 있을 수 없었던 일이다. 무엇보다 눈에 생기가 없다. 안개가 낀 것처럼 시선에 힘이 없다. 오빠에게 '노이로제 조짐'이라는 말은 들었지만 이 정도일 줄은. 골칫거리인 아버지가 없어졌는데도 경쾌하지 않았던 걸까.

내 마음의 동요 같은 건 전혀 개의치 않고 이모가 툭툭 말하기 시작했다.

"아버지 오고 꽤 지났잖니. 아야가 어떤지 걱정이 되어서 말이야. 어쨌든 아버지와 둘이서 생활하느라 여러 가지로 힘들지. 그래서 '아야 보러 갈까 하는데.'라고 말했더니 리리코가 '저도요, 꼭.' 하고 말하잖니, 그래서 함께 왔어. 아무리 문자를 주고받고 있다고 해도 역시 사람은 직접 만나 이야기하지 않으면 안 되는 일이 많으니."

"문자?"

"리리코가 '삼 일에 한 번은 문자하고 있어서.'라고는 하는데,

그래도 그렇잖니?"

거짓말이다. 아버지가 우리 집에 온 이후 리리코가 문자를 보낸 일은 한 번도 없다. 리리코의 얼굴을 물끄러미 살핀다. 멍한 시선이 약간 내려간 기분이 들었다. 직접 오고 싶어 했다는 말도 분명 거짓말이다. 이모에게 억지로 이끌려 왔음이 틀림없다. 희뿌옇게 뜬 리리코의 얼굴을 보면서 나는 생각했다.

"그래서, 어때, 아버지와의 생활은?"

사에코 이모가 스윽 내게로 방향을 돌리며 묻는다. 분명 방금 닦아 냈는데 사에코 이모의 얼굴에는 땀이 줄줄 흐르고 있다.

"정말 별일 없어요, 얼굴 거의 안 마주쳐서."

"말도 안 돼. 좁은 아파트 생활인데."

미안하네요, 좁은 아파트라서.

"나 낮에는 일 나가고. 휴일에는, 아버지는 방에 박혀 종일 책만 읽으니까."

"밥은 어떻게 하고 있어?"

"마치고 오면 내가 만들어요."

사실은 거의 이토 씨에게 맡기고 있지만.

"건강은 어때?"

"나?"

"아니, 아버지. 바보야."

"약은 산만큼 먹고 있는데 딱히 쓰러지거나 하지는."

"쓰러지면 늦어. 바보야."

바보 바보 할 거면 나한테 떠넘기지 마.

"신경 안 쓰면 안 돼. 심장도 그렇지만 열사병 같은 것. 노인은 감각, 둔해지니까."

"응."

"싸우거나 하진 않아?"

"안 할 리가 없잖아요."

"아유, 참. 어떤 부분에서 싸움이 나는데?"

"……조림 간 맞추는 거나. 세탁물 개는 방법이나."

이모가 크게 응응 하고 *끄덕*인다.

"진짜 시끄럽지, 그런 것에, 아버지. 옛날부터 그래. 미야코 언니는 젓가락질까지 주의 받았는걸."

"시끄럽다고 해야 할지, 까다로워."

"맞아, 까다롭지, 일일이. 남자 주제에. 그렇게 귀찮을 수가 없다니깐. 도대체가, 받아먹는 입장이면서."

"이모님. 죄송하지만 자리 좀 비켜 주실 수 있으세요?"

그때까지 가만히 우리의 대화를 듣고 있던 리리코가 갑자기 입을 열었다. 말허리가 꺾인 이모가 어이없는 얼굴로 리리코를 본다. 리리코가 거듭 말했다.

"아야와 둘이서 이야기하고 싶어요."

"어머나. 내가 있으면 안 돼?"

"네."

단호하게 리리코는 말했다. 이전의, 그 믿음직한 리리코의 얼굴
이 되어 있었다. 이모는 마지못해 무거운 엉덩이를 일으켰다. 노골
적으로 남고 싶어 하는 표정을 짓고 있다. 모처럼 잡은 먹이를 빼
앗긴 하이에나 같은 눈이다. 하지만 리리코는 그 눈을 무시했다.

"……그럼 뭐 저쪽을 한 바퀴 돌고 있을 테니까."

"죄송해요."

"좁은 공원이라 금방 돌아올 것 같지만."

"괜찮습니다."

이모는 철가면을 내리며 나무 그늘에서 나갔다. 철가면으로
얼굴이 가려지기 직전 '나중에 알려 줘.'라는 눈빛으로 나를 쳐다
봤지만 모르는 척했다.

벤치에 리리코와 둘만 남겨졌다. 나는 눈치채지 않도록 살며
시 엉덩이를 들어 이모가 남긴 공간 쪽으로 살짝 옮겼다. 머리 위
에서 매미 소리가 화살표처럼 내려온다. 리리코는 입을 닫은 채
움직이지 않는다.

"……의외였어요."

침묵을 참지 못하고 말한다. 리리코가 튕겨져 나가듯이 나를
쳐다봤다.

"그 선바이저. 리리코 언니가 그런 걸 쓰다니, 왠지 이미지가
달라요."

리리코가 약간 웃어 보였다.

"아, 이거. 오늘 사에코 이모님에게 억지로 강요당했어. '무조건 좋으니까 써.'라고."

"아-, 그래서. 이모도 참 강경하다니까."

"선한 사람이라 거절 못해."

"나 그 선바이저 볼 때마다 철가면이 떠올라요."

"그렇구나."

"왜 있잖아요, 보통 유럽 성에 장식되어 있는 것 같은."

"아아."

"아니면 용접공. 발상은 같네요."

"응."

침묵. 리리코는 다시 입을 다물어 버린다. 나는 또다시 엉덩이를 약간 옮겼다. 저 멀리서 이모가 성큼성큼 돌아오고 있다.

"미안해."

지면을 쳐다보며 불쑥 리리코가 말했다. 벌써 며칠이나 비를 흡수하지 못한 땅은 하얗게 구워져 금이 가 있다.

"아버님 일, 아야에게 여러 가지로 민폐를 끼쳐서. 정말 미안해."

"아, 아니, 아- 네."

"그리고 문자나 전화 한 번도 안 해서, 미안해."

"아니, 뭐 그건 딱히. 오빠에게 가끔 전화하니까요."

"해야지, 해야지, 라고 생각은 했지만."

거기서 리리코는 말을 끊었다. 또다시 시선이 금이 간 지면으로 빨려 들어간다. 조금 전 아주 잠깐 돌아왔던 쾌활한 리리코는 모습을 감추고, 야위었는데 몸이 부어 보이는 작은 인형 같은 리리코가 그곳에 있다.

"……요즘, 뭘 하는 것도 귀찮아서. 심할 때는 밥도 못하고 청소도 못해."

"네."

"못된 엄마지. 아이들이 고생하고 있는데도……."

고개를 숙인 탓에 긴 머리카락이 얼굴을 가린다. 머리카락마저 역시나 윤기를 잃어 인조모 같았다.

"의사한테 가 봤어요?"

"갔지만. 여름 타는 거래."

"약은 받았어요?"

"잠을 못 잔다고 했더니 수면제 주더라고. 그다지 효과는 없지만."

얼굴로 흘러 내려오는 머리카락을 쓸어 올리며 거의 알아들을 수 없을 만큼 작은 목소리로 리리코는 중얼거렸다.

"……가을이 오면 나아지겠지……."

그러고는 큰 한숨을 쉬었다. 몸 안 깊숙한 곳에서부터 멈출 줄 모르고 새어 나와 버리는, 깊은 한숨. 정말로 여름 타는 게 맞나, 이거. 한층 작게 시든 리리코를 보면서 생각한다. 마음의 병이라는 것에 대해 잘은 모르겠지만, 여름 타는 것으로 사람이 이렇게 나 변해 버리는 걸까.

"……아야, 아버님과 생활하는 것 힘들지 않아?"

리리코가 내 얼굴을 올려다보며 묻는다.

"그야 뭐."

"……그렇지……. ……어떡해야 하나……."

신음하듯 말을 밀어내며 양손으로 얼굴을 감싼다. 손가락 끝이 미세하게 떨리고 있다. 난처하다. 정말 난처하다. "이제 들어가 봐야."라는 말을 꺼낼 타이밍을 쟀지만 도저히 말할 분위기가 아니다. 나는 어찌할 바를 몰라 리리코에게서 시선을 돌려 정오를 지난 무렵의 공원을 바라봤다. 어린아이의 손을 잡은 엄마 두 명이 깍깍 웃으며 걸어간다. 회사원인 듯한 중년 남성이 휴대전화를 향해 뭐라고 마구 소리치고 있다. 그 중년 남성을 성급한 발걸음의 노인이 앞지르려고 했다.

"아."

아차 싶었지만, 이미 늦었다. 노인이 돌아본다.

"뭐하고 있는 게야. 이 시간에."

수상쩍은 목소리로 아버지가 말함과 동시에 리리코가 얼굴을 들었다. 아버지와 리리코의 시선이 공중에서 충돌한다. 탕 하는 소리가 들릴 정도로, 격한 충돌이었다. 두 사람 모두 그대로 미동도 안 한다. 호흡마저 멈춰 버린 듯하다. 일 초, 이 초, 삼 초. 그 순간, 의외다 싶을 정도로 가까이서 매미가 "맴맴." 울기 시작했다.
나는 그 소리 덕분에 겨우 정신을 차리며 "아, 저기, 리리코 언니
가, 아니 이모가 갑자기, 그게 그러니까, 무슨 일인지 근처에 와서
는, 오늘은 아르바이트생이 있어서, 그래서 내 시간이 그래서."

조급해 할수록 엉망이 된다. 그런데 옆에서 리리코가 "우욱."
하고 이상한 소리를 냈다. 반사적으로 리리코를 본다. 리리코는
상반신을 웅크려 벤치의 난간에 매달렸다. 목이 덜컥 구부러진
다. 긴 머리카락이 풀썩 떨어진다. 무슨 일이냐고 물어보려던 순
간 리리코의 입에서 회색 덩어리가 튀어나왔다.

"우엑, 악, 으엑, 아아아."

토하고 있었다. 동물 같은 신음 소리를 내며 리리코는 토하고
있었다. 갑작스런 일에 나는 어떤 반응도 할 수 없었다. 주위에
있는 사람들이 놀라서 이쪽을 쳐다봤다. 리리코의 목에서 위액과
함께 뭔가 갸름한 것이 주르륵 지면으로 떨어진다. 메밀국수다.
거의 소화가 안 된 메밀국수다. 사에코 이모와 점심에 먹은 거구
나, 하고 쓸데없는 생각을 한다.

"리리코!"

공기를 가르는 비명에 겨우 정신이 들었다. 소프트아이스크림
세 개를 야무지게 든 이모가 넘어질듯이 뛰어왔다.

"괜찮아!? 정신 차려! 너 무슨 짓을 한 거야!"

이모에게 질타를 받고서야 나는 황급히 리리코의 등을 문질

렸다.

"으아아, 손수건, 아아아, 가방에."

양손이 꽉 찬 이모가 발을 동동 구르고 있다. 그때 겨우 이모가 아버지의 기척을 알아챈 듯하다. 깜짝 놀란 듯이 아버지를 쳐다본다.

"형부……."

아버지의 얼굴이 일그러졌다. 뭔가 아주 고통스러운 것을 맛본 것처럼 모든 곳에 주름이 잡힌다. 아버지는 우리에게서 등을 휙 돌려 잰걸음으로 왔던 길을 되돌아갔다. 그 모습을 쳐다보고 있던 사람들이 아버지의 사나운 얼굴에 놀라 잽싸게 길을 터 줬다. 불러 세울 여유도 없었다. 아니, 분명 불러 세우지 않길 잘했을 것이다.

더 이상 나올 게 없는지 리리코는 노란 위액만을 계속해서 흘리고 있다. 머리카락까지 더러워져 질펀거린다. 아버지의 뒷모습을 굉장히 무시무시한 표정으로 쏘아보던 이모가 험상궂은 눈빛을 내게로 옮겼다.

"아야가 불렀니?"

"어머, 설마! 부를 리가 없잖아요!"

"그렇겠지……."

뒤엉켜 있는 많은 사람들 너머로 더 이상 보이지 않는 아버지를 다시 한 번 쏘아본다. 말로 표현 못할 저주가 이모의 입에서 새어 나오는 듯했다.

"……죄송해요……."

겨우 짜내듯이 말하고서 리리코는 다시 토하기 시작했다.

"아야, 이거 들어!"

이모는 내게 소프트아이스크림을 떠맡기고는 자신의 핸드백을 휘저으며 대형 타월 손수건을 꺼냈다.

"괜찮아, 리리코. 괜찮으니까. 진정해. 진정해."

등을 문지르며 리리코의 손에 손수건을 쥐여 준다. 리리코는 살짝 끄덕이며 손수건을 입가에 갖다 댔다. 이모에게 받았다는 철가면이 무릎에서 발밑으로 구른다. 벤치 옆에 난잡하게 펼쳐진 토사물은 9월의 더위 때문에 이미 쉰 냄새를 풍기고 있다. 리리코의 체액을 빨아들인 땅이 그곳만 번들번들 빛나고 있다. 소프트아이스크림은 벌써 다 녹아 달콤함만 남은 끈적끈적한 액체가 되어 내 손에서 뚝뚝 떨어지고 있다. 매미, 시끄럽다. 이모와 리리코를 보면서 생각한다. 역시 여름은 싫다.

5

그날 집에 돌아오니 아버지가 있었다.

내가 귀가하기 전에 아버지가 외출에서 돌아와 있는 것은 함께 살게 된 이후 처음이었다.

"언제 왔어?"

부엌에서 잘게 썬 오크라(아욱과의 일년초 식물./ 옮긴이)와 낫토를 섞고 있는 이토 씨에게 작은 소리로 물었다. 아버지는 6조 방에서 이쪽으로 등을 돌리고서 NHK 뉴스를 보고 있다.

"내가 왔을 때 이미 계셨어."

"뭐 하고 있었어?"

"멍하니 계셨어."

"멍하니?"

이토 씨는 고개를 끄덕였다. 섞는 손을 멈추고 간장을 조금씩 떨어뜨린다. 지난번 낫토를 냈을 때 "짜다."는 말을 들어서 신중을 기하고 있는 것이리라.

"말을 걸어도 별로 반응이 없어서. 할 수 없이 내버려 두었어. 그러고는 채소밭 손질을 시작했지. 잠시 후 한숨 돌릴까- 하고 허리를 폈더니 그곳에 서 있는 아버지와 눈이 마주쳐서."

4조 반 쪽의 청소창문을 가리킨다.

"'아버님도 해 보실래요.' 하고 엉겁결에 물었더니 '해 볼까.' 하더라고. 틀림없이 거절할 거라고 생각했던 터라 좀 놀랐어."

"오, 오, 그래서 둘이서 정원 손질했어?"

"뭐, 간단한 것만. 잡초 뽑기나 시든 가지 잘라 내는 일."

"와아-."

아버지와 이토 씨가 함께 정원 손질이라. 당장 믿기는 어렵다.

"아버지, 솜씨가 좋더라고. 역시 시골 출신이야. 어디였지. 어디 산기슭이었는데."

오크라와 낫토를 마지막에 스윽 한 번 섞는다. 이어서 이토 씨는 냉장고에서 전갱이를 꺼냈다. 좀 작지만 모양 좋고 등 푸른 예쁜 전갱이였다. 도마에 올려 배에 칼집을 내고 내장을 빼내기 시작한다. 전갱이와 눈싸움 놀이를 하고 있는 나를 흘끗 엿보더니 묻는다.

"뭐야. 무슨 일 있었어?"

"……나중에 얘기할게."

이토 씨는 가볍게 끄덕였다. 아버지가 텔레비전 볼륨을 높였다. 아나운서가 늦더위는 당분간 계속될 것이라 말하고 있다.

"흐-음."

양팔을 머리 아래에 깍지 끼우고 가장자리가 상당히 거무스름해진 형광등을 올려다보면서 이토 씨가 중얼거렸다. 막 끈 하이라이트가 빈 우유팩 속에서 아직도 희미하게 연기를 피워 올리고 있다.

저녁 식사 분위기는 여느 때보다 무거웠다. 나도 아버지도, 물론 그 화제는 언급하지 않았지만, 언급하지 않음으로써 오히려 일어난 일의 윤곽이 또렷하게 떠오르는 것 같았다. 저녁 식사가 끝나자 아버지는 바로 자기 방으로 들어갔다. 샤워조차 하지 않았다. 아버지가 사라지고 두 시간이 더 지난 후, 그제야 나는 겨우 오늘 하루 일어난 일을 이토 씨에게 말할 기분이 들었다. 사실은 한시라도 빨리 모조리 털어 내고 싶었지만, 비록 방이 다르다고 해도, 아버지가 깨어 있는 동안에 자초지종을 말하는 것이 꺼려졌다. 온몸을 곤두세운 아버지가 얇은 벽 맞은편에서 슬그머니 귀를 기울여 듣고 있을 것만 같았다. 청각에 지나치게 집중한 아버지는 비유가 아니라 정말로 온몸이 귀, 거대한 하나의 귀로 변해 버린 것은 아닐까. 그렇게 해서 거대한 나방처럼 벽에 딱 달라붙어 이쪽 소리를 엿듣고 있는 것은 아닐까. 그런 망상에 나는 사로잡혔다.

낮은 소리로 이모와 리리코가 나타난 전말부터 말한다. 이토 씨는 특별히 방해하지 않고 그저 가만히 들었다. 사에코 이모가 결국 아무 말도 하지 못하고 리리코를 껴안다시피 하고 떠나간 것까지 단숨에 말한다. 리리코가, 떨어뜨린 철가면을 잊고 갔다는 것까지 말하고서 겨우 나는 입을 닫았다. 그리고 서두의 "흐-음."

"어떻게 생각해?"

"모르겠어."

즉답.

"어지간히도 싫어한다는 뜻이지, 리리코 언니, 아버지를."

"글쎄, 어떠려나."

"그러니까 얼굴을 본 순간 토했지."

"입덧이었을지도."

"뭐?"

나는 드러누운 이토 씨의 얼굴을 내려다봤다. 아주 진지하다.

"리리코 씨 셋째 가진 것 아냐?"

"시아버지를 보면 토하는 입덧?"

"입덧도 여러 가지가 있는 것 같더라고. 마구 잠이 쏟아지는 '잠자는 입덧'이나 오로지 막 먹어 대는 '먹는 입덧'처럼."

아이도 없으면서 이상한 것에 환하다.

"입덧은 분명 아니었어. 그렇지 않았어, 절대로."

"그럼 아닐지도."

깨끗하게 앞서 한 말을 철회하며 이토 씨는 큰 하품을 했다.

"좀 진지하게 생각해 봐."

"생각해 봤자 모르잖아. 정보가 너무 적다고."

"그야 그렇지만."

"그렇게 신경 쓰이면 내일 사에코 이모님에게 물어보면 되잖아."

"싫어. 이모한테 한 가지 물으면 그 열 배나 되는 질문이 돌아온단 말이야."

"그럼 본인에게 직접."

그렇게 말하고 이토 씨는 눈을 감았다. 엷게 수염이 난 턱을 보면서 생각한다. 물을 수 있을까, 리리코에게. 인형 같았던 리리코. 생기를 잃은 리리코. 가늘고 하얀, 정맥이 툭 불거진 그 팔. 무리다. 도저히 못 묻겠다. 나는 가만히 고개를 흔든다. 이 이상 리리코에게 압박을 가해서는 안 된다는 생각이 든다. 게다가- 게다가 혹여, 내가 세운 '가설'이 들어맞는다면 리리코는 친딸인 내게 결코 진실을 말하지 않겠지. 거기까지 생각하고서 오늘 오후 내내 내 머리를 괴롭히던 그 '가설'을 이토 씨에게 말해 보기로 했다.

"나 내일 아버지 미행할 거야."

이토 씨는 미동도 않는다. 귀에 입을 바싹 갖다 대고서 다시 한 번 말했다.

"아버지 미행할 거야."

"아, 하, 아, 미행?"

뒤집히는 목소리로 이토 씨가 되물었다. 살짝 눈이 뜨인다.

"아버지 매일매일 뭐 하는 것 같아? 하루 종일 밖에서."

"뭐."

"지인이나 친구도 없어. 이 동네에는."

"뭐."

"더구나 매일 나가잖아. 우리 집에 온 뒤로 이 주간 거의 매일, 계속."

"그것과 리리코의 일이 어떻게 연결되는 거야?"

겨우 정신을 차린 듯한 목소리로 이토 씨가 묻는다. 나는 눈을 내리깔고서 말했다.

"⋯⋯성범죄."

"뭐?"

같은 '뭐'지만 이번에는 어미가 올라갔다.

"어쩌면, 어쩌면 말이야, 아버지 무슨 성범죄에 관여되어 있는 게 아닐까. 속옷 도둑이나 강제 추행 같은 짓을 하러 외출하는 거 아닐까. 그래서 리리코가 아버지를 그렇게 싫어하는 거 아닐까. 아니면⋯⋯."

"아니면."

"⋯⋯리리코 본인이 피해를 입었다든지."

이토 씨는 이불 위로 일어나 책상다리를 하고 앉았다. 뚫어지게 내 얼굴을 쳐다본다.

"왜."

"대단하네."

"뭐가."

"아야의 그 상상력. 전부터 대단하다, 대단하다 생각은 했지만. 상상력이 홀로 걸어가고 있어. 아니 걷기는커녕 비상할 기세야."

"혹시 바보 취급하는 거야?"

"아냐, 아니야. 정말로 순수하게 진심으로 칭찬하는 말이야."

그렇게 말하고는 책상다리 자세 그대로 벌러덩 쓰러져 버렸다. 얄미워 죽겠다.

"그 정도로 심하게 싫어했다니깐, 리리코 언니. 이성이 아니라 뭐랄까, 더 이상 본능적으로 못 받아들이는 것 같았어. 생리적으로 무리, 같은."

"그래서 성범죄."

"나도 싫어, 아버지라는 사람을 그렇게 의심하는 게. 하지만 그렇게 생각하면 여러 가지로 앞뒤가 맞는 것 같은 기분이 들어서 말이지. 그래, 맞아, 그 상자도!"

나도 모르게 목소리 톤이 올라간다. 이토 씨가 놀라서 입술에 집게손가락을 세운다. 나는 각별히 낮은 목소리로 말했다.

"아버지가 들고 온 수수께끼의 상자. 그 안에 '전과'가 들어 있는 거 아닐까. 팬티나 브래지어 같은."

"'전과'라……."

"그게 아니면 스커트 속을 몰래 촬영한 USB메모리가 잔뜩 있거나. 응, 분명 그걸 거야. 그러니까 절대 다른 사람은 손도 못 대게 하지. 우라야스 집에 놔두지도 못하고."

이야기하는 동안 점점 또다시 목소리가 커진다. 나는 스스로의 즉흥적인 생각에 흥분하고 있었다. 그런 나를 게슴츠레한 눈으로 보면서 이토 씨는 "해 보면 되지, 미행. 그걸로 아야의 마음이 놓인다면." 하더니 "으-아." 하고 크게 기지개를 켜며 태평스럽게 말했다.

"미행의 비결은 말이야, 아야, 신발을 보면 돼."

"뭐?"

"이유는 두 가지. 첫 번째. 북적이는 사람들 속에서도 상대를 분별할 수 있지. 두 번째. 만약 상대가 뒤돌아보더라도 아래를 향하고 있어서 눈이 마주칠 걱정이 없지."

정말로 희한한 것에 환하다. 아까도 느꼈지만.

"내일도 더울 것 같으니 수분 공급도 잊지 말고."

말을 끝내자마자 이토 씨는 숨소리를 내며 자기 시작했다. 나까지 잠이 올 것 같은 건강한 숨결이었다. 여름 이불을 배에 덮어주고서 나는 형광등을 껐다. 보드라운 어둠이 주변을 감싼다. 신발이라, 신발. 마음속으로 반복한다. 미행의 비결은 신발. 미행의 비결은 신발.

잠들기 직전 중요한 것이 생각났다. 미행에 최적인 아이템 하나를 오늘 우연히 손에 넣었던 것이다. 이건 역시 '미행해.'라고 신이 말하고 있는 것이 틀림없다.

다음 날, 쉬는 날이지만 평소와 같은 시간에 일어났다. 큰 토트백에 필요한 것을 담고 아무렇지 않은 얼굴로 다이닝으로 나간다. 아버지는 지정석이 된 하늘색 의자에 앉아 신문을 읽고 있었다. 대화다운 대화도 없이 허둥지둥 아침을 먹는다. 나가기 직전, 시간이 걸리는 척 느릿느릿하게 샌들을 신으며 아버지의 가죽 구두를 물끄러미 관찰했다. 표적은 오른쪽 뒤축의 하얀 얼룩. 좋았어.

아파트 앞에 있는 코인 주차장에 들어가 멈춰 있는 차와 차 사이에 잠입했다. 살짝 고개를 뺀다. 예상대로 우리 집 현관이 잘 보였다. 좋아, 좋아.

근처에 인적이 없는 것을 확인하고 작업을 개시한다. 청바지를 무릎까지 걷어 올리고 가방에 넣어 온 옷자락이 긴 티셔츠를 머리부터 뒤집어쓴다. 가지고 있는 것 중에서 가장 화려한 색의 립스틱을 바르고 소코뚜레 같은 귀걸이를 늘어뜨린다. 마지막으로 어제 리리코가 떨어뜨렸던 철가면을 썼다. 자동차 백미러로 내 모습을 비춰 본다. 나이조차 명확하지 않은 여자가 거기에 있었다. 이 정도면 이토 씨도 속일 수 있을지 모르겠다.

장기전이 될지도 모르겠다고 각오했는데 아버지는 비교적 바로 집에서 나왔다. 주차장 아스팔트의 반사열에 이미 난처해진 나는 아무튼 한숨 놓았다.

열쇠로 문을 잠그고 두세 번 손잡이를 돌려 확인한 후 걷기 시작한다. 구부정한 자세에 약간 안짱걸음인, 평소 아버지의 걸음걸이였다. 어제 공원에서 봤을 때보다는 느긋한 발걸음. 넓은 도로까지 나오자 잠깐 망설이더니 역과는 반대 방향으로 길모퉁이를 돌았다. 곧바로 나도 쫓는다. 놓치지 않도록. 그러나 들키지 않도록. 더위와 긴장으로 이미 땀을 흠뻑 흘리고 있었다.

하지만 아버지의 미행은 아주 쉬웠다. 내가 달라붙었다는 걸 꿈에도 생각지 못한 탓인지 아버지의 발걸음은 조금 걷다가 멈춰서서 거리에 놓인 화분을 보고, 또다시 조금 걷다가 라면 가게의 메뉴 목록을 체크하는 등 아주 한가로워 보였다. 뒤돌아보지도 않는다. 처음에는 오로지 오른쪽 뒤축의 하얀 얼룩만 쳐다봤는데 그러는 게 점점 바보 같아졌다. 이 페이스라면 놓칠 일은 없을 것이다. 눈이 마주치는 일 또한 없겠지. 왜냐면 나는 철가면을 쓰고 있으니까.

한참을 걸은 뒤 아버지는 한 편의점으로 들어갔다. 나도 들어

가야 할지, 아니면 밖에서 기다려야 할지 잠깐 망설였다. 편의점에 뒷문은 없으니 밖에서 기다리는 편이 안전하겠지만 '에어컨으로 땀을 식히고 싶다!'는 욕망을 이겨 낼 수 없었다. 둘 사이에 한 사람을 두고서, 나도 같은 가게로 들어갔다. 슬며시 가게 안을 살핀다. 보리차 페트병을 겨드랑이에 끼운 아버지가 창가의 잡지 코너에 서 있다. 주간지를 읽고 있는 듯하다. 과자를 사는 척하면서 아버지가 시야에 들어오는 냉장 선반 앞으로 이동한다. 냉기가 목덜미를 스치자 시원하다. 아아, 더 이상 여기서 움직이고 싶지 않다.

내 바람은 이루어지지 않고 잠시 뒤 아버지는 잡지 코너를 벗어나 계산대로 향했다. 읽고 있던 잡지는 사지 않고 보리차만 불쑥 점원에게 내밀었다. 아버지가 나가는 것을 끝까지 확인하고서야 나는 서둘러 앞에 있던 망고 푸딩을 집어 계산대로 달렸다. 햇빛이 비치지 않는 가게 안에서 철가면을 벗지 않는 나를 조금 의심스러운 눈으로 점원이 쳐다보고 있는 것 같았다.

오전 중에 아버지가 들른 곳. 편의점 세 곳. 드러그스토어 한 곳. 그리고 슈퍼 한 곳. 편의점에서는 순서대로 '차, 도시락, 요구르트'를 샀다. 도시락은 '배합이 훌륭한 마쿠노우치(연극 막간에 먹었다고 해서 붙여진 이름으로, 깨소금을 뿌린 주먹밥에 달걀부침·어묵·생선 구이·채소 절임 등의 반찬을 곁들인 도시락./ 옮긴이) 도시락'이었다. 어째서 한

곳에서 해결하지 않는 것인지, 이해하기 어렵다. 혹시 건강 유지를 위한 걷기 운동을 겸하고 있는 것일까. 그런 생각이 들 정도로 편의점에서도 드러그스토어에서도 아버지는 각 판매장을 마구 걸으며 돌아다녔다.

아버지의 행동이 조금 달랐던 것은 마지막에 들린 슈퍼뿐이었다.

가게 안으로 들어가자 아버지는 일 층 식품관은 거들떠보지도 않고 에스컬레이터로 의류와 잡화를 파는 이 층으로 직행했다. 속옷 코너와 문구 코너를 지나쳐 아버지가 향한 곳은 식기와 조리 기구를 취급하는 주방 용품 코너였다. 그곳에서 비로소 멈춰 서더니 빽빽하게 진열된 스푼과 포크를 쳐다보기 시작했다. 나는 압력솥 뒤에 숨어서 커트러리를 주시하는 아버지를 바라봤다.

어쩌면 아버지는. 생각이 거기에 미친다. 본인용 식기를 원하는 걸지도 모른다.

확실히 우리 집 식기류는 굉장히 빈약하다. 워낙에 나와 이토 씨가 각각 사용하던 것을 가지고 온 것뿐이라 크기도 종류도 모두 제각각, 거기다 녹이 슬거나 테두리 이가 빠지거나 해서 볼품없기 그지없다. 물론 아버지가 왔다고 해서 새로운 것을 사서 채울 이유도 없고 카레라이스를 먹을 때는 누군가 한 사람은 티스푼이고 스파게티를 먹을 때는 주로 이토 씨가 젓가락으로 먹는다.

아버지가 반짝반짝 빛나는 손잡이 긴 포크를 집었다. 사려는 건가. 젓가락으로 스파게티를 먹는 이토 씨가 불쌍했을까. 나는 무심코 몸을 내민다. 그러자 아버지가 갑자기 정면으로 나를 쳐다봤다. 위험해, 들키겠다! 반사적으로 물러나려다 그만 쌓여 있던 압력솥에 완전히 몸을 부딪히고 말았다. 요란스러운 금속음을 내며 냄비 산이 붕괴된다.

"손님! 무슨 일이십니까!?"

녹색 에이프런을 두른 젊은 여자 점원이 곧바로 달려왔다.

"아뇨, 저기, 부딪혀서 미, 미, 미안합니다."

횡설수설 변명하고 있는 사이 아버지는 어느샌가 시야에서 사라졌다.

사과하는 건지 나무라는 건지 알 수 없는 점원에게 그저 머리를 숙이고 전력 질주로 매장을 벗어났다. 넓은 통로에 서서 주위를 돌아본다. 운 좋게 내려가는 에스컬레이터에 발을 걸치는 아버지를 발견하고 수상히 여겨지지 않을 정도의 빠른 걸음으로 뒤쫓아 간다. 아무래도 아버지는 아무것도 사지 않은 채 슈퍼를 나가는 듯했다.

그렇게 정오를 조금 지났을 무렵 편의점 비닐봉지를 손에 든 아버지가 들어간 곳은 최근에 갓 완공된 듯한, 유리를 많이 사용한 깔끔한 시민 회관이었다. 약간의 시간차를 두고 뒤따른다. 시민 회관이 있다는 것은 알고 있었지만 들어간 것은 처음이다. 내 손에도 아버지 것과 비슷하게 부풀은 비닐봉지가 들려 있다. (내용물은 망고 푸딩, 타시의 지정 종량제 봉투, 피카츄 고무지우개.)

접수대를 그냥 지나친다. 유니폼 차림의 직원이 올려다봤지만 아무 말도 하지 않았다. 만생종인 관엽식물 그늘에 서서 관내를 둘러본다. 밝은 햇빛이 들어오는 바닥에는 둥근 테이블과 의자 여러 개가 가지런히 놓여 있었다. 주민용 자유 공간인가 보다. 중년 여성 단체나 자녀를 데리고 온 엄마들이 저마다 테이블을 둘러싸고서, 도시락을 먹거나 과자를 베어 물고 있다. 큰 소리로 웃고 이야기하며 서로의 몸을 두들긴다. 아버지도 거기에서 조금 떨어진 테이블에 앉아 막 도시락을 펼치려던 참이었다.

나는 사람들의 출입이 보이는 접수처 옆까지 가서 비어 있는 소파에 앉았다. 자동판매기가 있기에 차가운 홍차 한 개를 산다. 저쪽이 음식 섭취가 가능한 곳이니까 연결된 이쪽도 되겠지, 멋대로 판단하며 망고 푸딩 뚜껑을 열었다. 오늘 점심은 이것으로 끝이 될 것 같다. 푸딩을 핥아 먹으며 벽에 붙은 관내 안내판을 바라본다. 그에 따르면 이곳은 '서부 시민 회관'으로 일 층에는 자유 공간과 도서관, 이삼 층에는 회의실이나 일본식 방, 다목적실 등이 마련되어 있는 듯하다. 이런 곳에 도서관이 있었나, 조금 놀랍다. 최근 서적 매상이 줄어든 건 이곳이 생긴 탓일까, 하고 잠시 의심한다.

푸딩을 다 먹고 아버지의 모습을 보러 돌아간다. 같은 테이블에서 여전히 도시락을 먹고 있다. 아버지의 점심은 늘 이런가? 의

문이 생긴다. 아니, 그렇지만 집에 사 놓은 냉동 우동이나 빵이 없어지는 속도가 전보다 빠른 걸 보면 매일 이렇게 밖에서 먹는 것도 아닌 것 같다. 이토 씨가 집에 있을 때나 기분 내킬 때 밖에서 사 먹을 뿐이겠지. 좋아하는 것을 좋아하는 때에, 라는 셈이다. 나는 심심해져서 관엽식물 너머로 아버지를 노려봤다. 그 정도로 심한 구토를 리리코에게 일으켜 놓고 자신은 태평하게 '배합이 훌륭한 마쿠노우치 도시락'을 먹고 있다니.

소파로 돌아온다. 한동안은 '기다림'의 시간이 될 듯하다.

이런 일도 혹시 있지 않을까 싶어서 나는 잡지 몇 권을 준비해 왔다. 모두 얼굴이 완전히 숨겨지는 대형 사이즈의 여성지다. 그중 한 권을 가방에서 꺼내 훌훌 넘긴다. 아침부터 돌아다녀 피곤한 몸에 적당한 온도가 조화롭게 어울려 상쾌하다. 눈꺼풀이 내려앉을 것 같다. 안 돼, 안 돼. 추적자가 졸면 어떡해. 나는 머리를 흔들며 '이 가을 절대 후회하지 않아! 레이어드 기술 110'에 의식을 집중했다.

의식이 돌아온 것은 접수처의 직원이 어깨를 두드린 탓이다.

"여기서 수면은 금지입니다." 상냥하지만 단호한 어조로 그가 말했다.

"죄송합니다." 나는 반사적으로 일어났다. 잡지가 무릎에서 미끄러져 떨어져 발밑에 아무렇게나 펼쳐졌다. 직원의 시선을 느끼며 안쪽 자유 공간으로 향한다. 아버지는 없었다. 초조해 하며 손목시계를 본다. 잠이 들었던 것은 고작 십오 분 정도다. 아직 쫓아갈 수 있다, 그렇게 생각하며 자유 공간에서 달려 나오려던 나는 어떤 것에 생각이 미쳤다. 몇 초 망설인 뒤 발길을 되돌린다. 향한 곳은 자유 공간 안쪽의 도서관이었다.

아버지는 잡지 열람실에서 스포츠 잡지를 읽고 있었다. 적중했다. 한숨 돌리며 서가 뒤에 숨는다. 역시 철가면은 부자연스럽다고 생각해 벗고 대신 검정 테 안경을 썼다. 이 또한 자연스럽게 보이도록 책을 한 권을 꺼내 들고는 시선을 떨어뜨린다. 미스터리나 SF는 독서에 집중하게 되어 함흥차사가 돼 버릴 우려가 있으므로 전혀 흥미가 없는 『그림으로 보는 프로그래밍언어 I 』이라는 실용서를 골랐다.

스포츠 잡지를 다 읽자 아버지는 '외국 문학' 선반으로 이동했다. 나도 『그림으로 보는 프로그래밍언어 I 』을 든 채 뒤따른다. 아버지는 망설임 없이 한 권의 두꺼운 서적을 손에 쥐고서 비어 있는 긴 의자에 앉아 읽기 시작했다. 아버지에게 사각지대가 되는 부근에 나도 빈 의자를 발견하고 앉는다. 아무래도 아버지는 아예 자리 잡고 앉아 읽을 작정인가 보다. 한동안은 이곳에 마음 놓고 있을 수 있겠다고 생각하니 기쁘다.

여유가 생겼기에 편하게 주변을 관찰해 본다. 노인, 노인, 노인, 주부, 노인, 샐러리맨, 노인, 노인. 압도적으로 노인, 그것도 남성 노인이 많다. 원래 도서관을 이용하는 편이 아닌데다 하물며 평일 오후에 온 적도 없었기에 이 사실에는 적잖이 놀랐다. 더구나 왠지 모두 닮아 있다. 뚱뚱한 배, 표정 없는 눈, 신경질적으로 다문 입가. 나는 얼마 전까지 대기업의 대단한 사람이었다고, 하는 분위기를 여기저기 풍풍 퍼뜨리고 있는 것까지 똑같다.

똑 닮은 할아버지들은, 그러나 왠지 모르게 불편해 보였다. 오래도록 살아온 작은 집에서 쫓겨난 개처럼 무료한 듯했다. 조금 전 자유 공간에서 본 여자들이 모두 반들반들 빛나고 생기가 넘치던 것과는 정반대였다. 여자들은 이곳에 오는 것을 '선택하고 있다.'는 느낌이지만, 할아버지들은 '강요받고 있다.'는, 그런 느낌.

갈 곳이 없구나. 나는 할아버지들을 조금 동정한다. 집에서는 분명 아내에게 방해자 취급을 받고 있겠지. 한편으로 아내 분들에게도 동정이 간다. 확실히 방해되지. 존재 그 자체가 스트레스인걸. 요 반 개월, 아버지와 생활하면서부터 충분히 알게 된 사실이다. 복잡한 기분으로 오후의 노인들을 바라본다.

아버지가 겨우 일어난 것은 퇴근길의 사람들이 하나둘씩 나타나기 시작한 해 질 녘이었다. 장장 네 시간을 눌러앉아 있었다. 그 시간 동안 누구와도 말하지 않고 고개를 들지도 않고 오로지 책과 자신의 세계에 틀어박혀 있었다. 그렇게 읽고 싶으면 빌려서 집에서 느긋하게 읽으면 좋으련만, 하고 생각했지만 바로 깨달았다. 아버지는 대출 카드를 만들 수가 없다. 이 동네 주민이 아니니까. 자신의 집은 이곳이 아니기 때문이다. 아버지의 진짜 집은 우라야스의, 오빠 부부와 손자들이 생활하는 집. 하지만, 하고 나는 걷기 시작한 아버지의 등을 보면서 스스로에게 묻는다. 그곳이 정말로 '아버지의 집'일까?

동네는 벌써 해 질 녘의 활기로 가득차기 시작했다. 하굣길의 아이들이나 집으로 돌아가는 샐러리맨들. 그 무리를 뒤로하고 아버지는 성급히 걸어간다. 확실히 오전과는 달리 목적지를 정한 발걸음이었다. 나는 다시 긴장한다. 혹시 지금부터 아버지의 반사회적인 일면을 보게 되는 것인가. 사람들이 늘어났기에 오른쪽 뒤축의 하얀 얼룩에 의식을 집중한다. 이토 씨, 고마워. 좋은 정보 알려 줘서.

아버지는 공원을 벗어나 역을 가로질러 쇼핑객들로 붐비는 상점가를 지나쳤다. 주택가의 좁은 도로를 헤매지 않고 걸어간다. 아버지는 어디를 향해 가고 있는 걸까. 어리둥절해 하며 뒤를 밟는다. 아버지는 간선도로를 건너 언덕길을 오르기 시작한다. 양측에 벚나무 가로수가 이어지는 언덕길이다. 이 언덕에는 와 본 적이 있다. 바로 알아챘지만, 정작 중요한 '언제 무엇 때문에'가 기억나지 않는다. 불안정한 기분으로 계속 걸어 언덕을 반 정도

올랐을 때야 겨우 생각났다. 벚꽃이 활짝 피었을 때, 이토 씨를 따라왔었다. "남들은 모르는 의외의 장소지."라며 이토 씨는 득의양양했다. 왜 이 동네 사람도 아닌 이토 씨가 이런 좋은 곳을 알고 있었을까. 그것은……

아버지가 언덕을 다 올랐다. 이제 나도 아버지의 목표 장소를 안다. 벚나무 가로수는 언덕 위에 세워진 이토 씨가 근무하는 초등학교로 이어져 있었다.

아버지는 멈춰 서서 교문 앞에서 잠시 초등학교를 바라봤다. 그대로 교내로 들어가겠거니 했는데 휙 방향을 바꿔 펜스를 따라 다시 걷기 시작했다. 백 미터 정도 떨어진 곳에 있는, 페인트가 벗겨진 벤치에 앉는다. 조금 망설였지만 결심하고서 아버지 앞을 가로질러 조금 더 끝에 있는 비슷한 벤치에 나도 앉았다. 아버지는 내 모습 같은 건 신경도 안 쓰고 열심히 교정을 바라보고 있다. 펜스 맞은편에 펼쳐진 교정에서는 아이들이 공을 차고 외발자전거를 타며 놀고 있었다. 웃음소리나 고함 소리가 서로 포개져 들린다. 해가 기울고 겨우 활동하기 편해진 해 질 녘, 아이들은 여름빛을 아쉬워하듯 땀범벅으로 뛰어다니고 있다. 아버지는 그런 아이들의 모습을 끊임없이 보고 있었다. 꼼짝달싹도 않고 마치 석상처럼 움직임을 멈추고서.

이윽고 해가 저물어 주변이 어두워지기 시작했다. 화려한 형광색 점퍼를 입은 직원인 듯한 중년 여성이 교정에 흩어져 있는 아이들을 불러 모아 학교 밖으로 유도해 나간다. 비교적 몸집이 큰 남자아이들이 여전히 꾸물꾸물 철봉 주변에 모여 있었지만, 스피커에서 '저녁노을 작은노을'의 멜로디가 흐르자 겨우 단념했는지 책가방을 메고 걸어가기 시작했다.

마지막 한 명이 교정에서 사라지고 직원이 교문에 큰 자물쇠를 채웠다. 쥐 죽은 듯이 고요해진 학교는 직원실이라고 생각되는 부근의 창에 불빛이 하나만 남아 있을 뿐, 그 빛도, 머지않아 탁 하고 돌연 사라졌다.

그래도 아버지는 움직이지 않았다.

두 발을 조금 벌리고 허벅지 위에 가볍게 손을 올린 자세 그대로 밤이 된 학교를 보고 있었다.

근처 집들에서 저녁 준비가 시작되었는지 음식 냄새가 풍겨왔다. 꽁치를 굽는 냄새. 참기름으로 볶은 당근 냄새. 볶음 우동인가, 소스가 눌은 구수한 냄새도 난다.

손에 닿을 정도로 가까운 곳에 그들의 포근한 식탁이 있다. 하지만 동시에 아버지에게 있어 그것은 영원이라고 생각될 정도로 먼 지평선에 존재하는 정경이겠지. 왜냐하면 아버지에게는 '집'이 없으니까. 물론 돌아가야 할 '장소'는 있다. 하지만 그건 정말이지 오후 도서관의 할아버지들처럼, '선택한' 것이 아니라 '강요된' 것에 지나지 않는다.

이곳에 있으면서 나는 겨우 오전 중의 편의점 순회부터 이어진 아버지 행동의 진짜 의미를 깨달았다.

돌아다니지 않고는 견딜 수 없었을, 아버지의 그 기분을 느꼈다.

밤이 깊어져 간다. 활짝 열어 놓은 창으로 식기가 맞닿는 소리가 들린다. 아버지는 아직도 앉아 있다. 아버지를 보고 있는 나도 움직이지 못하고 있다.

다음 날, 나는 출근하자마자 간마니와 씨를 붙잡고 다음 일요일 근무를 바꿔 줄 수 없느냐고 물었다.

툭, 데굴데굴데굴. 아버지가 던진 녹색 볼이 기운 없는 소리를 내며 레인을 굴러간다. 한가운데쯤에서 오른쪽으로 벗어나기 시작해, 핀을 쓰러뜨리기 직전 거터로 빠진다. 천장에 달린 모니터에 거터를 가리키는 'G' 문자가 또 하나, 추가된다. 이것으로 4연속 거터다. 불쾌하기 짝이 없는 얼굴로 아버지가 레인에서 돌아온다. 이토 씨가 교대로 레인에 섰다. 겨드랑이를 조이고 오른손의 볼을 왼손으로 받친다. 몇 걸음 도움닫기한 뒤 오른손을 뒤로 크게 휘두른다. 바닥에 스칠 정도로 가까워졌을 쯤 볼은 이토 씨의 손가락을 벗어나 스윽 하고 매끄럽게 레인을 따라 미끄러진다. 그러고는 쾅-. 기분 좋은 소리가 들리며 핀이 전부 쓰러졌다. 스트라이크. 3연속 스트라이크.

"예이."

천진난만하게 기뻐하는 이토 씨와 눈을 마주치지 않고 나는 앞에 있는 볼을 수건으로 닦았다. 어깨 너머로 아버지의 날카로운 시선이 느껴진다. 초조한 듯, 볼링화로 바닥의 리놀륨을 비비는 소리도 들려온다. 볼링을 선택한 것도 실패였다며, 이제 와서야 나는 후회했다.

"일요일, 다 같이 놀러 가고 싶은데."

미행한 날 밤, 아버지가 다이닝에서 사라지자마자 나는 그렇게 이토 씨에게 말을 꺼냈다.

"응."

그날 하루 종일 본 것을 설거지하면서 상세히 말한다. 하이볼을 마시면서 듣고 있던 이토 씨였지만 초등학교 대목에서는 역시 안타까운 표정을 지었다.

"그랬구나……."

말하고서는 잠시 침묵.

"그래서 어디로 데려갈 거야?"

나는 의욕 넘치게 생각했던 계획을 말했다.

"오전 중에는 영화를 보러 갈까 해. 점심은 메밀국수가 어떨까. 조금 고급 가게의. 그리고 볼링을 치고서 당일치기로 온천을 가는 거지, 그리고 마지막은 비어 가든."

"음~."

"어때?"

"좀 너무 빡빡하지 않아?"

"그런가."

"아버님, 그렇게 데리고 돌아다녀도 괜찮을까."

"약은 잘 챙겨 갈 거야."

"아니 그런 의미가 아니라."

거기서 말을 멈추고 위스키를 유리잔에 부었다. 탄산수도 넣을까 하고 망설이더니 온더록으로 주욱 들이켰다. 그대로 잠시 생각에 몰두하더니, 그러고 나서, "뭐, 가끔은 괜찮을지도. 빡빡하게 가득 찬 하루도."라고 말했다. 유리잔 속에서 얼음이 짤그랑하고 시원스런 소리를 내며 흐트러졌다.

일요일은 공교롭게도 날씨가 우중충했다.

전날 밤에 계획을 말하자 아버지의 얼굴이 굳어졌다.

"그래서 월요일에는 돌아가라는 말이냐."

"아뇨, 아뇨. 그런 게 아니라, 전혀."

나는 황급히 부정했다. 일가 집단 자살 전의 가족 여행도 아니고.

"저희가 쉬는 날이 겹치지 않아서 좀처럼 실행 못했습니다만. 전부터 어디 놀러 가자고는 얘기했었어요, 아야와."

옆에서 이토 씨가 구조선을 보내 준다. 아버지는 기쁜 건지 성가신 건지, 복잡한 얼굴을 하고 있다.

"가요, 아버지."

"흐흠."

"무리겠죠, 역시. 아버님 여러 가지로 바쁘신 것 같고."

이토 씨의 이 한마디가 먹혔다. 남자의 자존심이란 녀석을 건드린 것이다.

"뭐, 한가롭지는 않지만. 무슨 일이 있어도 꼭 가야 된다고 한다면 시간을 못 만들 것도 없지. 암."

아버지는 무게 있게 끄덕였다. 그렇게 하여 우리의 'P데이(소풍데이)'가 시작되었다.

'P데이'는 시작부터 파란을 예고했다.

이토 씨 추천의 해적 영화를 골랐는데 아버지는 전반 삼십 분 정도부터 눈을 감고 팔짱을 낀 채 움직이지 않았다. 혹시 잠들어 버렸나, 그렇지만 이렇게 소란스러운 영화에 사람이 잠들 수 있는 걸까. 여러 가지로 마음 졸이며 남은 시간을 보낸다. 정작 중요한 영화 내용 같은 건 요만큼도 머리에 들어오지 않았다.

영화가 끝나고 기지개를 켜며 일어난 이토 씨가, "역시 조니 뎁 멋지네. 아버님 어땠어요?"라고 묻자 겨우 눈을 뜬 아버지는 신음하듯 한마디.

"……눈이 핑핑 돌았다."고 중얼거렸다.

점심을 먹은 곳은 텔레비전과 잡지에 자주 소개되는 대를 이어 온 메밀국수 가게였다. 가게 이름을 듣자 이토 씨는 "와우."라고 말한 채 굳어졌다.

"거기 굉장히 비싸. 아마도."

"비싸 봤자 초밥이나 스테이크와는 다르니까. 기껏해야 메밀국수인데."

"그렇기는 하지만."

"괜찮아. 여차하면 모리(양념 국물에 찍어 먹는 메밀국수로, 그릇에 담다는 의미로 모리라 불린다./ 옮긴이) 세 그릇 주문하면 되지."

"……뭐, 아야가 괜찮다고 하면 괜찮지만……."

정작 가게에 들어가 '메뉴 목록'을 보고는 기절초풍했다. 세이로(모리처럼 양념 국물에 찍어 먹는 메밀국수./ 옮긴이) 한 그릇에 천오백 엔. 가모난반(오리고기나 닭고기를 곁들인 메밀국수./ 옮긴이)은 이천이백 엔이고, 튀김 메밀국수는 무려 한 그릇에 이천오백 엔이나 한다.

"여기요." 손을 들어 올려 빠른 걸음으로 지나가는 점원을 붙잡는다.

"저기, 모리는 없나요?"

점원은 가볍게 멸시하는 기색을 보이며 "우리 가게에는 세이로밖에 없습니다." 내뱉듯이 말하고는 주방으로 돌아갔다.

셋이서 세이로로 세 그릇과 모둠 튀김 하나를 시켜 먹었다. 세이로는 노력하면 한입에 다 먹어 버릴 수 있지 않을까 하는 생각이 들 정도로 양이 적었고, 튀김은 새우가 두 마리라 셋이서 서로 양보하는 사이에 꼬리까지 눅눅해지고 말았다.

"적네."

텅 빈 세이로를 내려다보면서 아버지가 중얼거렸다. 본인은 작은 소리로 말할 생각이었겠지만 정확히 여주인의 귀에 닿고 말아, 그렇지 않아도 무뚝뚝한 여주인이 가게를 나올 때까지 계속 쏘아보았다.

"소화시킬 겸."이라고 둘러대며 ('소화시킬 만큼 안 먹었지만.' 하고 빈정거리는 말을 잊지 않는다.) 볼링장에 아버지를 데리고 갔다. 볼링을 선택한 것은 이전 'B데이' 때, '장수 볼러 순위표'라는 것을 본 적이 있었기 때문이다. 볼링장에 붙여진 표에는 '동東 요코즈나(선수의 서열에서 최고의 지위를 가리키는 말로, 씨름에 비유하면 천하 장사와 비슷하다./ 옮긴이) 이즈카 이와오(사가미하라 시 98세)'나, '서西 마에가시라(스모의 주요 계급 중 하위에 속한다./ 옮긴이) 세 번째 핫토리 에이조(히라카타 시 86세)'와 같은 데이터가 작은 글자로 빽빽하게 쓰여 있었다. 아흔여덟의 할아버지가 경기할 수 있다면 틀림없이 아버지도 즐길 수 있다. 그렇게 생각했었던 것이다.

그리고 물론 아버지는 가능했다. 당연한 일이다. 볼을 굴리는 것 정도는 세 살짜리 아이도 할 수 있다. 문제는 아버지가 던지는 볼이란 볼은 죄다 우스울 정도로 꺾여 버린다는 것이었다. 아무리 운동신경이 없다고 해도, 다 큰 어른이 던지면 보통 세 번에 한 번은 핀을 쓰러뜨리기 마련일 텐데. 설사 쓰러지는 핀 수가 한두 개라고 해도. 그런데 아버지의 볼은 아무리 던져도 마치 핀을 피하기라도 하듯이 거터에 빠지고 만다.

"방어벽이라도 쳐져 있는 것 같아."

이토 씨가 작게 중얼거린다.

그리고 꼭 이럴 때 이토 씨는 최상의 컨디션이다.

원래 볼링을 잘 치지만 오늘의 이토 씨는 신이 내린 듯했다. 스트라이크에 이어 또 스트라이크. 어쩌나 잘 성공시키는지 다른 레인에서 구경하러 올 정도였다.

"좀 적당히 해."

아버지에게 들리지 않게끔 작은 소리로 속삭인다.

"하고 있어, 이래 봬도. 그런데도 '될 대로 되라.'고 생각한 공일수록 좋은 코스로 가 버리네. 어깨 힘을 빼서 오히려 더 잘되는 건가."

이토 씨의 대답은 끝까지 태평스럽다. 나는 한숨을 쉬었다. 쿵. 또 아버지가 거터를 냈다. 이것으로 육 연속 거터. 혹시 일부러 저러는 것일까? 아니지, 쓸데없이 자존심 센 아버지가 그럴 리가 없다.

망연자실한 표정으로 돌아온 아버지에게 이토 씨가 딴에는 친절한 마음으로 괜한 말을 한다.

"침착하게 하면 적중시킬 수 있어요, 아버님. 핀은 도망가지 않으니까요."

"당연한 소리. 세상 어디에 도망가는 핀이 있겠나."

아버지가 뱉어 버리듯 말했다.

옆 레인에서 유치원생 정도의 남자아이가 스트라이크를 내서 가족에게 축하받고 있었다. 환호성이 이쪽 레인까지 가득하다. 아버지는 물끄러미 허공을 째려본 채 움직이지 않는다. 이토 씨가 따분한 듯 페트병에 든 차를 마신다. 나는 무거운 마음으로 무거운 볼을 들어 올렸다. 이러려고 한 게 아니었는데.

결국 두 게임 만에 끝나 버렸다. 세 게임 분을 미리 지불한 터라 "딱 한 게임만 더 하자."고 버텼지만 "이미 많이 했다."며, 이역시 뱉어 버리듯 말했다.

볼링화를 반환한 뒤 "자, 이제는 뭘 할 작정이냐."고 물었다.

"당일치기 온천으로 땀 씻어 냈으면 하는데요."

"당일치기 온천?"

"근처에 있어요. 노천탕도 있고 모래찜질도 할 수 있대요. 암반욕도 가능하고 탁구대도 있어서."

"됐다."

아버지는 신음했다.

"먼저 가마. 온천은 둘이서 다녀와."

"그럴 수는."

우리 둘이서 가 봤자 의미가 없다.

"아버님이 안 가신다면 저희도 같이 돌아가겠습니다. 그렇지, 아야?"

"……응."

"어떻게 하실래요?"

"돌아갈란다."

"그럼 돌아가요."

이토 씨는 지체 없이 먼저 일어나 걷기 시작한다. 뒤이어 아버지가, 맨 뒤에 내가 뒤따라 볼링장의 출구로 향한다.

모처럼 계획을 세웠건만. 샌들 발끝을 물끄러미 쳐다보며 가라앉은 기분으로 생각한다. 혼자 의욕 넘쳐 가지고선, 헛수고했네. 더구나 이렇게 돈만 허비하고. 바보 같아, 나. 머리를 숙인 채 걷고 있는데 갑자기, "맞다." 하며 선두의 이토 씨가 멈춰 서는 바람에 아버지와 나는 부딪힐 뻔했다.

"잠시 한 곳, 가는 길에 들르고 싶은 곳이 있는데, 괜찮을까요?"

"상관없네."라는 아버지.

"맘대로 해."라는 나.

"그럼 잠시만. 잠깐만 함께 들렀다 가요."

신이 난 것 같기도 한 말투로 이토 씨가 말했다. 양쪽으로 열리는 자동문을 빠져나가 밖으로 나간다. 열과 습기 덩어리 같은 공기가 몰려왔다. 하루 중 가장 더운 시간을 맞아 아스팔트 위에 아지랑이가 일렁이고 있었다.

이끌려 간 곳은 집에서 네 정거장 떨어진 역에 있는 교외형 대형 홈 센터(주거 공간을 자기 손으로 꾸밀 수 있는 소재나 도구를 파는 상점./ 옮긴이)였다. 보통 이런 유형의 가게는 차가 없으면 가기 힘든 장소에 있지만, 이곳은 역에서 그리 멀지 않아 몇 분만 걸으면 도착할 수 있는 거리에 있었다. 다만 나는 한 번도 간 적이 없다. 원래 홈 센터라는 녀석에 전혀 흥미가 없다.

"나사와 전구, 그리고 전정가위가 필요해서."

들어간 순간, 안절부절못하고 침착함을 잃은 이토 씨가 말한다.

"호오, 근처에 이런 가게가 있었나."

화려한 몇 종류의 드라이버를 아버지가 관심 있게 올려다본다. 그중 오렌지색의, 요술방망이 같은 전동 드라이버를 손에 들더니, "가볍네." 하며 놀란다.

"그렇죠. 게다가 무선이에요."

드라이버의 동그스름한 동체를 넋을 잃고 만져 대면서 이토 씨가 말한다. 이토 씨의 손놀림은 성적이기까지 하다.

"어떤 나사도 돌릴 수 있겠군."

"최대 토크 백이십이니까요. 마력이 좋아요."

"그건 믿음직스럽군."

아버지까지 드라이버를 만지기 시작했다. 농담 아니다. 우리 집 벽은 아주 얇다. 마력을 추구해서 어쩌자고. 부서지기만 할 텐데.

들떠서 '드라이버 숲'을 헤치고 들어가려는 남자들에게 엄중하게 말한다.

"사러 온 건 나사와 전구잖아."

"그리고 전정가위."

"그럼 그거 사러 가."

"알았어, 알고 있어. 나사는 이 안쪽이니까."

몽유병자 같은 발걸음으로 이토 씨가 통로를 걸어간다. 아버지가 뒤따른다. 흐드러지게 핀 남쪽 나라의 꽃처럼, 드라이버가 몇 개나 머리위로 드리워진다. 그러고 보니 통로 여기저기에 비슷한 남자들이 서서 멍하게 공구를 바라보고 있다. 대체 남자들은 왜 이렇게 홈 센터를 좋아하는 걸까. 혹시 유전자에 포함되어 있는 것일까, 애초에. 나는 가만히 한숨을 쉰다.

'드라이버 숲'을 벗어나는 데도 어려움이 따랐는데, '나사의 바다'는 그 이상으로 벅찼다. 벽에 빽빽이 진열된 볼트와 너트를 보자마자 아버지는 눈을 빛내며 "엄청나게 있군!" 하고 작게 외쳤다.

"이곳의 상품 종류는 시내 제일이에요."

이토 씨는 입맛을 다실 듯한 기세다. 몰랐다, 비교 가능할 정도로 홈 센터 순회를 하고 있는 줄은. 그보다 이렇게 홈 센터를 좋아하는 것도 오늘 처음 알았다.

"이 나사는, 게다가 재미있는 머리를 하고 있군!"

"아, 그건 '장난 방지 나사'라고 못된 놈이 풀거나 부술 수 없는 구조로 되어 있어요."

"이 나사 희한하게 홈이 없군, 홈이!"

"홈을 없앰으로써 절대로 떼어 내지 못하도록 해 놓았죠. 더구나 홈이 없기 때문에 나사로 안 보여요. 이 위장성과 장식미! 이미 보호색을 쓴 거죠!"

이토 씨의 텐션이 점점 오른다. 현혹되어 아버지도 흥분하기 시작한다.

"이것도 큰 볼트로군!"

"어떤 곳에 사용될까 하고 생각하면 두근거린다니까요!"

아니. 전혀 안 두근거린다.

결국 이토 씨가 산 것은 아주 평범한 (나는 그렇게 생각한다.) 작은 나사였다. 이런 건 근처 슈퍼에서도 얼마든지 판다. 비난하는 듯한 내 시선에도 아랑곳하지 않고 두 사람은 전구 매장에서도 변함없이 뜨겁게 의논했다. 루멘이 어쩌고 미니 크립톤 전구가 저쩌고. 이미 나에게는 암호나 다름없다.

그래서 전정가위를 사기 위해 밖의 원예 코너에 간신히 도착해서야 나는 정말 안심했다. 식물이라면 나도 즐길 수 있다. 이토 씨의 채소밭 일을 도와주고 있는 만큼, 정확히 말하자면 정원 가꾸기를 좋아하는 편이라고 생각한다. 뭐, 여자라면 모두가 좋아할지 모르지만.

원예 코너는 몇 백 종류나 되는 꽃과 채소, 그리고 과수 및 정원수의 모종으로 꽉 차 있었다. 이곳은 꽃, 이곳은 채소라는 듯이 대략적으로 구분되어 있다.

아버지는 "오호." 하고 기쁜 듯이 한마디 내뱉고는 키가 큰 묘목 사이를 천천히 걸었다. 전정가위 선택을 끝낸 이토 씨는 채소 모종을 보러 갔다. 그 등에 대고 "이 이상 늘리지 마." 경고하면서 꽃 코너에서 멈춰 선다. 때마침 가을 개화기를 앞두고 봉우리를 맺은 장미 모종이 죽 늘어서 있다.

나는 장미가 좋다. 빨간 홑꽃잎의 아반티. 귀부인의 드레스 같은 페르디타. 흐드러지게 활짝 핀 화이트메이딜란드. 올드로즈며 하이브리드타이장미, 그리고 덩굴장미도, 장미라면 종류를 불문하고 넋을 잃고 만다. 내가 수수하다 보니 화려한 장미를 동경하는 것인지도 모른다. 본가에 있을 때는 자주 미니 장미를 화분에 심어 키웠었다. 일을 시작하면서부터 손이 가는 장미 재배에서 자연스레 멀어졌지만, 지금이라면 이토 씨가 있다. 채소밭 한쪽 구석에 놔두면 분명 장미도 돌봐 줄 것이다.

'산다면 어떤 걸로 할까.' 하고 고민하기 시작했을 때 채소 답사를 마친 이토 씨가 돌아왔다. 그렇게 말했는데도 채소 씨앗 봉투를 몇 개나 꽉 쥐고 있다.

"또 사게~."

노골적으로 얼굴을 찡그린다.

"이제 곧 여름 채소 끝나니까. 가을 파종, 가을 파종용."

"또 뿌리게~."

"봐 봐. 시금치와 소송채, 실파. 있으면 편리해. 양배추도 봐, '초심자도 키우기 쉬워 대 수확!'이라고 쓰여 있다고."

"저기요, 일단 우리 땅 아니니까, 그렇게 요란하게 하지 마."

"괜찮아, 괜찮아. 깍지 완두콩 같은 건 잡초로밖에 안 보여."

포기다. 집주인이 뭐라고 하면 뽑아 버리면 그만이다.

"아버지는?"

"모르겠어. 아야와 같이 있는 거 아니었어?"

"아니, 나는 계속 이곳에 있어서, 못 봤어."

"어딜 가신 거야?"

빙그르르 원예 코너를 한 바퀴 돈다. 아버지는 과일나무 묘목이 모여 있는 곳에 서 있었다.

"저기 있다. 아버지."

등 뒤에서 말을 걸자 아버지는 깜짝 놀라 어깨를 들썩이더니, 뒤이어 "오오." 하고 중얼거리며 돌아보았다.

"쇼핑은 끝냈나."

"거의 끝입니다."

"그렇군."

그렇게 말하며 다시 시선을 묘목으로 돌린다. 아버지가 보고 있던 것은 비파 묘목이었다. 아버지의 허리 정도 되는 높이의 아직 어린 나무인 듯, 줄기도 가지도 가늘고 약한 게 미덥지 못하다.

"……다양한 나무를 팔고 있구나, 하고 생각하던 중이었다."

"최근에는 변종도 있어요. 키위나 프룬같이."

"오호."

그러곤 아버지는 입을 다물어 버렸다.

그때 어떤 직감이 번개처럼 번뜩였다.

아버지가 보고 있는 것은 그 감나무다. 생가 옆에 서 있는, 마을에서 제일 오르기 쉬운 감나무다.

실제로 지금 눈앞에 있는 것은 비파나무일지도 모른다. 하지만 아버지가 보고 있던 것은 그 너머에 펼쳐진 풍경이다. 나고 자란 나가노의 산속 풍경이다. 북알프스를 바라보는 보잘 것 없는 마을. 넓다는 것 외엔 보잘것없는 낡은 집. 메마른 밭에 선 감나무 한 그루. 그리고 그 감나무 아래에 나란히 멈춰 선, 결혼을 눈앞에 둔 젊은 시절의 아버지와 엄마.

아버지도 엄마도 분명 한 벌뿐인 신사복과 원피스를 입고 있었겠지. 엄마의 머리카락은 어깨 정도의 길이로 틀림없이 그 당시 유행하던 뽀글뽀글한 파마를 하고 있었을 것이다. 석양이 산등성이에 덮인 하얀 눈을 옅은 분홍색으로 물들이며 구름 따라 저물어 간다. 장엄하고 화려한 석양. 도쿄에서는 절대로 볼 수 없는 석양.

"예쁘네."

엄마는 순수하게 감동했으리라.

"질렸어."

아버지는 그때도 독설을 퍼부었으려나. 아버지는 손바닥을 폈다 접었다 한다. 엄마 손을 잡을 타이밍을 보고 있는 것이다. 석양이 완전히 사라진다. 잔광이 세상을 보드랍게 감싼다. 빛은 감나무와 두 사람을 따뜻하게 비춘다. 아버지는 단단히 각오하고 엄마의 통통한 왼손에 손을 뻗는다. 감잎이 한 장, 바람을 타고 바스락 떨어진다.

하지만 이제 더 이상, 엄마는 없다.

이 세상 어디에도, 엄마는 없다.

"살까, 저것."

정신을 차리고 보니 나는 아버지 등에다 그렇게 말하고 있었다. 이토 씨가 놀란 얼굴로 나를 쳐다본다.

"거추장스럽다, 이런 큰 화분."

깊은 생각에서 제정신으로 돌아온 것 같은 목소리로 아버지가 천천히 중얼거린다.

"그렇지 않아요. 채소밭 옆에 두면 되고. 물 주는 일도 하는 김에 하면 되니까."

"하지만."

"좋잖아요, 비파. 여름 될 무렵 분명 열매도 맺을 거야. 돈 주고 사려면 비싸요. 집에서 수확할 수 있으면 고맙지 않겠어요? 거기다 화분은 어디로든 가져갈 수 있고. 이 집에서 나가게 되더라도 가져갈 수 있으니까."

말해 버리고 나서 아차 싶었다. 이것은 아버지가 나간다는 전제하에서의 이야기 아닌가. 그러나 아버지는 그 말에 개의치 않고, 화분을 들어 올리려는 몸짓을 하며 말했다.

"그럼 살까. 사 볼까."

황급히 이토 씨가 손을 거든다.

"제가 들게요."

"미안하네."

계산대에서 돈을 지불하려는데 아버지에게 저지당했다.

"내가 내마."

"됐어요, 그러니까 오늘은."

"됐다. 직접 내마."

낡아 빠진 검은 지갑을 꺼냈다. 그리고 내게 등을 돌린 채 불쑥 말했다.

"오늘의 기념이다. 아주 즐거웠다."

그날부터 비파나무와 채소밭에 물 주기는 아버지의 일과가 되었다.

6

다행히 올가을은 큰 태풍이 오지 않아 채소밭도 비파나무도
건강하게 잎을 뻗고 있다.

아버지가 돌본 이후부터 채소의 결실도 수확량도 현격히 좋아
진 것 같았다. 사실 아버지는 실제로 부지런히 보살폈다. 잡초를
꾸준히 뽑는다. 자라지 않는 열매나 꽃을 딴다. 비료로 땅을 일구
고 진딧물을 제거하고 약한 가지에 부목을 댄다. 함께 밭일을 하
던 이토 씨가 "훌륭해요." 하고 칭찬하자 아버지는 쑥스러운 듯
고개를 숙인 채, 무뚝뚝하게 대답했다.

"산골 출신이라 그런가. 밭일에는 적응되어 있네."

채소밭을 돌보기 때문인지 아버지가 집에 있는 시간이 이전보
다 훨씬 늘었다. 집에 돌아왔더니 아버지가 채소밭을 가꾸고 부
엌에서 이토 씨가 저녁 준비를 하고 있는, 그런 광경을 본 적도

있다. 다만 역시 하루 종일 이토 씨와 보내는 것은 아직도 거부감이 있는 듯, 이토 씨가 쉬는 주말에는 점심 때 나가서 밤까지 돌아오지 않는 날이 많다.

오빠에게서는 일주일에 한 번 정도 전화가 왔다.

"어때."

"딱히."

"괜찮아?"

"응, 뭐. 그런대로."

"그럼 미안하지만."

"응, 그럼 이만."

판에 박힌 듯 매일 똑같은 대화. 오빠는 리리코의 이름을 한 번도 꺼내지 않았고, 나도 어쩐지 물어보기 껄끄러워 결국 리리코가 왜 그렇게 심하게 토했는지 모르는 채로 있었다.

리리코에게서 연락은 없다. 사에코 이모도, 그날 이후 아무 말도 없었다. 리리코는 그렇다 치고 그 사에코 이모가 침묵을 지키고 있다는 게 오히려 나를 불안하게 만들었지만 괜히 성가시게 만들 필요는 없을 것 같아서 계속 모르는 척하고 있었다.

징글징글하게 더운 9월이 끝나고 겨우 기분 좋은 바람이 부는 10월이 찾아왔다.

투명한 빛 가득한 하늘처럼 나와 이토 씨와 아버지의 생활도 표면상으로는 온화했다.

그날은 때마침 삼 일 연휴의 중간 날이라 '히타치 서점'의 좁은 가게 안이 손님들로 몹시 붐볐다.

"간마니와 씨에게서 연락 없어?"

배달에서 돌아오자마자 점장이 묻는다.

"없어요."

잔돈으로 받은 십 엔짜리 동전을 레지스터기에 넣으면서 대답했다. 아침부터 벌써 몇 번이나 반복한 대화다.

"뭐하자는 거야. 도대체."

점장은 얼굴을 일그러뜨린 채 창고로 걸어간다. 그 기세에 만화 잡지를 서서 읽고 있던 소년이 놀라서 옆으로 재빨리 물러났다.

간마니와 씨는 결근했다. 더구나 연락 없는 무단결근이다. 이런 일은 내가 '히타치 서점'에 온 뒤로 처음이다. 잠시 쉬는 시간에 휴대전화로 연락해 봤지만 연결되지 않았다. 전원 자체가 꺼진 듯했다. 어떻게 된 거야. 불안이 커진다. 그 성실한 간마니와 씨에게 무단결근 같은 건 있을 수 없다. 무슨 일이 있는 걸까. 다시 한 번 전화했지만 아르바이트생 야마모토 군도 휴무라 계산대에서 벗어날 수 없다.

안절부절못한 채 오전 중의 일을 끝내고, 갑작스레 불려 나온 불쾌하기 짝이 없는 사모님과 교대하고서 점심을 먹으러 나왔다.

상점가를 걸으면서 다시 전화한다. 역시 안 받는다. 오전 중과 똑같은 안내 멘트만 흘러나올 뿐이다. 생각 끝에 '무슨 일 생긴 거야? 괜찮으면 연락 줘.'라고 문자를 보냈다. 휴대전화를 청바지 주머니에 넣고 역 앞의 맥도날드로 들어간다. 치즈버거 세트를 주문하고 잠깐 망설이다가 포테이토를 L사이즈로 바꾼다. 요 근래 아버지 취향에 맞춰 담백한 일식만 먹었더니 몸에서 기름을 원하고 있다. 쟁반을 들고 창가 금연석에 앉았다. 포테이토를 두세 개 한꺼번에 집어 입에 넣는다. 간만에 먹은 포테이토는 왠지 모르게 무척 맛있었다.

시간이 다 끝나 갈 때까지 미스터리 문고를 읽으며 맥도날드에서 시간을 때웠다. 간마니와 씨에게서 답장은 없다. 이제 돌아가야겠다. 단념하고 일어나 쟁반 위의 종이 나부랭이와 빨대를 쓰레기통에 버리는데 휴대전화가 울렸다. 황급히 뒷주머니에서 끄집어냈다. 화면에는 '간마니와 씨'라고 표시되어 있다.

"여보세요."

"……아야?"

쉬어서 갈라진 간마니와 씨의 목소리가 들렸다. 상당히 낮다. 그리고 멀다.

"간마니와 씨? 어떻게 된 거야? 괜찮아, 오늘 일, 가게가."

한꺼번에 말하려고 하니 내 혀가 꼬부라진다.

"……었어."

"응? 뭐라고?"

"……아버지가, 죽었어."

아버지? 아버지라면 설마.

"……간마니와 씨의? ……페이스북 아버지?"

전화 맞은편에서 순간 정적이 일었다. 그리고 화를 내고 있는 것 같기도 하고 웃고 있는 것 같기도 한 간마니와 씨의 목소리가 들렸다.

"……응. 페이스북 아버지."

"지병 있으셨어?"

이토 씨가 자반연어를 다듬던 손을 멈추고 묻는다. 나는 작게 고개를 흔들었다.

"그럼 갑작스레 돌아가신 건가."

아버지는 신중하게 연두부를 뭉그러뜨리고 있다.

"지주막하 출혈이었대. 어젯밤까지 건강했고 전혀 이상 없었다나 봐."

마음속으로 몰래 '페이스북에 업데이트도 했고 말이야.'라고 덧붙인다.

"지주막하라."

"그렇군."

아버지도 이토 씨도 그것으로 끝, 한동안 말없이 밥을 입으로 계속 옮겼다. 도저히 밥맛이 안 나서 나는 연두부에 올린 차조기 잎의 가장자리를 쳐다본다.

간마니와 씨와 전화가 연결된 채 나는 상점가를 뛰어나와 '히타치 서점'으로 달려갔다. 지금 생각하면 일단 끊고 가게 전화로 다시 걸어서 점장을 바꿔 주면 되는 걸, 그때는 그 전화만이 간마니와 씨와 연결되는 단 하나의 '회로'처럼 여겨졌다.

사정을 들은 점장은 정중하게 애도의 말을 건넨 후, 일단 간마니와 씨에게 오 일간의 '장례 휴가'를 주었다. 무단결근 건은 휙 날아가 버린 듯했다. 간단한 업무 연락을 끝내고 휴대전화가 내 손으로 돌아온다.

"아야, 여러 가지로 미안해."

아까보다는 진정된 목소리다.

"아냐, 전혀."

"또 연락할게."

"알았어. 저기." 이럴 때 뭐라 말해야 좋을지 모르겠다. 말을 찾으며 시선을 떨어뜨린다. 그러고 보니 전에 간마니와 씨가 '생각할 때의 버릇'이라고 했었지, 하고 문득 전혀 상관없는 일을 떠올린다.

"……무리, 하지 마."

간신히 말을 쥐어짜 낸다.

"고마워. 가족 모두 있으니까 괜찮아."

"뭔가 도울 일 있으면 말해 줘."

"응, 그럼. ……아, 맞다."

끊으려나 보다 싶던 목소리가 다시 가까이 돌아왔다.

"저기 말이야."

"응?"

"옆집의 흰 고양이가 요사이 안 보이는데, 건강하게 잘 있으려나?"

너무나도 맥락 없는 그 말에 나도 모르게 귀를 의심했다. 대답 못하고 있자 간마니와 씨가 다시 한 번, 이번에는 천천히 말했다.

"……옆집의 흰 고양이가 요사이 안 보이는데, 건강하게 잘 있으려나?"

"아."

그제야 겨우 나는 알아들었다. 간마니와 씨는 페이스북 이야기를 하고 있는 것이다.

"그거, 혹시 아버지의……."

"맞아, 마지막 글."

돌아가시기 몇 시간 전에 남겼다고 한다.

"……고양이 걱정을 하고 있을 때가 아냐. 정말이지, 라고 말해 주고 싶어."

그렇게 중얼거리는 간마니와 씨의 목소리는 역시나 화를 내고 있는 것 같기도 웃고 있는 것 같기도 했다.

"오쓰야, 가지? 아야."

무성의하게 연어 껍질을 벗기고 있는데 이토 씨가 말했다.

"아니면 장례식?"

"아, 오쓰야에. 점장과 의논해서 내가 오쓰야, 점장이 장례식에 가기로 했어."

"오쓰야, 언제야?"

"내일. 6시부터."

"내일이구나."

"내일 뭐 있었어?"

"아니, 나 집에 없어, 내일."

말을 듣고 생각이 났다. 일주일 전쯤 이토 씨가 웬일로 "친구와 한잔하러 갈게."라고 말했다. "어떤 친구? 혹시 여자?" 하고 농담조로 물었더니 "전에 일했던 곳의. 굉장한 아저씨."라고 대답했다. 어떻게 굉장한지는 듣지 못했다. 그 약속이 내일이었다.

"아, 맞다. 그랬었지."

"모임 연기할까? 아저씨는 도망가지 않으니까."

"왠지 그것도 미안한데."

"다녀오거라, 두 사람 모두."

대화를 듣고 있던 아버지가 젓가락질을 멈추지 않고 말한다.

"밥은 알아서 해결하마. 친구는 소중히 해야 해, 암." 위엄 있게 끄덕였다.

그날 밤, 소리를 작게 낮춰 스포츠 뉴스를 보고 있던 이토 씨가 물었다.

"몇 살이었어?"

얼굴은 여전히 화면을 보고 있다.

"응?"

깊숙이 넣어 놨던 상복의 상태를 점검하던 손을 멈춘다.

"아버지. 간마니와 씨의."

"일흔여덟, 이래."

"아직 젊잖아-." 항의하듯 목소리를 높인다.

"나도 그렇게 생각했어. 아직 젊다고."

"일흔여덟, 이라." 리모콘을 들고 채널을 돌린다.

"아버님은?"

"내 아버지?"

"응."

"어- 그러니까…… 나보다 마흔 살 위니까…… 일흔넷."

"일흔넷, 이라…….." 이거다 싶은 방송이 없는지 꺼 버렸다. 그대로 벌러덩 다다미 위로 널브러진다.

"아, 지금 알았다. 내가 서른넷, 이토 씨가 쉰넷, 아버지가 일흔넷이니까 딱 이십 년 차이야. 우리."

"아– 그러네. 아야의 이십 년 후가 나고, 내 이십 년 후가 아버님이네."

"싫어, 그거. 뭐랄까 꿈 없는 미래."

장난으로 한 말인데 이토 씨는 복잡한 얼굴을 하며 생각에 잠겨 버렸다. 상복을 옷장 안에 넣어 치운다.

"농담이야, 농담."

이토 씨의 뺨을 양손으로 싹 감싼다. 눈과 눈이 마주친다. 아주 잠깐의 정적이 흐른 뒤, 이토 씨의 눈빛이 스윽 풀어지며 내 머리카락에 손가락을 넣어 천천히 어루만지기 시작했다. 나긋나긋한 손가락 끝이 두피에 미끄러지는 감각에 도취된다.

곧바로 나는 불을 껐다.

간마니와 가家, 간마니와 가, 그것만 찾아 대느라 여기저기 쓸데없이 걸어 버렸다. 한참이 지나서야 겨우 간마니와 씨의 옛 성이 스즈키라는 것을 떠올렸다. 역까지 되돌아간다. '스즈키 가'라고 쓰인 등을 든 검은 옷차림의 두 남자가 무료한 듯한 모습으로 서 있었다.

식장은 역에서 오백 미터 정도 떨어진 비교적 규모가 큰 세리머니 홀이었다. 흑백의 포장막이 둘러쳐진 길가에 여기저기 흰국화 화환이 놓여 있다. 문 옆에 '고故 스즈키 히데오 님 장례 고

별식장'이라는 표지판이 있어서 그렇구나, 간마니와 씨 아버지 성함이 히데오구나, 하고 새삼스러운 기분으로 바라봤다. 홀 안팎이 술렁거렸다. '설마.', '믿을 수 없다.' 그런 말들이 새어 나온다. 평상복 차림의 사람이 하나둘씩 섞여 있는 것도 갑작스러운 죽음이라는 인상을 남긴다.

밖까지 이어진 긴 분향 행렬 뒤에 선다. 앞으로 나아갈수록 분향 냄새가 강해진다. 홀에 들어서자마자 영정 사진을 올려다봤다. 안녕하세요. 처음 뵙겠습니다, 페이스북 아버지. 눈과 얼굴의 윤곽이 간마니와 씨와 판박이다. 갑자기 불러 세워진 것처럼 약간 놀란 듯한 얼굴을 하고 찍혀 있다. 아니면 원래 이런 표정의 얼굴인지도 모른다.

앞으로 열 명 정도 남은 분향대라는 곳까지 오니, 이제야 겨우 제단 가까이에 선 유족의 모습이 보였다. 하얀 손수건으로 눈가를 누르고 있는 고령의 여성이 아마도 어머니겠지. 그 옆의 장년 남성과 여성이 필시 오빠와 그 배우자일 것이다. 뒤의 남성이 남동생이고 혼자 앉아 있는 모습을 보니 독신일지도 모르겠다. 간마니와 씨는 그 남동생과 남편인 듯한 키 큰 남성 사이에 앉아 있었다.

조금 떨어진 곳에서 간마니와 씨를 쳐다본다. 열이 있는 아이 같은 얼굴을 하고 있었다. 멍하니, 부어 있다. 눈가가 빨갛다. 기계적으로 조문객에게 머리를 숙이고 있다. 표정이라 부를 만한 것은 없었다.

내 차례가 되었다. 분향대 앞으로 나간다. 여태 글썽인 듯 뿌옇던 간마니와 씨의 시선이 나를 알아봤는지 쓱 자세를 갖췄다. 나를 보고 있다는 것을 의식하면서 분향하고서 합장한다. 옆집 고양이, 건강히 잘 있었으면 좋겠네요, 아버지.

마지막으로 다시 한 번 영정 사진에 고개를 숙이고 유족 쪽으로 돌아선다. 오늘 처음으로 간마니와 씨와 눈이 맞았다. 크고 검은 눈동자가 번쩍 빛난다. 다음 순간, 간마니와 씨의 두 눈에서 뚝뚝 큰 눈물방울이 쏟아졌다. 뚝뚝뚝뚝. 보드라운 눈물이 계속 차오르더니 흘러내린다. 아름다운 눈물이었다. 순수한 눈물이었다. 나도 모르게 넋을 잃고 쳐다본다. 눈물은 계속해서 샘솟아 마를 줄을 몰랐다. 당연하다, 아버지를 잃었는데. 당연? 내가 뱉은 말에 스스로도 무척 당황한다. 나는 울까? 아버지가 죽으면 나는 울 수 있을까?

움직이지 않는 나를 수상쩍게 생각했는지 뒷사람이 "흠, 흐흠." 하고 큰 헛기침을 했다. 퍼뜩 정신을 차린다. 서둘러 고개를 숙이고 도망가듯 홀을 나온다. 간마니와 씨의 얼굴은 보지 않았다. 볼 수가 없었다.

집에 돌아오니 아버지는 다이닝의 하늘색 의자에 앉아 책을 읽고 있었다.

"왔냐." 고개를 들지 않고 말한다.

"다녀왔어요."

입안에서만 중얼거리며 익숙하지 않은 펌프스를 벗는다. 6조 방으로 향하는 나를 흘끗 보더니 아버지가 놀란 얼굴을 했다.

"아야."

"네."

"괜찮은 게냐?"

"당연하죠. 왜요?" 동요한다. 들키지 않으려 얼굴을 돌린다.

"아, 아니, 응, 아니다." 시선을 억지로 책으로 되돌리는 눈치다.

상복을 벗고 편한 옷으로 갈아입고는 털썩 주저앉는다. 습관적으로 텔레비전을 켰지만 아무것도 머리에 들어오지 않는다.

돌아오는 길, 내내 그 질문을 스스로에게 반복했다. 반복하면 반복할수록 망설임은 확신으로 변했다. 울지 못한다. 아버지가 죽어도 분명 나는 울지 못한다. 오늘 밤의 간마니와 씨처럼 나는, 될 수 없다.

나도 모르게 큰 한숨이 새어 나온다. 이럴 줄, 이미 알고 있었잖아. 여름 끝자락, 처음 오빠에게서 전화를 받았을 때도 아버지가 죽었나 하고 생각했었지, 생각했음에도 동요하지 않고, 동요하지 않는 것에도 동요하지 않고, 뭐 어쩔 수 없는 일이라고 생각했잖아. 그런데 이제 와서. 이제 와서 나는 도대체 무엇을.

다른 생각을 하자. 스스로에게 말한다. 그래, 텔레비전을 보자. 한철 예능인이 나오고 있다. 한철이라는 것은 내년에는 더 이상 볼 수 없다는 뜻이다. 지금 봐 둬야 한다. 눈은 화면 속 예능인을 따라가기 시작한다. 하지만 이내 뇌는 똑같은 함정에 빠지고 만다.

머리카락을 쥐어뜯는다. 아아아, 으으으. 귀찮아.

"아야, 잠깐 나와 볼래."

맹장지 문 너머로 아버지 소리가 들렸다. 마음속 갈등을 간파당한 것 같은 타이밍에 나도 모르게 움찔한다.

애써 아무렇지 않은 척 대답했다.

"응-."

맹장지 문을 열었다. 확 하고 육수와 간장이 뒤섞인 따뜻한 향이 났다.

"배가 출출해서 우동 만들었는데. 어떠냐. 너도 먹어 보겠냐?" 내 눈을 보지 않고 말한다.

"아뇨. 아버지 먹을 게 없어지잖아요."

"아니다, 괜찮다. 많이 만들었다." 당황한 듯 대답한다.

"……그래요. 그럼." 나도 눈을 맞추지 않은 채 방을 나왔다.

풍로 위에 큼지막한 알루미늄 냄비가 얹혀 있었다. 아버지는 허둥지둥 냄비 앞에 서서 내용물을 획 휘저었다. 긴 젓가락과 국자를 사용해 싸구려 사발에 우동을 옮긴다. 잘게 썰어 두었던 쪽파를 성대하게 뿌렸다. 아버지는 파 종류를 좋아한다.

"자, 여기 있다."

내 앞에 김이 나는 사발이 놓였다. 연한 갈색의 맑은 국물 속 두꺼운 우동에, 채소며 고기며 여러 가지 재료가 떠 있다. 이 혼돈. 반가웠다. 엄마가 없는 일요일 점심때면 나와 오빠에게, 자주 만들어 주었다. 아버지 특제의 뭔가 잔뜩 들어 있는 우동. 싫어하던 샐러리가 들어 있을 때면 역시나 울었다.

"잘 먹겠습니다." 맑은 국물을 후루룩 마신다.

"맛있다." 국물은. 적어도.

"그렇지, 암. 정성 들여 가다랑어포로 육수를 우렸으니까." 만족한 듯 끄덕이며 자신도 먹기 시작했다.

아버지의 우동에는 여전히 변함없이, 실로 다양한 것이 들어 있었다. 찬찬히 보고 있는데 해설을 시작했다.

"냉장고 정리도 할 겸해서 남은 것을 전부 넣었다. 당근, 가지, 오크라, 표고버섯, 양상추, 어묵에 베이컨, 두부. 이토 씨는 요리는 꽤 하지만, 그 뭐냐, 식재료를 조금씩 남기는 것은 영 탐탁치 않구나."

"이건 토마토?" 반쯤 녹아 있는 붉은 물체를 젓가락으로 들어 올린다.

"파프리카다. 달콤하지."

"샐러리는 안 들어 있네요, 역시."

"샐러리는 없더구나." 안타까운 듯 말한다. 만약 있었다면 오늘 밤에도 틀림없이 넣었을 것이다.

파프리카를 삼키며 양상추와 두부의 하모니를 맛본다, 복잡한 맛이 나는 우동을 음미한다. 고개를 들지 않는다. 들 수가 없다.

알고 있다. 아버지는 그다지 배고프지 않았다. 초췌한 모습으로 장례식장에서 돌아온 내가 걱정되어 우동을 만들어 준 것이다. 아버지는 수줍음을 잘 타는 사람이다. 독설가 주제에 말주변이 없다. 풀 죽어 있는 딸에게 해 줄 말 같은 건 분명 준비해 두지 않았겠지.

그래서 우동을 만든다. 따뜻한 음식을 먹으면 딸도 조금은 기운을 차릴 수 있을 것이라 생각해서. 알고 있다. 내 아버지는, 그런 사람이다.

"아버지." 고개를 숙인 채 말을 건다.

"응?" 피어나는 김 너머로 아버지가 대답한다.

"……오이도 넣었죠."

풋내 나는 채소를 집어 올리며 묻는다.

"바보냐. 그건 고야다."

아버지가 흥 하고 코웃음을 치며 말한다.

어쩐지 오늘 밤 우동은 씁쓰름하더니.

오 일간의 장례 휴가를 끝내고 간마니와 씨는 '히타치 서점'으로 돌아왔다.

"여러 가지로 정말 고마웠습니다."

점장과 나를 향해 깊이 머리 숙여 인사했다.

"옆집 고양이, 그 후 어떻게 됐어?"

점장이 사라진 뒤 몰래 묻자 "있었어. 건강했어. 고마워." 하고 대답하면서 눈꼬리를 쨍그리며 웃었다. 이전과 변함없는 미소였다.

눈 깜짝할 새에 10월이 지나간다. 아침저녁 공기는 시원함을 통과해 이미 차갑다. 그 공기에 나무들이 땅으로 돌아가는 향이 희미하게 섞인다. 내가 가장 좋아하는 계절이었다.

슬슬 연말 달력과 수첩을 진열할까, 점장이 말을 꺼냈다.

"에이, 아직 이르지 않아요?"

내 머릿속에는 왠지 모르게 '새로운 수첩을 사는 것은 문화의 날(11월 3일, 일본 공휴일./ 옮긴이)이 지나고 나서.'라는 이미지가 있다.

"요즘 젊은이들은 빨리빨리 움직인다고." 점장이 안됐다는 듯이 말했다. 죄송하네요, 더 이상 젊지 않아서.

영업이 끝난 후, 넷이서 부지런히 특설 코너를 만들었다. 무거운 것을 옮기는 것은 나와 야마모토 군이 담당하고, 점장과 간마니와 씨는 솜씨 좋게 장식을 했다. 완성하자 점장은 몇 걸음 뒤로 물러나 만족스러운 듯 말했다.

"꽤 멋지지 않아?"

"올해도 얼마 안 남았네요." 간마니와 씨가 감회가 깊은 듯 중얼거린다.

"내년은 소의 해네요." 그 말은 내후년은 내 띠의 해라는 뜻이다. 나는 단숨에 어두운 기분이 든다.

"……취직, 해야 하는데." 무뚝뚝한 야마모토 군이 나직이 말했다.

일 년은 순식간이다. 바로 얼마 전에 여기서 지금처럼 새로운 달력과 수첩 냄새를 맡았던 기분이 드는데, 그로부터 벌써 일 년이 지나 버린 것이다. 내년 이맘때쯤에는. 나는 멍하니 생각한다. 내년 이맘때쯤, 나는 어디서 무엇을 하고 있을까. 역시 이곳에 서서 양 사진이 들어가 있는 달력을 물끄러미 올려다보고 있을까. 내 띠의 해가 된다는 것을 슬퍼하면서. 아니, 물론 전혀 다를 가능성도 있다. 가령 아랍 왕족에게 첫눈에 반해 낙타 등에서 사막에 떠오르는 달을 바라보고 있을지. 나는 천천히 고개를 가로젓는다. 전자의 확률이 압도적으로 높아 보였다.

가게를 나온 것은 평소보다 꽤 늦은 시각이었다. 바람이 확 스치고 지나간다. 얇은 재킷의 옷깃을 세우고 앞을 여몄다. 걷기 시작하자마자 거의 무의식적으로 휴대전화를 꺼낸다. 그러고 보니 오늘은 점심 이후로 보지 않았네, 하면서 착신 목록을 확인한다. 열네 통이었다. 열네 통? 깜짝 놀라 발을 멈추고 부재중 음성을 재생한다. 바로 뒤에서 걸어오고 있던 아저씨가 나와 부딪힐 뻔하자 '쯧.' 하고 혀를 찼다.

첫 착신은 오후 3시 43분. 이어서 세 통, 똑같은 낯선 번호로, 저음의 남자 목소리가 옆 시의 경찰서 이름을 대고 있었다. 핏기가 가신다. 명치가 콱 막혀 온다.

다음 착신은 이토 씨에게서, "일하는 중이려나. 일하는 중이지. 다시 전화할게."라는 얼빠진 소리가 남겨져 있었다. 도무지 갈피를 못 잡는 와중에서도 어쨌든 이토 씨는 무사한 것 같아 주저앉을 정도로 안심했다. 하지만 이토 씨가 무사하다는 말은. 그 순간 아버지에게 무슨 일이 일어났다는 확신이 들었다.

그 뒤 이토 씨가 몇 통 더 전화를 했고 그 뒤로 사에코 이모의 이름이 줄줄이 찍혀 있었다.

"아야!? 전화 줘."

"아야!? 뭐하는 거야, 전화해."

"아야!? 정말이지, 휴대전화를 갖고 다니는 의미가 없잖니!"

찬찬히 전부 들어 봤지만 뭐가 뭔지 모르겠다. 다만 모두 매우 당황한 상태라는 것만이 말투에서 강하게 전해져 왔다. 마지막 한 통은 리리코였다.

"……미안해." 오후 5시 7분. 또 '미안해.'다. 최근 한 달간 대체 리리코의 사과를 몇 번이나 듣는 건지. 그 이후 누구에게서도 전화는 없었다.

경찰과 자제를 잃은 이모, 그리고 사과만 하는 올케 언니와 이토 씨. 그중에서 망설임 없이 이토 씨를 선택, 전화를 건다. 세 번의 연결음 끝에 이토 씨의 목소리가 들렸다.

"무슨 일이야." 서론도 뭣도 없이 추궁한다.

"아니, 그게 잘 모르겠어." 대답하는 이토 씨의 목소리는 변함없이 여유로웠다.

"지금 어디야."

"경찰서."

"왜."

"불려 왔어."

"그러니까 왜."

"아버님이 다치셨대."

아버지가 부상, 역시 아버지가.

"아버님, 아직 병원이라 나는 계속 기다리고 있어, 여기서."

"심각해? 부상."

"잘 모르겠어. 뭐, 일단 이쪽으로 와." 그렇게 말하며 가장 가까운 역에서 오는 방법을 알려 주었다.

접수처에 이름을 대고 한참 기다린 끝에 어둑어둑한 건물 안

쪽의, 더욱더 음침한 회의실(같은 작은 방)로 안내되었다. 거기까지 데려다준 제복 경찰에게 인사를 하고 휘어진 합판 문을 연다. 귀퉁이가 이지러진 긴 책상 두 개가 나란히 놓여 있고 전부 종류가 다른 파이프 의자 여섯 개가 뿔뿔이 흩어져 있었다. 그중 한 의자에 이토 씨가 팔짱을 낀 채 눈을 감은 상태로 앉아 있다. 가까이 다가가 어깨를 흔든다.

"오." 살짝 고개를 끄덕이며 이토 씨가 눈을 떴다.

"잘도 자네, 이런 때에." 그 대담함에 어이가 없다기보다 감탄해 버린다.

"지금 몇 시야?" 크게 하품하면서 묻는다.

"……7시 43분."

"벌써 시간이 그렇게 됐나."

"대체 무슨 일이 있었던 거야."

"그러니까 나도 모른다니까. 일 끝나고 집에 가려는데 직원실에서 호리 선생이 뛰어와서. 아, 호리 선생은 그 '돈가스 사건'의 담임선생인데."

그런 건 아무래도 상관없다.

"'이토 씨, 경찰한테서 전화 왔어요.'라기에 받았더니 '아버님이 부상을 당했으니 바로 와 주세요.'라고 해서."

"학교로 전화가 왔어? 휴대전화가 아니라?" 놀라서 되묻는다.

"아버님, 처음에는 아야 휴대전화 번호 가르쳐 준 것 같은데,

연결이 안 되잖아, 일하는 중이니까. 그래서 경찰이 곤란해 하고 있으니까 '제일 초등학교에 사위가 있소.'라고."

"사위!?" 또다시 놀란다.

"그게 아버님이 사위라고 했는지는 모르겠어. 다만 내가 이곳에 왔을 때는 그렇게 들었어."

"그런데, 그럼 그렇게 크게 다치진 않았나 보다. 직접 말할 수 있을 정도의 부상이라면."

"아마도. 다만……." 약간 곤란한 듯 깎지 않고 대충 내버려 둔 수염을 쓰다듬는다.

"다만, 뭐야."

"……왠지 범죄와 관련된 게 아닐까 하고."

"뭐!?" 범죄.

"단순한 사고라고 하기에는 보안이 철통같다고나 할까. 뭘 물어봐도 '담당자에게 물어봐요.'로 일관해서. 조금은 가르쳐 주는데, 보통은."

범죄. 말려든 걸까 저지른 걸까. 어느 쪽이든 큰일이다. 또다시 핏기가 가신다. 무릎이 확 꺾이는 나를 이토 씨가 황급히 붙들었다.

"미안 미안, 내 지나친 걱정일 거야, 분명."

"어떡해……."

"자, 잠깐 기다려, 마실 거 사 올게."

이토 씨가 일어남과 동시에 문이 열렸다.

"이거, 죄송해요, 죄송합니다. 오래 기다리게 해서 죄송합니다!"

불그스름한 얼굴의, 뚱뚱하게 살이 찐 사십 대 후반으로 보이는 남자가 큰 소리로 그렇게 말하며 들어왔다.

"자, 자, 들어오세요."

남자는 문을 손으로 밀며 자신의 뒷사람에게 턱을 치켜들었다. 입을 글자 'ヘ' 모양처럼 구부린 채 미간을 찡그린 아버지가 모습을 드러냈다.

"아버지!"

"뭐야. 너, 온 게냐?"

불쾌한 듯한 말투와는 정반대로 아버지의 얼굴이 득의양양하게 활짝 폈다.

"아버님, 손."

이토 씨가 낮은 목소리로 말해서야 나는 겨우 아버지의 오른손을 덮은 흰 붕대에 눈이 갔다.

살찐 남자는 모리시타라고 하는, 지역과 경사였다. 말이 빠른데다 많다. 더구나 목소리가 크다. 언뜻 쾌활한 현장감독처럼 보이지만 날카롭게 쳐다보는 눈매가 다른 세계의 주인임을 알려 준다. 이하, 모리시타 경사의 독백 발췌.

"오후 3시 지나서, 시내를 달리는 노선버스 승객의 신고가 있었습니다. 승차구에서 '꾸물꾸물 대지 마.'라며 할머니를 괴롭히던 남자가 있어, 운전사가 중재하자 이번에는 그 운전사를 때리려고 덤벼들었다고요. 그래서 제가 바로 출동했습니다만, 제가 도착할 때까지 남자를 붙잡고 있어 주신 분이 여기에 계신 아버님과, 그리고 다른 두 명의 남성이셨어요. 남자는 술에 취해서 흥분한 상태였고요. 맞은 운전사는 코뼈가 골절되는 큰 부상을 입었고, 붙잡아 주신 분들도 아버님은 오른쪽 중지 탈구, 또 한 분은 입술이 베이는 부상을 당해 상당한 상해 사건이 돼 버렸습니다. 그래서 뭐 우선은 가족에게 연락을 했는데. 따님과 연락이 안 돼서 좀 곤란했습니다만 다행히 사위 분이 아직 근무지에 계셔서 도움을 받았습니다. 그러고 나서 구급차로 병원에 가서. 음, 부상 치료를 받았습니다. 아, 나중에 담당자가 서류를 가지고 올 테니 확인 부탁드립니다. 아무튼 그 후 서로 돌아와 조서 작성을 위해 진술하신다고, 정말로 여태껏 위층에서. 여러 사람이 관여된 사안이라 시간이 많이 걸려서 정말 죄송했습니다."

나는 호응하는 것도 잊고 그저 오로지 모리시타 경사의 쉬지 않고 움직이는 두꺼운 입술을 쳐다보고 있었다. 아버지는 마치 자신과는 관계없는 이야기라는 듯 어두운 창밖을 쏘아보고 있다. 겨우 이야기가 끊어졌을 때 이토 씨가 묻는다.

"그럼 이제 돌아가도 되는 거죠?"

"아아, 네. 이제 됐습니다."

모리시타 경사는 크게 끄덕이며 자세를 바로잡고서 격식을 차려 아버지에게로 돌아섰다.

"아버님."

"왜 그러쇼."

"저 오늘 정말로 감동했습니다. 일반 시민 분이 그것도 고령이신데 난폭한 젊은 남자에게 용감히 맞서시다니. 자신이 부상 당할 위험도 무릅쓰며 다른 승객 모두를 지켜 주시고. 훌륭한 일입니다. 웬만해서는 못하는 일이에요. 아버님은 분명 마을의 영웅이세요!"

"아니. 우연히, 입니다. 우연히." 아버지의 뺨이 붉어진다. 일부러 시선을 피한다.

"모든 경찰 직원을 대표하여 인사드립니다. 정말로 감사했습니다!"

모리시타 경사는 재빨리 허리를 구십 도로 숙이며 아버지에게 매우 정중히 인사했다. 우물우물 불명확한 말을 중얼거리면서 아버지도 머리를 숙인다. 나도 황급히 따른다. 이토 씨는 조금 떨어진 곳에서 재미있다는 듯이 이 과정을 지켜보고 있다.

그때 바깥 복도를 쿵쿵 달리는 큰 발소리가 들려왔다. 이 방 앞에서 멈춘다. 다음 순간, 망설임 없이 문이 활짝 열리며 카랑카랑한 여자 목소리가 들렸다.

"또 그랬어? 이 빌어먹을 늙은이!"

출입구에는 머리카락이 마구 헝클어진 사에코 이모가 서 있었다. 그 뒤로 이모보다 머리 하나 정도 더 큰 리리코의, 새파랗게 질린 작은 얼굴이 보였다. 갑자기 창밖에서 순찰차의 사이렌이 큰 소리로 울리기 시작했다. 밤을 뚫는 그 소리에 방 안의 공기까지 갈라지는 듯했다.

"지레짐작이 틀린 건 인정해. 하지만."
사에코 이모는 여기서 흥- 하고 코로 숨을 성대하게 내뿜기 시작했다.
"나는 잘못했다고는 생각하지 않으니까. 그보다 더 일찍 알려 줬어야 했어, 원래는."
그렇게 말하며 파닥파닥 부채로 끊임없이 얼굴을 부채질했다. 내겐 추울 정도의 기온인데 사에코 이모는 땀이 흐를 정도로 더운 듯하다.
리리코가 고개를 숙인다. 오빠가 두 손으로 눈을 비빈다. 이토 씨가 얼음이 다 녹은 아이스커피를 깨작깨작 홀짝거린다.
나는 시선을 피하며 패밀리 레스토랑의 거대한 유리창을 가만히 쳐다봤다. 검은 거울 같은 창에 표정 없는 평평한 얼굴의 내가 비쳤다. 이쪽의 내게 지지 않을 정도로 저쪽의 나도 피곤한 얼굴을 하고 있었다.
같이 가자는 이토 씨의 의견을 완고하게 거절하고 아버지는 혼자 집으로 돌아갔다. 아버지와 이모는 한 번도 말을 나누지 않았다. 리리코는 계속 이모의 등 뒤에 숨어 있었다. 마치 아버지와 눈이 마주치면 돌이 돼 버린다고 생각하고 있는 것처럼.

어색한 분위기 속에 그대로 남겨진 우리 넷은 근처 패밀리 레스토랑으로 이동했다. 자리에 앉자마자 사에코 이모가 눈으로 자꾸 재촉하기에 나는 마지못해 이토 씨를 소개했다. 이모는 눈을 포식자의 그것처럼 반짝반짝 빛내며 "그래서 몇 살?", "일은 어떤 일을?", "아야와는 어떤 계기로?", "사귄 지 어느 정도나 됐나?" 하면서 '이토 씨의 기본 정보'를 잇달아 손에 넣었다. 그중에는 나도 모르는 정보도 있었다. (누님의 현주소나 좋아하는 예능인 취향이나.) 그 옆에서 리리코는 고개를 약간 기울인 채 미동도 없이 앉아 있었다. 주문한 아이스티는커녕 냉수조차 입도 대지 않았다.

뭐 때문에 이곳에 이렇게 앉아 있는 건지 점점 알 수 없게 되었을 쯤, 겨우 일을 처리한 오빠가 나타났다. 그 말 많은 이모도 입을 다문다. 오빠는 이토 씨를 보고 일순 얼굴이 굳어졌지만 아무 말 없이 소파에 앉았다. 다가온 여 종업원에게 '일본식 스테이크 정식'을 주문하고 누구에게랄 것도 없이 "저녁, 아직이라."라고 중얼거렸다.

맹렬히 스테이크를 먹어 치우는 오빠를 향해 이모가 손짓 발짓을 섞어 가며 오늘 하루 있었던 일을 이야기했다. 이모 말에 따르면 경찰은 내게 연락하는 것을 포기한 뒤 아버지가 알려 준 주소를 통해 우라야스 집 전화번호를 알아내 리리코에게 전화를 한 모양이다. 아버지는 마침 치료 중이라 리리코에게 연락이 간 걸 몰랐던 듯하다.

"깜짝 놀랐지 뭐야-. 리리코가 굉장히 불안한 목소리로 '경찰한테서 전화가 왔어요. 어떡해요, 어떡해요.'라고 전화해서. 그 말밖에 안 하니까 사정은 전혀 모르지. 그래서 아야에게 전화했는데 너희 둘 다 전화를 안 받잖니. 그러니 완전히 당황해 버렸지. 아, 또 일을 벌였구나. 형부가, 틀림없이, 또."

거기서 일단 입을 닫았다. 거북한 공기가 떠다닌다. 오빠는 작은 나이프로 고기를 자르는 손을 멈추고, 내 얼굴을 보며 물었다.

"······들었어?"

작게 끄덕인다.

"······그렇군."

오빠의 시선이 다시 스테이크로 돌아갔다.

아버지에게는 전력이 있었다. 절도다. 아버지는 오빠네와 함께 살던 우라야스의 슈퍼나 편의점에서 몇 번인가 절도를 해서 경찰에 체포된 적이 있다고 한다. 그때마다 연락을 받은 리리코나 오빠가 가서 머리를 숙이고 엎드려 사죄하고는 아버지를 데리고 왔었다. 고령인데다 인수인의 신원도 확실해서 모두 가게 측과 합의해서 기소된 적은 없었다.

체포될 때마다 아버지는 "미안하다. 다신 안 하마."라고 맹세했다고 한다. 그래서 오빠나 리리코도 일단 안심했다. 그런데 그 입에 침이 마르기도 전에 또다시 다른 가게에서 "아버님이 절도를 했습니다."라는 연락을 받는다. 그 반복이었다, 너는 몰랐겠지만 최근 반년 정도 계속. 이렇게 말하며 사에코 이모는 비난하는 듯한 표정으로 나를 쳐다봤다.

"불쌍하게도 그래서 리리코가 완전히 질려 버려서. 봐, 그렇지 않아도 지금 린이랑 고타 시험으로 고생인데. 거기에다가 아버지가 그, 그런 짓까지 하니까. 여름 전에 이미 아버지의 얼굴을 보는 것만으로도 몸이 안 좋아져서. 얼마 전에 만났을 때 리리코 토했잖니? 기억나? 기억하지. 정말이지, 거의 매일 그런 상황이었으니까. 더구나 학부모들 사이에 점점 소문이 퍼지기 시작했대. 얼마나 무섭겠어, 사실 사람들의 입을 막을 수는 없는 노릇이니. 그런 일, 만에 하나 두 아이가 진학할 중학교 귀에 들어가기라도 해 봐. 절대로 입학 안 시킬걸. 들여보내기는커녕 시험조차 못 쳐. 사립 중학교는 체면을 제일 중요시하니까. 무리, 무리, 절대 무리지. 그렇게 되면 이 이 년간의 노력을 어떻게 보상할 거야. 아이들의 미래를 어떻게 할 거냐고, 안 그래?"

이모가 리리코에게 동의를 구했다. 리리코는 살짝 끄덕였다.

"……그래서 우리 집에?"

내가 굳은 목소리로 묻자 오빠가 지친 모습으로 미간을 문지르며 말했다.

"아버지의…… 그 일을 말 못했던 건 미안하게 생각해. 하지만 그때 리리코도 나도 정말로 한계라……. ……아야에게 기대는 것 말고는 방법이 없었어."

"그래도 최소한 한마디 정도는 해 줬어야지."

"아버지가 절도 상습범이라는 걸? 그걸 듣고도 아야가 받아 줬을까? 아버지와 함께 살았을까?"

대답할 말이 없었다. 테이블에 무거운 침묵이 떨어진다.

"……제 잘못이에요."

그때까지 한마디도 하지 않았던 리리코가 처음으로 입을 열었다.

"……'혼자 살겠다.'고 하시던 아버님을 무리하게 데려와 억지로 정든 집에서 떼어 놓고. 그래 놓고는 제대로 보살펴 드리지 못해서 적적한 마음 들게 만들어서. 그래서 분명 아버님이 그런 일을……."

거기까지 단숨에 말하고는 덜덜 떨기 시작했다. 먼저 손가락 끝이 떨리고, 진동이 점차 몸 전체로 퍼져 간다.

"리리코."

오빠가 진동을 멈추게 하려는 듯 어깨에 손을 올린다. 옆에 앉아 있던 이모가 얼굴을 가까이 들여다보며 격려했다.

"리리코 탓이 아니야. 리리코는 잘하려고 그런 것뿐이니까."

"아뇨, 제 탓이에요! 제가 잘못해서, 구제불능 인간이라 이런 일이……."

이렇게 소리치자마자 테이블에 푹 엎드렸다.

"죄송해요! 죄송해요! 용서해 주세요! 죄송해요!"

아이스티 유리잔이 큰 소리를 내며 넘어진다. 주위 손님들이 놀란 듯이 이쪽을 쳐다봤다. 달려오는 여 종업원을 이토 씨가 손으로 제지하며 주머니에서 손수건을 꺼내 입을 다문 채 테이블을 닦기 시작했다. 리리코는 어깨를 크게 부르르 떨며 울고 있었다. 이모가 무슨 말인지를 작은 소리로 중얼거리며 그 등을 쓰다듬었다. 오빠가 다시 박박 양손으로 눈을 비볐다.

누구의 잘못일까. 리리코일까 오빠일까 나일까. 아니면 아버지 자신일까.

애초에 누구의 잘못일까, 생각하는 이 마음이 문제일까.

눈앞에서 차례로 펼쳐지고 있는 일을 마치 먼 세계의 광경인 듯이 바라보면서 나는 생각한다.

하지만 누구의 잘못도 아니라면. 멍해진 머리로 생각한다. 왜 이곳에 있는 사람들이 모두 고통스러워 보이는 걸까. 슬퍼 보이는 걸까. 눈물을 흘리고, 고개를 숙이며, 몹시 지쳐 있는 것일까.

테이블을 에워싼 사람들에게서 눈을 돌려 창 너머에 펼쳐진 어둠을 응시한다. 어둠이, 열을 품은 듯이 부풀어 오르기 시작한다. 리리코의 울음소리가 한층 높고 가늘어진다.

누구의 잘못인가 하는 문제가 아니라. 소란스러움이 갑자기 멀어져 간다. 나는 당연한 것에 생각이 미친다. 모두의 잘못이다. 가족 모두가, 분명히.

유리창을 뚫고 까칠한 암흑이 비웃으며 나를 에워싼다.

아무리 그래도 절도는.

내 아버지가 절도범일 줄은.

계속 생각하고 있는 내게 어둠이 비웃으며 속삭인다.

너의 집에서도 훔쳤을걸?

매일 밤에 나가서 남의 것을 훔쳤을걸?

나는 귀를 막는다. 듣고 싶지 않다. 그런 것, 생각하고 싶지도 않다.

그러나 어둠은 속삭임을 멈추지 않는다.

하지 않았다는 증거 있어?

그보다 너는 아직도 그 녀석을 믿고 있는 거야?

으히히히히.

귀에 거슬리는 비웃음이 울려 퍼진다.

비웃는 어둠 속에서, 나는, 혼자다.

늦은 밤, 완전히 지친 상태로 돌아온 집에 아버지는 없었다.

왼손으로 적은 듯 보이는, 아이처럼 삐뚤빼뚤한 글씨의 '한동
안 나가 있으마.'라는 메모가 놓여 있었다.

갑자기 생각나 아버지 방을 들여다본다. 검은 보스턴백과 그
수수께끼의 상자가 아버지와 함께 사라지고 없었다.

7

'히타치 서점'에 근무한 지 한 세 달 정도 지났을까. 나는 몹쓸
절도범과 맞닥뜨렸던 적이 있다.

영업 시작한 지 얼마 안 된 시간이라 그 남자 외에는 손님이
거의 없었다. 사십대 중반 정도의 키 작고 마르고 소심해 보이는
남자였는데 깔끔한 정장을 입고 있었다. 테 없는 안경에 검은 서
류 가방을 들고, 윤이 반질반질 나는 검은 구두를 신고 있어서 거
래처로 향하는 샐러리맨 같은 분위기였다. 가방과는 별개로 방문
용 선물이라도 들어 있는 듯한 아카사카의 유명한 화과자 종이
봉투를 들고 있었다. 나는 계산대에 서 있었는데 '선물 치고는 꽤
낡은 종이봉투네.' 하고 생각했던 것을 기억한다.

남자는 코믹 북 선반을 열심히 쳐다보고 있었다. 가게가 붐비

기 시작했을 쯤, 와이드판 코믹 북 한 권을 골라 계산하고 화과자 종이봉투에 아무렇게나 쑤셔 넣고는 나가려 했다. 남자가 자동문을 빠져나가 몇 발짝 걸었을 때 점장이 불러 세웠다. 사무실에 끌려간 남자의 종이봉투에서 갓 출간된 인기 소년 코믹 북 여덟 권이, 두 줄로 가지런히 놓인 상태로 발견되었다.

남자는 순순히 사죄하고 이름과 주소를 줄줄 말했다. 고개를 숙이고 앉아 있는 모습은 물에 젖은 늙은 닥스훈트처럼 맥이 없었다. 간마니와 씨가 경찰을 부르고, 점장과 내가 사무실에서 남자를 지켜봤다. 여기까지는 자주 있는 (있어서는 안 되지만) 절도의 광경이었다.

"점장님, 구매한 잡지에 낙장이 있다는 클레임이."

오 분도 지나지 않은 시점에 몹시 난처한 얼굴의 간마니와 씨가 사무실 문을 두드렸다. 점장이 노골적으로 얼굴을 찡그린다. 낙장이나 파본은 서점의 책임이 아니기에 출판사에 클레임을 걸어야 하는데 그걸 모르고 구매한 서점에 항의하는 손님이 의외로 많다.

"금방 돌아올 테니까 이것 가지고 있어."

"엇, 아, 네."

"무슨 일 생기면 큰 소리로 부르고."

점장은 내게 남자의 서류 가방을 맡기고 사무실을 나갔다. 남자가 너무 초라해 보였기에 나 혼자서도 대처할 수 있다고 생각했던 걸까. 확실히 신장은 내가 훨씬 컸다. 하는 수 없이 표면이 벗겨진 응접 테이블을 사이에 두고 남자와 마주 본다. 오전의 어슴푸레한 빛 속에서 먼지가 반짝반짝 떠돈다. 남자는 고개를 숙인 채 움직이지 않는다. 어색한 시간이 지나간다.

그때 내가 꼭 껴안고 있는 남자의 서류 가방 안에서 휴대전화가 울리기 시작했다. 비좁아 답답한 사무실에 '천국과 지옥'의 경쾌한 멜로디가 울린다. 운동회 달리기경주에서 자주 사용되는 그곡이다. 잠시 기다렸지만 벨소리는 전혀 멈출 기미가 없다. 남자가 고개를 들어 말했다.

"죄송합니다, 중요한 고객에게서 온 전화입니다. 전화, 받아도 될까요."

울 것 같은 얼굴을 하고 있었다.

"엇, 그건, 하지만."

"죄송합니다, 안 받으면 엄청 혼나요. 회사도 잘립니다. 가족이 길거리에 나앉아요."

절도를 들킨 그 순간부터 이미 해고라는 생각이 지금에서야 들지만, 울려 퍼지는 '천국과 지옥'은 사람을 사고 정지로 몰아넣는 마력이 있다.

"죄송합니다, 아가씨, 부디 제발. 저를 살리는 셈 치고, 말 그대로, 살려 주세요, 부탁합니다." 타 들어갈 듯한 쉰 목소리였다. 찌부러진 개구리처럼 엎드린다. 나는 그 끈질김에 손들고 남자에게 가방을 통째로 건네고 말았다.

"고맙습니다."

받자마자 남자가 그 가방으로 내 머리를 내려쳤다. 허를 찔려, 나는 안면부터 응접 테이블에 처박혔다. 그런 내 등을 훌쩍 뛰어 넘어 남자는 사무실에서 뛰어나갔다. 곧이어 물건이 넘어지는 엄청난 소리와 함께 남자의 울부짖는 소리가 들렸다. 상황을 보러 오던 간마니와 씨가 남자의 머리에 박치기하고 곧바로 재치 있게 남자의 발을 걸었던 것이었다.

경찰에 연행될 때 남자는 나와 간마니와 씨를 힐끗 노려봤다.

"못생긴 것들이. 두고 봐." 퉤하고 침을 뱉는다. 피하려고 했지만 유니폼 에이프런의 허리 부근에 타액이 흠뻑 들러붙고 말았다. 남자가 고소하다는 듯이 '이히히.' 하고 비웃는다. 경찰이 난폭하게 남자를 끌고 걸어갔다.

"어떻게 그 타이밍에 전화가 걸려 왔을까." 새로운 에이프런을 착용하면서 간마니와 씨에게 물었다. 잠시 생각한 뒤, 간마니와 씨는 "타이머 설정해 뒀을지도."라고 대답했다. 과연, 대안을 마련해 뒀던 것이다.

다행히 부상이라 할 만한 상처는 입지 않았다. 하지만 에이프런과 마음에 새겨진 검은 얼룩은 좀처럼 사라지지 않았다.

그날 밤, 패밀리 레스토랑의 창 너머에서 흘러 들어온 어둠은 아직 내 주변에 달라붙어 있다. 이따금 상스럽게 '으히히.' 비웃으며 속삭인다. 어둠의 목소리를 들어 버린 뒤로 나는 전화 받기가 무서워졌다. 특히 이름이 표시되지 않은 모르는 사람에게서 온 전화. 벨소리를 듣는 것만으로 가슴이 심하게 두근거리고 손이 떨린다. 어딘가의 경찰에게서 온 것 아닐까, '아버님이 절도로 체포되었습니다.' 그런 연락이지 않을까. 그 생각이 머리에서 떠나질 않는다. 받고 싶지 않다. 현실과 마주하고 싶지 않다.

한편으로 아버지 전화일지도 모른다는 작은 기대도 있다. '미안했다.' 그 한마디만을 말하기 위해, 어디 먼 땅의, 낯선 전화 부스에서. 또는 싸구려 료칸의 낡아 빠진 검은색 전화로.

전화가 무섭다. 하지만 전화를 바란다.

상반되는 두 감정이 줄다리기하듯 나를 서로 잡아당기고 있었다.

그런 내 기분 따위는 아랑곳하지 않고 이틀이 지나고 삼 일이 지나도 아버지에게서 연락은 없었다.

그날, 날이 새기를 기다려 아버지의 휴대전화로 전화를 걸었다. 신호는 갔지만 아버지가 받지는 않았다. 오 분을 버텨 봤지만 끈기가 달려 끊었다. 점심때쯤 다시 한 번 걸자 이번에는 전원 자체가 꺼져 있었다. 학습한 걸까. 그 이후로 몇 번을 걸어도 전원은 꺼진 채로다.

많지 않은 친척이나 친구에게 오빠가 넌지시 물어봤지만 누구도 아버지의 소재를 모른다고 한다. 아버지가 지인이 있는 곳에 가리라고는 생각하지 않았기에 전혀 의외는 아니었다.

아버지의 실종을 안 리리코는 컨디션을 더욱 무너뜨렸다. 굳게 닫힌 어둑한 침실에서 이불을 둘러쓴 채 계속 떨고 있다고 한다. 리리코의 부모님은 먼 곳에 살고 있어서 사에코 이모가 우라야스 집에 묵으며 린과 고타를 보살펴 주고 있다.

"있잖니, 일반적이지 않아, 리리코의 모습."

전화 너머로 이모가 소리 죽여 말한다. 우라야스 집의, 잠잠한 바다 깊은 곳 같은 고요함이 전해져 온다.

"의사에게 데려가요."

"벌써 데려갔지."

"내과죠? 안 돼, 정신과에 가야 돼요."

"정신과라."

이모의 목소리에 혐오감이 묻어난다.

"무리야, 못 가. 정신과에 갔다간 또 순식간에 소문이 퍼진다니깐. 아이들 시험에 영향을 미친다고."

나는 한숨을 쉰다. 목숨보다도 시험이 훨씬 중요하단 말인가.

"그나저나 정말이지 어휴, 아버지는. 연락 아직 없니?"

"없어요."

"어디로 간 걸까."

"모르죠."

"차라리 말이야, 정말이지, 이대로."

거기서 이모는 말을 끊었다. 역시 그 이상 말하는 건 꺼리는 듯하다.

"뭐, 무슨 일 있으면 바로 전화해. 나는 한동안 여기에 있을 테니까."

본래라면 조카들을 보살피는 것은 내 역할일 텐데. 그것을 결코 한가할 리 없는 사에코 이모가 대신해 주고 있는 것이다. 이모에게 하고 싶은 말은 많지만 지금 나는 아무 말도 할 수 없다. 말할 자격이 없다. 도망치듯 전화를 끊었다.

아버지가 없어진 지 나흘째. 너무 지쳐서 결국 '히타치 서점'을 쉬었다. 전화를 받은 간마니와 씨에게 "좀 지독한 감기에 걸린 것 같아서."라며 거짓말을 한다. 진짜 사정을 말해도 괜찮았을 테지만 걱정 끼치고 싶지 않았다. 무엇보다도 아버지를 여읜 지 아직 한 달밖에 되지 않았다.

"가게 일은 신경 쓰지 않아도 되니까."

"응, 고마워."

"내일은 나올 수 있을 것 같아?"

"응─…… 잘 모르겠어."

"안 될 것 같으면 전화 줘."

감사 인사를 하고 끊었다. 그대로 널브러져 있는 이불 위로 뒹군다.

이토 씨는 평소대로 출근했기에 집에는 나 말고는 아무도 없다. 귀를 기울인다. 얇은 벽을 통해 어딘가에서 텔레비전 소리가 들린다. 청소기가 위잉위잉 바닥을 빨아들이는 소리, 굵직한 재채기, 아기의 울음소리. 이 아파트가 이렇게나 요란스러웠나 하고 새삼 생각한다. 아버지가 있는 동안, 의식해서 소리나 기척을 차단했던 것의 반작용일지도 모른다.

두 개로 포갠 방석 위로 몸을 맡긴다. 시선이 높아져 청소창문으로 채소밭이 보였다. 온화한 가을빛이 내리쬐고 있다. 가을도 깊어진 지금은, 소송채 등 잎채소가 심겨 있다. 부지런히 보살피던 아버지가 없어진 탓인지 모두 물렁한 게 어쩐지 기운이 없다. 소송채 두렁이 끊긴 부분에 비파나무 화분이 놓여 있었다. 비파의 잎 또한 생기가 없어 잿빛이 도는 것처럼 보인다. 물을 줘야겠다고 생각하지만 귀찮아서 움직일 수 없다. 여름에 만났을 때 리리코가 했던 "뭘 하는 것도 귀찮아서."라는 말이 이런 것인가. 우리 집에는 아이가 없어서 다행이다. 아이는 돌보지 않으면 불만을 터뜨리지만 식물은 아무 말도 하지 않는다. 눈을 감았다. 뇌의 얕은 부분만이 마비되어 가는 듯한 음침한 잠에 빠졌다.

쏴아아, 하는 빗소리에 눈이 떠졌다. 비? 조금 전까지 쾌청한 가을 날씨였는데. 몸을 일으켜 창밖을 본다. 이토 씨가 물뿌리개로 채소밭에 물을 주고 있었다. 이토 씨의 그림자가 길다. 창문을 연다. 그 소리에 이토 씨가 뒤돌아봤다.

"잘 잤어?"

"벌써 그런 시간?"

"계속 잤어?"

"계속 잤어."

"그렇군."

메마른 흙 속으로 쏴쏴 기분 좋은 소리를 내며 물이 스며들어 간다. 하얗게 벗겨진 듯한 땅이 본래의 검은색을 되찾아 촉촉이 젖은 흙의 싱그러운 향이 일었다.

"아버님 찾으러 가는 것이 좋지 않을까."

페트병에 미리 퍼 둔 물을 물뿌리개에 옮겨 담으며 이토 씨가 말했다.

"가라고 해도, 어디에 있는지 모르잖아."

"가라고 하는 게 아냐. 가 봤으면 하는 제안."

"짐작 가는 데도 없고. 그보다 갈 만한 곳은 이미 전화했으니까 나타나면 그쪽에서 연락할 테고."

"그래도 이대로 마냥 기다리는 것보다는 뭔가 행동을 취하는 게."

"애도 아니고 돌아오고 싶으면 돌아오겠지. 돌아오지 않는다는 것은 돌아오고 싶지 않다는 말이잖아, 보통."

"돌아오고 싶지 않은 게 아니라 돌아오지 못하는 것 아닐까."

무거워 보이는 물뿌리개 끝에서 물이 몇 방울 떨어진다.

"어느 쪽이든 아버지 문제야. 우리와는 관계없어."

이토 씨가 물뿌리개를 든 채 내 얼굴을 물끄러미 쳐다본다. 그 조용한 눈이 오히려 나를 곤두서게 만든다.

"왜, 이토 씨는 기쁘지 않아? 겨우 둘만의 생활로 돌아왔는데. 더 이상 옆 기척에 흠칫거리지 않아도 되고, 신경 써 가며 밥 안 해서 좋고. 사실 이토 씨도 거추장스러워 했잖아, 아버지. 그런데 왜 이럴 때만 착한 아이가 되는 건데. 그거야말로 교활하지 않아? 교활하다고."

대답이 돌아올 거라 생각했지만 아무 말도 듣지 못했다. 내게 등을 돌리고서 가만히 다시 물을 주러 돌아갔다. 나는 소리를 내며 창문을 닫았다. 여러 가지가 부서지는 듯한 기분이 들었다. 내 안에서도 바깥에서도.

다음 날도 일을 쉬었다.

점심이 지나 이토 씨에게서 문자가 왔다.

'갑자기 친구를 만나기로 해서 늦을 거야.'라고 적혀 있었다.

미움 받은 건가, 하고 마치 십 대 여자아이처럼 약간 우물쭈물

했다. 우물쭈물은 울적함으로 바뀌어 잔뜩 찌푸린 마음을 덮치기 시작했다. 이불에 누워 몸을 웅크린다. 잠자고 있는 동안만큼은 힘든 생각에서 도망칠 수 있다. 잠만이 도피처였다. 하지만 좀처럼 잠이 오지 않는다. 멍하니 있으니 오히려 초조함이나 불안이 커져 간다. 느릿느릿 일어났다. 부엌까지 기어가 풍로 아래에서 소주병을 꺼냈다. 컵에 반 정도 따라 단숨에 다 마셔 버렸다. 빈 위장이 확 하고 열을 낸다. 알코올 탓이란 걸 알지만 기분이 조금 편안해진다. 연거푸 두 잔, 세 잔을 들이켰다. 소주가 없어진 뒤에는 요리용 청주를 마셨다. 이제 막 뚜껑을 딴 청주가 반 이하가 되었을 쯤에서야 겨우 잠이 들 수 있었다. 아니 정확하게는 의식을 잃었다고 해야 할지도 모르겠다.

"아야, 아야, 아야!"

나를 흔든다. 내 뺨을 때린다. 큰 소리로 내 이름을 부른다.

천천히 눈을 떴다. 익숙한 부엌 벽이며 천장이 비뚤게 보인다. 동시에 강렬한 구역질이 올라와 나도 모르게 얼굴을 찡그렸다.

"괜찮아? 정신이 들어?"

간마니와 씨의 걱정스런 얼굴이 바로 눈앞에 있었다. 고개를 끄덕이려 했지만 목이 흔들거려 안정이 안 된다. 목구멍 안쪽에서 씁쓸한 물이 올라왔다. 팔꿈치를 세워 상반신만 일으켜 토했다.

"자, 잠깐 기다려!"

간마니와 씨는 재빠르게 주변을 둘러보더니 싱크대에 놓여 있
는 설거지통의 물을 쏴악 비웠다.

"자, 이제 해!"

가슴 앞에 설거지통을 댄다. 안심한 탓인지 굉장한 기세로 위
안의 것이 역류해 왔다. 술밖에 마시지 않아서 나오는 것은 액체
뿐이었다. 간마니와 씨는 한 손으로 설거지통을 받치고 다른 한
손으로 내 등을 문지른다.

토하고 토하고 물을 마시고 또 토하고. 더 이상 술조차 남아 있
지 않을 텐데 구역질만은 도무지 나아질 기미가 없다. 토하다 지
쳐 복근이 경련을 일으킬 때쯤 녹색 액체가 걸쭉하게 입에서 흘
러나왔다.

"아, 끝물."

그것을 본 간마니와 씨가 오묘한 말을 했다.

"……끝물?"

"이 녹색 물이 나오면 끝, 이제 괜찮아. 토하는 것도 이제 끝이
란 말."

자신만만한 얼굴로 몇 번이고 끄덕인다. 이것은 영수증 종이
가 다 되면 나타나는 빨간 선 같은 건가. 인체에 과연 그런 편리
한 기능이 갖춰져 있나.

그러나 간마니와 씨의 단정처럼, '끝물'을 토한 뒤에는 꽤 편

안해졌다. 화장실 물이 내려가는 소리를 들으며 일어난다. 휘청거리는 몸을 테이블에 닿은 손으로 지탱하면서 간신히 의자에 앉았다. 주변을 둘러본다. 부엌 창밖은 벌써 어두컴컴하다. 벽시계를 올려다보니 8시를 가리키고 있었다. 꽤 긴 시간 동안 부엌에서 잠이 들었나 보다.

"깜짝 놀랐어-. 새빨간 얼굴을 하고 쓰러져 있었다고. 강렬한 술 냄새에다. 감기 걸린 줄 알았더니."

화장실에서 나온 간마니와 씨가 싱크대에서 설거지통을 헹군다. 그 등을 쳐다보며 물었다.

"……어떻게 간마니와 씨가 이곳에?"

"이틀이나 쉬는 게 이상하다고 생각해서. 마침 부조 답례품도 건네야 했고. 그래서 마치고 집에 가는 길에 들렀지."

"어떻게 들어왔어?" 분명 문이 잠겨 있었을 텐데.

설거지통을 다 씻은 간마니와 씨가 수건으로 손을 닦으며 말했다.

"처음엔 벨을 눌렀어. 그 뒤에는 문을 두드렸고. 전화를 걸었더니 집 안에서 울리기에 집에 있구나 생각했지. 그런데 전혀 대답이 없는 거야. 포기하고 돌아가려던 참에 아야의 신음 소리가 나서-."

"내가 신음했어?"

"신음했어, 신음했어. 그래서 뭔가 큰일 났구나 싶었지. 왜 있잖아, 뇌에 세균이 침입해 버리면 큰일이잖아. 그래서 허둥지둥 어딘가에 열쇠 숨겨 놓지 않았을까 하면서 찾고 있는데 역시나 싶은 화분이 문 옆에 놓여 있더라고. 그 안에, 봐."

주머니에 손을 넣어 작은 금속조각을 꺼냈다. 쥐 키홀더가 달린, 아버지의 열쇠였다. 나는 바로 알아차린다. 이토 씨다. 혹시 우리가 부재중이더라도 아버지가 문을 열 수 있도록 이토 씨가 넣어 둔 것이다.

"저기 말이야, 너무 허술해, 저렇게 두면."

충고 대단히 고마워, 간마니와 씨. 이번에야말로 이토 씨에게 그렇게 말할게.

"그나저나 도대체 뭐 때문에 꾀병 부렸어?"

물을 따른 컵을 테이블에 놓으면서 묻는다. 한 모금 마신 뒤 나는 말하기 시작했다.

쉬엄쉬엄 말하느라 이야기를 전부 끝냈을 땐 시곗바늘이 9시 가까이에 가 있었다. 절도 대목에서 간마니와 씨의 볼이 쌜룩거렸다. 분명 그 몸집 작은 남자의 일을 떠올렸겠지.

"여러 가지로 걱정시킨 데다 민폐까지 끼쳐서 정말 미안해."

그렇게 매듭을 짓고 머리를 숙였다. 아직 취기가 남아 있어서인지 눈대중을 잘못해서 이마를 테이블에 부딪치고 말았다. 툭, 하는 둔탁한 소리가 나자 당황한 듯 간마니와 씨가 테이블 맞은편에서 손을 뻗는다.

"괜찮아?"

"괜찮아, 괜찮아. 아, 맞다-, 간마니와 씨 배 안고파? 타코야키 있어. 냉동이지만."

간신히 휘청거리지 않고 일어섰다. 냉동고를 열어 봉지에 들어 있던 냉동 타코야키를 접시에 옮겨 담는다. 전자레인지의 눈금을 맞추는 일 역시 힘들었다. 디지털 숫자가 몇 겹으로 흔들린다. 그러는 동안 내내 간마니와 씨의 시선을 등과 옆얼굴로 느끼고 있었다. 눈이 큰 만큼 눈빛이 강하다, 확실히.

"……힘들었겠네, 아야."

"아니 별로. 아, 하지만 점장에게는 말하지 말아 줘-. 절도범 딸이라는 게 알려지면 해고당할 거야."

익살맞은 표정으로 대답했지만 반은 진심이었다. 그 점장이라면 정말 그럴지도 모른다. 간마니와 씨는 아무 말도 하지 않았다.

다 데운 접시를 테이블에 놓고 랩을 벗겼다. 이쑤시개와 소스를 식기 선반에서 꺼냈다.

소스를 뿌리려고 들어 올린 순간, 간마니와 씨가 소리 높였다.

"진짜다."

"응? 뭐가."

"소스. 중농소스도 돈가스소스도 아니고 우스터소스네, 진짜로."

찬찬히 주변을 쳐다본다. 그렇다. 아버지가 온 이후로 우리 집은 '우스터소스 집'이 돼 버린 것이었다. 줄곧 중농소스 파였는데. 나도 이토 씨도.

"……안 어울리지. 타코야키에 우스터소스는."

입을 다물고 라벨에 그려진 불도그를 쏘아본다. 못생긴 서양개가 마치 나를 비웃는 듯 이빨을 드러내고 있다. 전혀 안 닮았는데 어째선지 아버지가 웃는 것 같았다. 피가 거꾸로 솟는다.

"'문명인이라면 우-스터.' 같은 말 같지도 않은 소리를 하며 으스대기 이전에 좀 더 사람답게 제대로 살라고 말하고 싶어. 절도가 뭐야. 범죄자잖아, 주변의 양아치랑 다를 게 뭐야! 부끄럽지도 않을까, 꼴사나운 짓이란 생각이 안 들까! 정말이지 너무 비참해……. 한심하다고, 나는!"

정신을 차리고 보니 내가 주먹을 꽉 움켜쥐고 몸을 앞뒤로 흔들면서 테이블을 쿵쿵 내려치고 있었다. 진자처럼 흔들리는 몸이 더 이상 통제되지 않아, 힘이 넘친 나머지 의자에서 굴러 떨어졌다.

"아야!"

냉장고 모서리에 머리를 부딪쳐서 고통으로 얼굴을 찡그렸다. 테이블을 돌아온 간마니와 씨의 도움으로 일어나 의자로 돌아간다.

"정말이지…… 좀 진정해."

"……미안."

"찜질할까? 부딪힌 곳."

"……괜찮아. 별거 아냐."

간마니와 씨는 고개를 끄덕이며 자신의 의자로 돌아갔다. 이쑤시개 두 개를, 폭폭 타코야키에 찌른다.

"……아야는 용서하지 못하는구나, 아버지를."

입을 다문 채 천천히 고개를 끄덕인다. 간마니와 씨가 말을 잇는다.

"그건 당연하다고 생각해, 딸로서. 아버지에게는 설명할 의무가 있고, 아야에게는 그걸 들을 권리가 있어."

또 한 번 고개를 끄덕인다. 간마니와 씨의 손가락이 타코야키에 박힌 이쑤시개 끝을 콕콕 눌렀다.

"하지만 그건 그렇다 쳐도…… 지금 아야가 해야 할 일은 아버지의 행방을 찾는 것 아닐까."

"……이런 기분인 채로?"

"기분은 일단 제쳐 두고, 냉동고에라도 넣어 둬. 그러지 않으면, 지금이 아니면 할 수 없는 일을 놓치고 말아."

나는 가만히 타코야키를 쏘아본다. 마치 그곳에 대답이 쓰여 있기라도 한 듯이. 침묵이 공간을 지배한다.

간마니와 씨가 우스터소스를 집어 찰각 뚜껑을 벗겼다. 매끈한 갈색 액체를 타코야키에 천천히 뿌린다. 그리고 말한다.

"……어느 쪽이든 있어도 괜찮지 않아?"

"뭐?"

말귀를 못 알아들어 멍청한 상판대기로 되묻는다. 간마니와 씨는 원을 그리며 소스 병을 돌리더니, 노래를 부르듯이 말했다.

"아야는 중농, 아버지는 우스터, 한 집에 두 개의 다른 소스가 놓여 있어도 좋지 않을까. 어느 쪽이 어느 쪽에 맞추는 게 아니라, 어느 한 쪽이 옳다고 단정해 버리지 말고. 제각각 자신이 좋아하는 것을 사용하면, 그걸로."

한 집에 두 개의 소스. 그 말을 머릿속에서 천천히 굴렸다.

"……하지만 그러면 함께 사는 의미가 없지 않아?"

보드랍고 따뜻한 소스 향이 일었다. 타코야키를 쳐다본 채로 간마니와 씨가 대답했다.

"……그럴지도 모르지. 그래도 말이야, 의미란 게, 세상 모든 일이, 그 한가운데에서는 좀처럼 안 보이잖아? 그 당시에는 '왜 이런 짓을.' 하면서 어리석다고 생각하거나 귀찮게 여기기기도 하고. 하지만 시간이 지나면 비로소 '아- 그런 의미였구나.' 하고 수긍이 간다고 할까, 납득하게 되는 거지."

나는 눈을 동그랗게 뜨고 올려다보며 그녀의 얼굴을 엿본다. 잠시 망설이다 물어봤다.

"……예를 들면 아버지의 페이스북 친구처럼?"

간마니와 씨가 빙그레 미소 지으며 답했다.

"맞아, 맞아. 아버지가 친척과도 '친구'가 된 덕분에 굉장히 분위기가 고조됐었어, 오쓰야."

"아–……."

설마 페이스북에 그런 이점이 있을 줄은.

"처음에는 '왜 하필 아버지와.'라고 생각했지만, '친구'를 해놓길 다행이라고 생각해, 지금은, 응."

한마디 한마디를 정해진 위치에 바르게 나열하듯이 말했다. 간마니와 씨가 나열한 말을 나는 가만히 쳐다본다. 잠시 생각하고서 그 옆에 내 생각을 쌓았다.

"……우스터소스 욕만 하지 않고."

"응."

"중농소스도 사 올게."

"응."

"아버지는 우스터소스를 사용하면 돼."

"응."

"나와 이토 씨는 중농을 사용할 테니까."

"그렇지, 하지만."

간마니와 씨는 거기서 다시 한 번, 말을 끊었다.

"먹는 건, 함께야, 모두."

고개를 들자 간마니와 씨의, 눈가에 주름이 진 여느 때와 같은 미소가 보였다. 이끌려 나도 모르게 미소 짓고 만다. 간마니와 씨는 휴우 하고 숨을 한 번 내쉬고는 "자, 먹자. 잘 먹겠습니다." 했다.

타코야키는 완전히 식었지만 맛있었다. 어쩌면 지금껏 먹은 것 중에 가장 맛있는 타코야키였을지도 모른다.

돌아갈 무렵, 간마니와 씨는 유명 백화점의 종이봉투를 내밀었다.

"어머나, 깜빡할 뻔했네."

"뭐야?"

"부조 답례품. 여러 가지로 정말 고마웠어." 깊숙이 고개를 숙인다. 당황해서, 서둘러 말했다.

"나야말로 민폐를 끼쳐서. 아니다, 아직 당분간은 민폐를 끼칠 것 같아. 미안해."

"점장에게는 잘 말해 둘 테니까. ……아야."

"응?"

톡톡 내 어깨를 두드린다.

"……후회하지 않도록, 해."

"……응."

"자, 그럼."

손을 흔들며 가로등이 드문드문 켜진 거리로 멀어져 간다. 그 모습이 모퉁이를 돌아 보이지 않을 때까지 밖에 서서 배웅했다.

문을 닫은 뒤 건네받은 종이봉투를 열어 포장을 벗겨 보았다. 녹차 캔 세 개가 가지런히 상자 안에 들어 있었다.

11시 가까이가 돼서 돌아온 이토 씨는 평소답지 않게 취한 듯했다. 뺨이 불그스름하다. 옅은 갈색의 홍채가 게슴츠레 풀려 당장에라도 흰자에 녹을 것 같다. 이런 이토 씨 모습은 처음이었다.

"후와-." 의자에 축 걸터앉는다.

"물 마실래?" 묻자 가볍게 끄덕였다. 큰 유리잔에 찰랑찰랑하게 따른 물을 이토 씨는 단숨에 다 마셨다. 꿀렁꿀렁 오르락내리락하는 목울대를 맞은편에 앉아 바라본다.

"뭐야, 이 차는?"

테이블에 놓인 연두색 캔을 긴 손가락으로 가리킨다. 남자의 손가락과 성기는 상관관계가 있구나 하고 새삼스레 생각한다. 가늘고 길다든지, 두껍고 짧다와 같은. 가끔 두껍고 길다거나.

"줬어. 간마니와 씨가. 부조 답례품이래."

"만났어?"

"왔었어, 집으로. 일 안 나오는 게 걱정돼서."

"그렇구나. 만나 보고 싶었는데 간마니와 씨."

이토 씨와 간마니와 씨는 아직 면식이 없다. 나를 통해 서로 '이런 느낌이겠지.' 하고 상상하고 있을 뿐이다.

"변함없이 인도인 같았어?"

"응. 인도인 같았어."

"그렇군."

대화가 끊어진다. 창밖에서 잉잉 벌레 우는 소리가 난다. 자동차의 헤드라이트가 순간 비쳤다 사라졌다. 이토 씨의 손가락이 빈 유리잔의 테두리를 문지르고 있다. 그 손가락 끝을 물끄러미 쳐다보며 말했다.

"……찾으러 갈까 해."

"뭐엇?"

허를 찔린 것일까, 이토 씨의 목소리가 반은 뒤집혀 있었다. 나는 간마니와 씨가 돌아간 뒤로 줄곧 생각한 것을 그대로 말한다. 스스로에게 확인하듯이. 조금 전 쌓아 뒀던 말을 이번에는 내 마음속에 쌓아 가듯이.

"어디에 있는지 모르지만, 아버지. 본가가 있던 곳이나 교사 시절의 친구나, 생각나는 곳을 찾아볼 거야. 그래도 안 되면 경찰에 수색 요청을 해 볼게. 하지만 그건 마지막 수단으로 하고 일단 내가 할 수 있는 것을 해 보려고 해. 아니, 할 거야. 할게."

이토 씨가 말똥말똥하게 내 얼굴을 쳐다봤다.

"뭐야? 이상한 소리 하고 있어, 내가?"

"아, 아니 아니. ……그렇구나. 그래. 그렇지."

"응."

"그런데 왜 갑자기."

"왜, 그러면 안 돼?"

"안 될 거야 없지."

"응."

"그렇구나……. 그렇군."

양손으로 눈을 지그시 누르며 주물렀다. 손을 얼굴에 댄 채 목을 돌린다. 툭 하고 목뼈 소리가 났다. 크게 한 번 숨을 쉬고 원래 자세로 돌아왔다. 그러더니 주머니에 손을 쑤셔 넣고, 수첩을 찢은 듯한 종잇조각을 꺼내 내 앞에 놓았다.

"……자, 음, 이것."

뾰족한 필체로 뭔가 적혀 있다. 이토 씨의 글씨도 아버지 글씨도 아니다. 기억에 없는 필적이었다.

"뭐야, 이게."

"아버지의 휴대전화가 있는 곳."

"뭐?"

"정확하게는 '있었던 곳'이려나. 오늘 정오 시점에 아버님의 휴대전화 전파가 확인된 지점이야. 그곳이."

한꺼번에 여러 의문이 몰려든다.

"뭐야, 어떻게 그런 것이, 그보다 아버지 휴대전화 연결이 안 되는데, 어떻게 그것을 이토 씨가, 도대체 어떻게 된 거야."

이토 씨는 머리를 벅벅 긁으며 말했다.

"사실 해서는 안 되지만, 옛날 연줄로 좀 그, 알아봐 달랬어."

"옛날 연줄? 무슨 말이야, 그게. 도대체 어떤."

"아- 그건, 그건 좀."

"혹시 오늘 밤 만난다던 사람이, 이거야? 이것 때문에?"

"응, 아니. 뭐, 맞아, 왜 얼마 전에도 만났던 옛날 친구."

"……굉장한 아저씨?"

"맞아, 그 '굉장한 아저씨'에게, 좀 알아봐 달랬어."

이번에는 내가 이토 씨의 얼굴을 말똥말똥 쳐다볼 차례였다. 휴대전화의 소재를 알아낸다는 건, 그런 건 보통 사람은 불가능하다. 그런 걸 할 수 있는 사람은 아마도 경찰뿐일 텐데, 그것도 꽤 특수한 부서, 더군다나 결과를 일개 민간인에게 가르쳐 준다는 건, 그건…….

"……이토 씨. 당신 도대체 뭐하는 사람이야……?"

일 년 반 이상 함께 살아온 남자의 눈을 쳐다보며 묻는다.

"제일 초등학교의 급식실 아저씨입니다."

색소 옅은 홍채에 장난꾸러기 같은 빛이 요동쳤다.

종잇조각에 적힌 지명을 보고 나는 크게 동요함과 동시에 안심했다. 동요한 것은 너무나 의외의 장소였기 때문이고 안심한 것은 '이곳이라면 절도도 불가능하다.'고 생각했기 때문이다. 흔들리는 내 기분을 간파한 듯 이토 씨가 "나도 갈게."라고 말해 주었다.

"운전사 필요하잖아. 마침 내일 주말이라 학교 쉬니까."

솔직히 정말 고마웠다. 정신적으로도 든든하고 무엇보다 나는 장롱면허 십오 년의 베테랑이다. 아버지를 찾기 전에 사고로 병원행이 될 가능성이 높다.

"그럼 아침에 서둘러 렌터카를 준비하자. 어떤 차가 좋을까. 둘이니까 미니여도." 여행 기분으로 목소리가 약간 신바람 난 내게 이토 씨는 낮지만 단호한 목소리로 말했다.

"두 사람 아냐."

"무슨 소리야, 그게."

"주말이라 오빠 분도 갈 수 있어."

오빠. 오빠도 함께 간다. 그런 건 요만큼도 생각하지 않았다.

"에이, 괜찮아, 오빠는. 둘이서 가."

"안 돼."

"왜?"

이토 씨가 내 눈동자를 똑바로 쳐다보며 말했다.

"……오빠에게도 기회를 줘야지."

그렇게 해서 나는 오빠에게 전화를 걸었다. 복잡한 얼굴로 신호 음을 세고 있는 나를 보며 이토 씨는 입을 크게 벌려 웃었다.

"야단맞은 아이 같아."

자동차는, 단풍이 들기에는 아직 이른 도쿄 근교의 산골짜기 도로를 달리고 있다.

행락 시즌의 주말이라 중앙 고속도로는 2차선 모두 가족 및 젊은 커플을 태운 차로 꽉 차 있었다. 인터체인지에서 후지노를 지나는 부근까지 단속적으로 정체가 잇따랐다. 완전히 멈추는 일은 거의 없었지만 느릿느릿 달리다가 잠깐 멈추고, 조금 뚫렸다 싶으면 그 앞에 죽 늘어서는, 스트레스가 쌓이는 드라이브였다.

이유는 물론 정체뿐만이 아니지만, 오빠는 뒷좌석에 언짢은 듯이 무뚝뚝하게 앉아, 필요한 최소한의 말밖에 하지 않았다. 운전석의 이토 씨는 오빠의 그런 모습을 신경 쓰는 기색도 없이 라디오에서 흘러나오는 오래된 서양 음악 리듬에 맞춰 톡톡 손가락 끝으로 핸들을 두드렸다. 조수석에 앉은 나는 차 안의 공기를 조금이라도 부드럽게 하고자 "있잖아, 목마르지 않아?", "우와 저것 봐, 저 간판 되게 이상해." 같은 말을 혼자서 계속 해 댔다. 정말 피곤했다. 난잡한 하치오지 시내를 벗어나 왼편에 칙칙한 푸른 빛의 사가미호를 바라보며 계류에 찰싹 달라붙은 듯한 좁은 후지노 마을을 벗어날 무렵, 겨우 차가 순조롭게 달리기 시작했다. 가라앉은 차 안의 공기도 조금 가벼워진 듯했다. 마음이 놓였다. 백미러 너머로 살짝 오빠의 얼굴을 엿본다. 오빠는 창밖에 펼쳐진 보잘것없는 밭이나 궁상스러운 숲을 멍한 표정으로 바라보고 있었다.

오빠는 처음부터 이 차에 탈 마음이 없었다.

"아버지가 그곳에 있다는 증거 있어?"

경위를 설명한 내게, 물어본 첫마디였다.

"그러니까 휴대전화 전파가."

"그러니까 그게 진짜인지를 묻고 있는 거야."

"정말이야. 이토 씨의 경찰 친구 분이 알아봐 준 거니까." 아마.

"이토 씨의 친구라……."

이토 씨, 라는 단어를 듣고 점점 오빠의 말투가 경계색을 띤다.

"오빠, 이토 씨는 몰라, 아버지 고향이라든지 아무런 정보도. 그런데 정확히 그 주소가 적힌 종이를 가져왔다고. 그게 증거지, 어떤 것보다도."

전화 너머로 오빠가 침묵한다. 나는 덧붙여 말했다.

"아무튼 나는 갈 테니까. 듣고 보니 확실히 있을 만한 장소고. 만약 없다고 해도 그건 그걸로 됐어. 내 눈으로 확인하고 싶어, 그게 중요해."

"……나, 월요일은 회사 가야 하니까 일요일엔 반드시 돌아와 야 돼."

"나도 월요일은 일 나가."

"되도록 집을 비우고 싶지 않아. 리리코의 건강도 좋지 않으 니까."

"그럼 린과 고타도 데려오지 그래."

"토, 일요일 모두 학원이야, 학원."

"그럼 사에코 이모에게 부탁해."

"주말까지 귀찮게 하는 건 죄송하잖아."

"내가 전화해서 사정을 말해 볼까."

또다시 잠시 침묵이 이어지고, 이윽고 무거운 덩어리를 밀어 내는 듯 말했다.

"……알았어. 이모에게는 내일 내가 연락해 둘게."

그러고서 우리는 간략하게 약속을 잡았다. 산에서 못 내려올 만약의 경우를 대비해 침낭이나 손전등, 물과 간단한 식재료 등을 가져가기로 한다.

"왠지 말이야, 전에도 이런 것 한 적 없었나?"

전화를 막 끊으려는 찰나, 오빠가 말했다.

"했어. 엄마 살아 계실 때. 오빠가 결혼하기 전에."

"아아아, 그때, 아아, 갔었네- 갔었어, 그러고 보니." 오빠의 목소리가 갑자기 밝아졌다.

"맞아, 결혼식 직전이었어. 와, 벌써 십 년도 더 된 일인가." 그러고는 생각에 잠긴 듯 말했다.

"……그때는 엄마 완전 건강했었는데."

"……그럼 내일 데리러 갈게." 추억에 붙잡혀 버리지 않도록 재빨리 말하자, "응. 잘 자."라는 대답과 함께 전화가 끊겼다.

그리고 오늘 아침. 구름 한 점 없는 가을의 푸른 하늘 아래, 닛

산 렌터카에서 빌린 녹색 마치로 오빠와 약속한 역으로 향했다. 오빠는 아들 것으로 보이는 거대한 배낭을 메고 어깨에 침낭을 걸치고, 양손에는 비닐봉지를 들고 서 있었다. 아침 터미널 역에서 우스꽝스러울 정도로 들떠 있는 그 모습과 바쁘게 헤엄치는 눈은, 오빠를 마치 길 잃은 아이처럼 보이게 만들었다. 오빠는 북적이는 인파 속에서 나를 발견하자 한숨 돌렸지만, 안내한 마치 속 이토 씨를 발견하고는 깜짝 놀랐다.

"······함께 가는군······." 신음 소리가 새어 나온다. 나는 못 들은 척했다.

"자, 그럼 활기차게 가 볼까요."

이토 씨가 마치의 액셀을 세게 밟았다.

그렇게 우리는 나가노 산골에 있는 아버지의 고향, 감만은 풍성한 작은 마을로 출발했다.

"다음 휴게소에 들러도 될까."

멍하니 생각에 잠겨 있던 나는 이토 씨의 말에 퍼뜩 옆을 쳐다봤다. 이토 씨는 가볍게 팔꿈치를 구부려 편안한 자세로 핸들을 잡고 있었다.

"화장실?"

"그것도 있고. 몸, 스트레칭 좀 하고 싶어서."

"좋아. 오빠는? 화장실."

"아아." 예스로도 노로도 들리는 애매한 대답이었다.

"그럼 들어갑니다−."

이토 씨는 괘념치 않고 재빨리 깜빡이를 켜 주행 차선을 이동했다. 바로 휴게소를 가리키는 표식이 나타났다.

휴게소는 생각 외로 붐볐다. 주차 공간을 찾으려 한참을 달린다. 출입구 가까운 곳에 겨우 빈자리를 발견해 차를 넣었다. 엔진을 끄고 차 밖으로 나오자 이토 씨는 크게 기지개를 켰다. 나도 따라서 기지개를 켠다. 허리를 비틀자 '두두둑' 하고 기세 좋은 소리가 울렸다.

"그럼 나는 잠깐 쉬고 올게." 어깨를 돌리며 말한다. 그러고 내 시선을 붙들고는 "……오빠에게 커피라도 사 줘." 하고는 총총걸음으로 주차장을 가로질러 갔다.

그렇구나, 그런 의미인가. 나는 겨우 이토 씨 행동의 의미를 이해한다. 산에 도착하기 전에 오빠와 둘이서 이야기를 나눠라. 이토 씨는 그렇게 말하고 있었던 것이다.

이토 씨의 모습이 보이지 않게 되자 오빠가 어슬렁어슬렁 마치에서 내렸다. 나와 얼굴을 마주치지 않고서 "아야 목마르지 않아?" 한다. 역시 연륜, 휴게소를 들른 이유를 정확하게 알고 있었다.

오빠가 먼저 건물 안으로 들어간다. 한 발짝 들여 놓은 순간 뭔가가 마음에 걸려서 나도 모르게 멈춰 섰다. 갑자기 발을 멈춘 나를 오빠가 의아하다는 듯이 뒤돌아본다. 아무것도 아니라는 표시로 조그맣게 고개를 가로저으며 종종걸음으로 오빠 뒤를 따랐다.

레스토랑은 장사진을 이루고 있었기에 종이컵 커피를 사서 무료 휴게소의 딱딱한 벤치에 앉았다. 천장 가까이에 설치된 대형 스크린이 정체 구역이나 사고 정보를 비추고 있다. 더러워진 작업복을 입은 젊은 남자가 돈코츠 라면 쟁반을 들고서 빈 좌석이 없나 하고 자꾸만 주변을 둘러보고 있다. 라면에 뿌려진 초생강의 빨강과 대파의 초록이 산뜻하다. 하이킹이라도 가는 건지, 냅색과 스니커 차림의 중년 여성 단체가 큰 소리로 웃으며 화장실로 사라졌다.

평범한, 지극히 평범한 휴게소의 풍경이었다. 그런데 왜 이렇게 마음에 걸리는 걸까. 머릿속 폴더를 휙 점검해 보지만 이거다, 싶은 것은 발견되지 않는다. 단념하고 커피를 한 모금 마신다. 씁쓸하기만 할 뿐 맛도 향도 안 났다. 오빠도 얼굴을 찡그리며 홀짝거리고 있었다.

"……왜, 있는 거야." 이토 씨 얘기다.

"나 운전 못하잖아."

"내가 있잖아."

"마음이 든든하잖아, 사람이 많은 편이."

"사람 나름이지." 나직이 중얼거린다.

"도대체 뭐하는 사람이야? 경찰 친구가 있다는 건 그 사람도 경찰이었다는 말이야?"

"몰라."

"사귀는 사이인데 몰라?"

"몰라. 나와 사귀기 전의 일 같은 건." 점점 화가 치밀어 온다.

"이모에게 들었는데, 그 사람, 쉰넷이라며? 너보다 스무 살이나 위라고?"

"응."

"무슨 생각이야, 그런 늙은이하고. 이모가 걱정하고 있어, '사기 결혼 아닐까.' 하고."

"나 돈 없어."

"바보냐, 노동이야. 노동력을 등쳐 먹는다고."

"노동력?"

"간호라고, 간호. 움직일 수 없게 되었을 때 보살펴 줄 젊은 아내를 원하는 거지, 역시 남자는."

생각한 적도 없었다.

"그럼 오빠도 생각하고 있구나, 리리코 언니에게 간호받으려고, 자신의 노후를."

바로 빈정거림으로 되받아치고 만다. 오빠는 어이없다는 듯이 나를 쳐다보며 고개를 가로저었다.

"여전하네, 아야는. 그런 것, 아버지를 정말로 쏙 빼닮았어."

"안 닮았어, 아버지와."

"아냐, 닮았어. 봐, 기억 안 나? 아야가 중학생이었을 때 말이
야."

"그보다 오빠, 지금 그런 얘기해도 괜찮아?"

"아아, 그런가." 생각을 고쳐먹은 듯이 다시 커피를 한 모금 홀
쩍이고서 말한다.

"……아버지가 돌아오면 아야, 다시 함께 살 수 있어?"

나는 종이컵 속의 검은 액체를 물끄러미 쳐다본다. 아버지가
사라지고 난 뒤부터 줄곧 나 스스로에게 물어 왔던 질문이다. 회
상한다. 아무도 없는 밤이 된 학교를 노려보듯이 바라보며, 가만
히 움직이지 않는 아버지. 떠들어 대는 식탁 가까이에 있으면서
도 결코 한데 어울리지 못하는, 그 고독. 나는 봤다. 분명히 느꼈
다. 하지만, 그래도 여전히.

나는 단어를 선택하면서 천천히 대답한다.

"……모르겠어. 같이 살 수 있을지도 모르고, 못 살지도 몰라.
하지만 솔직히……."

오빠의 눈을 똑바로 응시한다.

"……그 사람과 함께 사는 것은 역시 힘들 것 같아."

오빠는 틀어막고 있던 숨을 크게 내뱉고는 두 번, 세 번 고개를
끄덕였다.

"……그렇지. 그건 나도 잘 알아."

"리리코 언니는 뭐라고 안 해?"

"그 얘긴 아직 제대로 안 나눠 봤어. 그 사람 정말로 그런 이야기를 할 수 있는 상태가 아니야."

"그렇겠네."

"아이들 시험이 끝나면 리리코도 어느 정도 여유가 생기지 않을까 하고 생각은 하지만."

"그러면 다시 함께 살 거야?"

오빠는 미간을 찡그리며 종이컵 테두리를 앞니로 깨물었다.

"……모르겠다……."

리리코가 아버지를 받아들이기는 아마 무리일 것이라 생각했다. 그리고 아버지도, 분명.

"……이토 씨는 뭐라고 해? 함께 생활하면서 싸우진 않았어?"

"싸움 같은 거 없었어. 오히려 나보다 아버지를 잘 따랐다는 느낌이야."

"오오-." 감탄한 듯한 소리를 낸다.

"아버지 일, 사실은 어떻게 생각하고 있는지 이야기해 본 적이 없네, 생각해 보니."

"두 달이나 같이 살았는데?"

"응."

"……희한한 사람이네."

커피를 다 마시고 종이컵을 꾸욱 찌부러뜨렸다. 확실히 이토 씨는 희한한 사람이다. 무슨 생각을 하고 있는지 모를 때가 있다. 아무것도 생각 안 하고 있을 때도 많지만.

오빠와 나는 동시에 일어섰다. 말없이 건물을 나왔다. 자동문을 빠져나가는 순간, 또다시 기시감에 휩싸인다. 눈앞에 펼쳐진 것은 단지 넓은 주차장. 그 건너편에 침엽수가 듬성듬성 나 있는 낮은 산들. 딱히 별스러울 것 없는 휴게소다. 이곳에 온 적은 물론 몇 번인가 있을 것이다. 동아리 엠티였거나, 옛날에 사귀던 남자와 온천에 갔을 때나. 그러니까 기억에 있는 것은, 전혀 이상한 일이 아닌데, 대체 왜 뭔가 걸리는 느낌으로 이 풍경이 떠오르는 건지 그 이유를 알 수 없었다.

마치로 돌아오니 이토 씨가 운전석에서 코를 골며 자고 있었다. 창을 두드리자 살짝 눈을 뜨며 큰 하품을 했다. 뒷좌석에 올라탄 오빠가 "괜찮으면." 하면서 언제 샀는지 캔 커피를 내밀었다. "오— 고마워요." 받아 든 이토 씨는 작은 캔을 샥샥 흔들었다.

나가노 도로의, 종점에 가까운 인터체인지에서 고속도로를 빠져나갔다. 요금소를 벗어나니 갑자기 공기와 풍경이 변했다. 깨끗한 바람이 스친다. 가도를 따라 정취 있는 토담이나 검은 기와지붕의 민가가 늘어선다. 민가의 앞마당이나 밭 옆 여기저기에 열매를 맺은 사과나무와 감나무가 줄지어 있다. 모든 열매가 반

지르르하니 선명하게 반짝이며 가을 햇빛을 받아 아름답게 빛났다. 놀랄 만큼 가까이에 북알프스 산들이 보인다. 관동 지방의 마을 산과는 달리, 접근하기 어려운 강인함을 품은 산맥이다.

"저런 길가에 사과가. 저기에도, 아아, 저기 주차장에도 있어."

이토 씨가 약간 흥분한 표정으로 여기저기를 가리킨다. 도쿄였다면 한 개 몇 백 엔이나 할 듯한 모양 좋은 사과가 마치 '마음껏 따 가세요.'라고 말하는 듯 무방비하게 휘어질 만큼 열려 있었다. 실제로 사과나무는 높이가 낮아서 마음만 먹으면 초등학생도 딸 수 있겠다. 하지만 분명 이곳 아이들에게 사과 같은 건 도시 초등학생들의 맥도날드와도 같아, 차고 넘쳐서 고마움을 모를 테지.

사과조차 그런 취급인데 하물며 감나무는 말할 것도 없다. 너무 많아서 대부분의 감은 수확 자체를 이미 포기한 상태다. 모든 나무 밑에 완전히 익은 열매가 무참히 찌그러진 채 데굴데굴 구르고 있었다. 그래도 여전히 모든 가지에 **빽빽하게** 빈틈없이 열매가 나 있다. 처음에 이토 씨는 일일이, "아아, 아까워라.", "저건 아직 먹을 수 있겠는데.", "주워 올까." 같은 코멘트를 했지만 한참을 가도 계속되는 감의 파도에 점차 말수가 줄어들었다. 그 모습을 재미있다는 듯이 관찰하던 오빠가 이 여행에서 처음으로 먼저 대화를 시작했다.

"이토 씨는 처음이세요? 신슈에 온 거."

"예전에 몇 번 와 봤지만, 여름인가 겨울이었나. 이 계절은 처음이네요."

"나도 가을에 오는 건 오랜만인데, 언제 봐도 굉장하다는 생각이 들어요, 이 풍성한 풍경은."

확실히 풍성하다, 사과와 감에 한해서는. 아버지의 입버릇인 "감 따위 사먹는 거 아니다."도 지금의 나라면 너그럽게 받아들일 수 있다.

"지금 달리고 있는 도로는 구 나카센도입니다."

"어쩐지 훌륭한 집이 많다고 생각했어."

"도로 일대의 옛집이니까. 옛날에는 역참이나 상점으로 사용되었지요."

"번창했었네, 옛날에는."

"응, 분명 에도로 내려가는 여행자나 반대로 수도로 올라오는 상인들로 붐볐을 거예요."

의외로 대화가 활기를 띠었다. 내향적이고 낯을 가리는 오빠로서는 드문 일이다.

"이 주변은 소금 도로라고도 불리고 있거든. 일본 해안가 마을에서 만들어진 소금을 운반하기 위한 도로이기도 해서요."

"우와, 몰랐어." 나도 모르게 소리를 높였다. 오빠는 내 쪽으로 얼굴을 돌리며 말했다.

"전국시대 때, 우에스기 겐신(일본 센고쿠 시대의 무장./ 옮긴이)이 다케다 신겐(우에스기 겐신과 대립한 일본 전국시대의 무장./ 옮긴이)에게 소금을 보냈잖아."

"아아, '적에게 소금을 보내다.'"

"그때 사용한 게 이 도로야."

"그렇구나-." 솔직히 감탄한다.

"형님, 잘 아시네요." 이토 씨가 칭찬을 담은 말투로 흘끗 뒤를 돌아보자 오빠는 쑥스러운 듯이 시선을 피하며, "대학 때 역사 민속 연구회라는 곳에 소속되어 있었어요."라고 말했다. 이 또한 몰랐다.

계속해서 달리는 사이에 민가가 줄고 계단식으로 아름답게 경작된 다랑이 밭의 산골 마을 모습이 늘어났다.

"뭐야, 저게."

도로를 따라 양 그림이 그려진, 희한한 간판이 서 있었다. 얼굴이 검고 통통하게 살찐 양이 사랑스러운 눈을 크게 뜨고서 "칭기즈칸(양고기를 채소와 함께 투구 모양의 불판에 구워 먹는 요리./ 옮긴이)의 가도에 오신 걸 환영합니다!"라고 쓰인 깃발을 흔들고 있다. 똑같은 간판이 도로 좌우로 끊임없이 이어졌다. 나가노에서 칭기즈칸? 칭기즈칸 하면 홋카이도인데.

"뭐지. 이 근처에서 양을 키우나." 오빠도 고개를 갸웃거린다.

"나가노 하면 메뚜기잖아요. 그리고 말벌 유충. 변변찮은 산간 지방이니까." 나가노 시민이 들으면 화낼 만한 소리를 이토 씨는 아무렇지 않은 얼굴로 한다.

"전에 왔을 땐 못 봤는데."

"응, 봤다면 무조건 아버지 뭐라 했을걸."

"'양 따위 냄새나서 안 먹는다.'라든가." 오빠가 아버지 말투를 흉내 냈다. 꽤 닮았다. 역시 부자지간이다.

"칭기즈칸이라―, 안 먹은 지 꽤 됐네." 이토 씨가 먹고 싶어 하는 표정으로 간판의 양을 둘러본다.

"이 주변에는 좋은 온천도 솟아요."

"온천." 이토 씨의 눈이 반짝하고 빛났다.

"온천 하고 칭기즈칸 먹고 맥주 마시고. 매력적이네요, 상당히."

"매혹적인 풀코스로군요……."

이토 씨가 평소와는 달리 날카로운 표정이 되었다. 얼굴이 검은 양은 순진하게 계속해서 웃고 있다.

잠시 후 내비게이션이 가리키는 대로 국도를 벗어나 산으로 향하는 지방도로에 들어갔다. 왼편에 청회색의, 비취 같은 깊이를 띤 강이 보였다. 흙과 얼음을 몇 층이나 통과한 물만이 휘감는, 고요한 푸름. 평온하면서도 수다스러운. 제어되지 않은, 본래의 강의 모습을 살짝 엿본다.

강을 에워싼 산은 때마침 단풍 절정으로 다양한 채도의 빨간색과 주홍색이 푸른 하늘로 치받치듯 맹렬히 타오르고 있다. 강의 푸른빛과 산의 붉은빛. 서로를 돋보이게 하는, 참으로 호사로운 '가을'이 그곳에 있었다. 세 사람은, 자신도 모르게 넋을 잃는다.

"……굉장하다."

이토 씨가 호오, 하고 관능적으로도 들리는 한숨을 쉰다.

"이 강은 사이가와라고 해요. 코뿔소(일본어로 코뿔소를 '사이'라고
부른다./ 옮긴이)에, 강."

"우와."

"이 강을 건너 조금만 올라가면 드디어 목적지입니다."

목적지, 라는 말에 나는 갑자기 긴장한다. 과연 아버지는 그곳
에 있을까. 만약 있다면, 건강하게 잘 지내고 있을까. 그러지 않으
려 해도 최악의 상황에 생각이 미치고 만다. 낡은 집의, 굵은 대
들보. 거기에 늘어진 삼베 끈. 또는 툇마루에 널브러진 식칼. 검붉
은 피를 빨아들여 흥건히 젖은 낡은 다다미-.

"여길 건너면 됩니까?" 이토 씨의 느긋한 목소리에 퍼뜩 현실
세계로 돌아온다. 오빠가 뒤에서 몸을 내밀어 난간 위 표식을 쏘
아보며 말했다.

"네, 부탁합니다."

다리를 건너자마자, 구불구불한 좁은 외길이 되었다. 경사가
심하다. 이 정도 폭이라면 반대쪽에서 차가 오면 스쳐 지나갈 수
도 없겠다는 걱정이 들었지만, 눈길이 미치는 범위 안에 인가가
한 곳도 눈에 띄지 않아 아무래도 그 걱정은 하지 않아도 괜찮을
듯싶었다.

새가 지저귄다. 나무들의 가장자리는 더욱 짙다. 더 이상 사이

가와는 보이지 않고 도로의 양측에 아름다운 단풍이 물든 낙엽수만이 펼쳐졌다. 빨간 터널 같은 산길을 오른다. 길도랑에 빠지지 않도록 이토 씨의 운전도 신중해졌다.

그때 갑자기 터널이 끊겼다. 눈앞에 북알프스가 거인처럼 가로막고 서 있다. 간신히 트인 평지에 몇 백 년 동안 사람들이 지켜 왔을 경작지가, 지금은 황폐해질 대로 황폐해진 채 펼쳐져 있다. 솔개가 하늘 높은 곳에서 '삐이효로로' 울었다. 메뚜기인가, 큰 녹색 메뚜기 떼가 강철 침입자에 놀라 길에서 잽싸게 물러섰다. 왼쪽의 마을 산과, 오른쪽의 밭과 북알프스를 보면서 나아간다. 이윽고 포장된 도로가 끊기고 자갈과 진흙이 뒤섞인 도로라고도 할 수 없는 길로 바뀌었다.

"도착했다……." 오빠가 집어삼킬 듯이 창밖을 올려다본다.

마을 산에 에워싸인, 구조만은 훌륭한 민가 한 채가 세워져 있었다. 그 집이다. 아버지가 자란, 어머니가 석양을 바라본, 오빠와 내가 반 강제적으로 하룻밤을 묵었던, 그 집.

"……여전히 낡았네." 오빠가 중얼거린다.

"깨끗해져 있으면 무섭지, 오히려." 안전벨트를 푸는 손이 떨린다. 제발 긴장한 모습을 오빠와 이토 씨에게 들키지 않기를. 기와지붕에 앉아 있던 거대한 까마귀가 그런 나를 내려다보며 '까악' 바보 취급하듯 한 번 울고는 날아가 버렸다.

"멋진 곳이잖아-."

좁은 마치의 운전석에서 내려선 이토 씨는 크게 심호흡을 했다.

"조용하고, 공기는 맛있고, 산은 정면으로 보이고, 밭은 넓어서 기분 좋고. 이거 뭐야, 아야 이야기와 전혀 다르군."

"환경은 그렇지. 집은 엄청나. 낡고 더러워서."

마치에서 내린 오빠는 이미 집 문을 통과해 팔짱을 낀 채 물끄러미 앞마당에서 집을 노려보고 있었다.

"반딧불이가 있다던 강은 어느 쪽?"

"저쪽. 저 큰 나무 건너편."

"잠깐 보고 와도 될까?" 이토 씨는 끝까지 태평스러웠다.

"멀리 가지는 마."

"괜찮아, 걱정 마." 손을 흔들며 걷기 시작한다. 그때, 긴장한 오빠의 목소리가 들린다.

"아야."

나는 재빨리 문을 통과해 오빠 옆에 섰다.

"왜 그래."

"저것 봐."

툇마루 옆에 쓰레기가 잔뜩 쌓인 새로운 비닐봉지들이 널브러져 있었다. 반투명한 편의점 봉지 안에 선명한 라벨의 페트병과 도시락 용기, 바나나 껍질 등이 보인다.

"……역시, 여기에 있었어, 아버지." 입안이 말라서 혀가 잘 안 돌아간다.

"……가자."

오빠는 성큼성큼 마당을 가로질러 현관문에 손을 댔다. 가래
가 끓는 듯한 불쾌한 소리를 내며 문이 열린다. 들어오는 빛 속에
서 먼지가 흩날린다. 집 안은 어둑어둑해서 발밑의 마룻바닥조차
분명하지 않다.

"손전등, 가져올게."

그렇게 말하고는 마치로 돌아갔다. 발길을 되돌리는 순간, 콘
크리트 바닥을 내려다봤다. 중앙의 일부만, 흙먼지가 벗겨져 반
들반들한 돌이 보였다.

각자 하나씩 손전등을 들고 집 안으로 들어갔다.

"아버지."

"우리 왔어요, 아버지."

말을 걸면서 전에 묵었던 방의 맹장지 문을 연다. 순간, 또다시
최악의 장면이 머릿속을 스쳐 갔다. 하지만 예상과 달리 사람의
모습은 없었다. 10조 다다미방은 텅 비어 있어, 그야말로, 고요하
다. 방 한구석에 가지런히 개어져 있는 침낭, 천장에 매달린 랜턴,
음식이나 물이 들어 있는 비닐봉지. 그것들이 간신히 사람의 존
재를 알릴 뿐이다.

"……없네."

"나가셨나."

방에 들어와 주변을 둘러본다. 그때, 덧문 옆에 놓인 검고 큰 보스턴백이 눈에 들어왔다. 그리고 그 옆에, 그 골판지 상자. 처음 아버지가 우리 집에 왔을 때처럼 변함없이 두 개가 얌전하게 놓여 있었다.

오빠와 분담해서 집 전체를 살폈지만 아버지의 모습은 어디에도 없었다.

보스턴백 속에 은행 봉투 안에 든 현금과 갈아입을 옷이 남아 있었기에 "다시 돌아올 거야." 하고 결론을 내리고서 일단 집 밖으로 나왔다.

앞마당으로 돌아오자 생각난 듯이 오빠가 물었다.

"그러고 보니 이토 씨는."

마치 그 소리가 닿은 것처럼 거목을 돌아 이토 씨가 달려왔다.

"굉장해, 굉장해, 실로 굉장하네!"

눈을 빛내며 숨을 헐떡거리고 있다. 공원에서 공을 차는 초등학생 같다.

"강, 정말 아름다워. 물고기가 헤엄치는 것까지 보여, 또렷하게. 밭도 굉장해. 지금은 잡초가 자라 있지만 땅은 풍부하고 볕도 잘 들고."

단숨에 말하고는, 그제야 본래의 목적을 떠올린 듯이, 퍼뜩 물었다.

"아버님은?"

"없었어. 있다는 흔적은 있지만."

"흔적?"

"가방이나 음식 같은 것."

"아아, 그럼 기다리는 수밖에 없네."

"그렇지."

세 사람, 무심코 나란히 서서 북알프스를 바라봤다. 느닷없이 이토 씨가 밭 왼쪽에 선 거대한 나무를 가리켰다.

"그 감나무 혹시 저거야?"

"……맞는 것 같아. 저거 맞지, 오빠?"

오빠는 감나무를 보고, 뒤돌아 뒷산을 보고, 다시 한 번 나무를 본 뒤에야 답했다.

"아마도, 그래."

"확실히 크네."

"더 커진 것 같아, 전에 왔을 때보다도." 내가 중얼거리자, 아는 체하는 얼굴로 오빠가 고개를 끄덕였다.

"그야 그렇겠지. 십 년이면 감도 성장해."

감나무는 나뭇가지 끝에까지 착실하게 열매를 맺고 있었다. 새들이 울어 대며 마구 돌아다니고 있다. 보석처럼 감 열매가 빛났다.

"……잠깐 가서 따 올까."

이토 씨가 못 참겠는지 양손을 비벼 댔다.

"에이, 그만둬." 황급히 멈춰 세운다.

"그래요, 떨어져 다쳐요."

"그래도 어린 시절 아버님이 올라갔던 높이인데."

"이토 씨, 본인 나이를 생각해."

"나무도 나이를 먹어서 약해졌을지도 모르고."

"조금만. 조금만 올라갔다가, 안 될 것 같으면 되돌아올 테니까."

"그만두래도."

다 큰 어른들이 옥신각신하고 있는데 우리가 온 방향에서 희미하게 자동차 엔진 소리가 들려왔다. 멈칫, 세 사람의 움직임이 멈춘다. 엔진 소리는 점점 가까이 오더니 이윽고 빨간 터널에서 노란색 택시 한 대가 모습을 나타내며 문 앞에서 멈췄다. 마른침을 삼키며 지켜본다. 택시 뒷좌석 문이 열리고 야윈 노인이 불쑥 내렸다. 노인은 뻣뻣하게 서 있는 우리를 슬쩍 보고는 매우 괴로운 듯한 표정을 보이며, 마치 종이 나부랭이라도 냅다 던지듯 내뱉었다.

"벌써 온 게냐."

속수무책으로, 그것은 내 아버지였다.

8

아버지를 선두로, 집 안으로 돌아왔다. 택시 트렁크에서 나온 크고 작은 다양한 비닐봉지에는 레토르트 식품과 빵, 불을 사용하지 않고도 먹을 수 있는 채소(토마토나 오이)에서부터 화장지와 종이접시 같은 생활용품까지 실로 다양한 것들이 가득 차 있었다. 아무래도 장을 보러 갔었나 보다. 넷이서 옮긴다.

"어떻게 택시 불렀어요?"

"휴대전화로지. 당연한 소리를."

내가 묻자 뒤돌아보지도 않고 대답했다.

"사실은 렌터카 쪽이 경제적이지만. 이 손으로는." 오른손을 흔들흔들 흔든다. 중지가 붕대와 테이프로 단단히 고정되어 있었다.

"손은 좀 어때요."

"부기는 거의 가라앉았다. 구부리면 아직은 조금 아픈 정도이려나."

"그래요."

현관에서 이어지는 마룻바닥을 가로질러 10조 방으로 들어간다. 처음으로 발을 들여놓은 이토 씨는 호기심을 드러내며 여기저기를 돌아보고 있다.

"의외로 밝네. 천장도 높고 굉장한 개방감이 느껴지네요."

"옛날 집이니까."

"언제 세워졌습니까?"

"잘은 모르지만 팔십 년 정도 되지 않았을까."

"그럼 계속 빈 집이었습니까?"

"형님네 가족이 살고 있었는데 막내의 독립을 계기로 이곳을 나와 나가노 시내로 이사했지. 그러니까 가만 보자…… 이십 년 정도는 사람이 안 살았겠군."

"지금도 소유권은 형님 분께서?"

아버지는 고개를 끄덕이며 답했다.

"일단 선조 대대로 살았던 토지이니."

나도 방을 빙 둘러보았다. 이토 씨와 대화하는 아버지를, 다다미 위에 가부좌를 틀고 앉은 오빠가 신기하다는 표정으로 보고 있다. 타인과 그렇게 활발하게 대화하는 아버지는, 확실히 신기할지도 모르겠다. 아버지가 윗자리에 앉는다. 나는 그 옆, 아버지와 정면으로 눈을 마주치지 않아도 되는 위치에 정좌했다. 이토 씨만이 선 채로 물었다.

"저기, 다른 방도 구경해도 됩니까."

"아, 물론. 실컷 보게나. 다만 낡은 집이라 이 층이나 계단은 조심하게."

"알겠습니다."라고 말했을 때에 이미 이토 씨의 모습은 사라져 있었다. 삐걱삐걱 마루를 디디는 소리가 멀어져 간다. 이토 씨가 없어지자마자 어색한 침묵이 찾아왔다. 아버지가 사 가지고 온 슈퍼의 봉지를 끌어당긴다.

"뭐 좀 마시겠니?"

"제가 할게요."

봉지 안에서 페트병 보리차를 꺼낸다. 일회용 플라스틱 컵도 들어 있기에 그것도 꺼냈다. 컵을 감싸고 있는 밀착된 비닐을 벗기느라 고전하고 있는데 오빠가 낮은 목소리로 말을 꺼냈다.

"……걱정했어요, 아버지."

"……아아, 응. ……미안하다." 시선을 다다미에 떨어뜨린 채 아버지가 말한다. 거기서 대화는 중단되고 또다시 침묵이 공간을 지배하고 만다. 어떻게든 분위기를 풀어 보려 보리차를 나눠 따르며 말했다.

"그나저나 추웠을 텐데, 이미 여기는. 감기 안 걸렸어요?"

아버지는 흘끗 가는 눈으로 나를 보고는 툭 내뱉었다.

"감기 따위 안 걸린다. 이곳에 묵은 건 어젯밤뿐이었으니까."

평소의, 사람을 깔보는 듯한 그 말투였다.

"네? 그럼 지금껏 어디서." 놀라서 묻는다.

"오마치다. 알고 있으려나, 오마치 온천. 여기서 가까운데, 차분하고 좋은 곳이지. 관광객이 적어서 느긋하게 있을 수 있고 무엇보다 온천물이 좋아, 물이. 게다가 지금 때마침 절정이지, 단풍이. 단풍을 보면서 몸을 담그는 노천탕이라, 더 말할 것도 없지."

"……사람들이 이렇게 걱정하는 때에 온천이요? 뭐야, 대체."

분노로 목소리가 흔들린다.

"아야." 오빠가 달래듯 말을 걸어 왔다.

"내 돈으로 갔는데 뭐가 잘못이냐."

"왜 연락 한 번을 안 해요!"

"그러니까 미안하다고 했잖느냐!"

"도대체가 아버지는."

"그만 못 해, 아야." 조용하지만 단호한 목소리로 오빠가 끼어들었다. 나도 아버지도 말을 삼킨다. 오빠는 천천히 아버지 쪽으로 고개를 돌리며 말했다.

"……자세한 이야기는 돌아가서 해요. 아무튼 일단 도쿄로 돌아가요. 리리코도 사에코 이모도 걱정하고 있어요."

"싫다." 아버지는 한마디로 딱 잘라 버렸다.

"네?"

"하?" 오빠와 나, 동시에 아버지 얼굴을 쳐다본다.

"도쿄에는 안 돌아간다. 물론 우라야스에도, 야야 집에도 안 돌아가."

꾹 다문 입술이 정확히 'ㅅ' 자를 그리고 있다. 아버지는 허공을 쏘아보며 말을 잇는다.

"그 정도면 충분하다, 그런 곳에 사는 것은. 사람이 너무 많아. 게다가 도시인이라는 놈들은 심술궂고 속이 좁아. 나만 괜찮으면, 하는 그 생각들뿐이지. 그래서 그런 살벌한, 살기 힘든 세상이 돼 버렸어. 인간이라는 것은 원래 이렇게 너글너글하니 마음 편히 자유롭게 살아야 돼, 암."

어이없다는 단어는 이런 상태를 가리키는 거겠지. 지금 묘사한 '도시인'은 아버지에게도 그대로 적용되지 않는가. 오빠도 입을 떡 벌린 채 굳어 있다. 아버지는 그런 우리를 일절 개의치 않고 보리차를 주욱 들이켰다.

"대개 요 근래 도쿄의 여름은 너무 더워. 아직 열대야이려나, 그곳은. 좁고 공기는 더럽고. 사람 살 곳이 못 돼."

퍼뜩 정신을 차린 오빠가, 물었다.

"아, 안 돌아간다는 말은, 그럼 대체."

"여기서 살 테야. 아니면 이 근처에 방을 빌려 살 테다."

"무리야!"

"농담하지 마요!"

"농담 따위 하지 않아. 진심으로 그렇게 생각하고 있다."

아버지는 오빠를 힐끗 곁눈질로 쳐다보며, 낮은 목소리로 말했다.

"……그러는 게 너도 고마울 것 아니냐."

"……무슨 말이에요."

오빠의 얼굴에서 스윽 핏기가 가신다.

"리리코는 더는 함께 살 생각 따위 없겠지. '부탁이니까 성가신 사람 좀 쫓아내.'라는 소릴 듣고 온 거 아니냐."

"그런 말 리리코는 한마디도."

"말하지 않아도 안다. 나는 바보가 아니다."

아버지가 내뱉었다. 오빠가 탁! 하고 다다미에 손을 짚으며 몸을 내민다.

"아버지! 리리코가 아버지 때문에 얼마나 고생하고 있는데."

"그러니까 물러나겠다고 하지 않느냐!"

"그런 제멋대로인 행동, 이제 와서."

"제멋대로 동거를 결정한 건 너희다!"

"그 말투는."

"오빠, 그만해! 아버지도 말이 지나쳐요."

안절부절못한 채 두 사람 사이에 끼어들자, 아버지가 험악하게 나를 쳐다봤다.

"아야, 너도 다를 것 없다."

두 눈이 번쩍번쩍 빛나고 있다.

"사실은 너무 싫어서 참을 수 없었겠지! 하루라도 빨리 나가길 바라지 않았느냐!"

"그런 적."

"동정이나 불쌍히 여기는 건 이제 됐다! 어차피 곧 죽을 텐데. 마지막만큼은 내 마음대로 살겠다는 게 뭐가 잘못이냐. ⋯⋯사 십 년."

아버지의 꽉 쥔 주먹이 허옇다. 이마에 혈관이 솟아 있다.

"사십 년을, 너희를 위해 죽어라 일해 왔다! 나를 희생하면서!"

거대한 고드름이, 세 사람 사이에 소리를 내며 꽂힌 기분이 들 었다.

쓱 공기가 차갑게 느껴진다. 시야가 어두워진다.

너희를 위해. 나를 희생하면서.

분명 그랬을 테다. 아버지의 말은 옳을 것이다.

그렇지만 듣고 싶지 않았다. 말하지 않았으면 싫었다.

세 사람이 모두 각자의 말을 하려고 크게 숨을 들이마신 순간, 드르르 맹장지 문을 열며 이토 씨가 들어왔다.

"낡긴 했어도 제대로 된 집이네요."

얼어붙어 있던 긴장감과는 너무나 대비되는 모습에 모두 앞으 로 꼬꾸라지듯 몸이 흔들렸다.

"확실히 다다미나 문은 낡았지만, 대들보나 기둥은 전혀 파손

되지 않았어요. 이 정도면 조금만 손을 보면 바로 들어와 살 수 있겠는데요."

거기서 겨우 세 사람의 표정을 눈치채고 물었다.

"……회의가, 잘 안 돼요?"

털썩 아버지 정면에 가부좌를 튼다.

"아버지, 안 돌아간대. 여기서 살겠대." 진정하려고 해도 흥분한 목소리밖에 안 나온다.

"뭐어?" 이토 씨의 오른쪽 눈썹이 샐룩 올라간다.

"도쿄는 이제 싫대. 나나 오빠와 사는 것도 싫대!"

"하아아……."

"그건 너희가, ……그래……!" 날카롭게 핏대를 곤두세우고 반론하려던 아버지가 갑자기 입을 다물었다. 그대로 눈도 깜빡이지 않고 이토 씨를 쳐다본다. 꽤 오랜 시간 동안 그러고 있었던 기분이 들지만, 실제로는 고작 몇 초였을 것이다.

"아버지!"

내가 참지 못하고 목소리를 냄과 동시에, 아버지가 외쳤다.

"이토 씨, 여기서 함께 살지 않겠소!"

나와 오빠는 또다시 어이가 없어졌다. 이토 씨는 약간 고개를 갸우뚱하며 아버지 얼굴을 보고 있다.

"자네, 아까부터 자꾸만 이 집을 칭찬했잖은가. 아주 마음에 든 것 아닌가!?"

"……네, 뭐…….."

"그럼 함께 살면 어떻겠나!? 이 정도로 넓은 집일세, 둘이서도 충분, 아니 넘칠 정도지."

"싫습니다."

이토 씨의 목소리에는 한 치의 망설임도 없었다.

"아?"

아버지가 제대로 못 들었다는 듯이 오른쪽 귀를 이토 씨에게로 돌린다. 이토 씨는 조용하지만 야무지고 힘찬 목소리로, 한마디 한마디, 잘 알아듣도록 차근차근, 말했다.

"왜 제가 당신과 살아야 합니까. 저는 당신의 아들도 뭐도 아닙니다. 보살필 의무도 책임도 전혀 없습니다. 타인에게 응석부리는 것도 적당히 하십시오."

나는 눈을 크게 뜨고 이토 씨를 쳐다봤다. 이런 말을 하는 이토 씨는 처음 봤다. 오빠는 너무 놀란 나머지 더 이상 아무것도 받아들일 수 없게 됐는지 이미 무표정이다. 그 기세 좋던 아버지도 얼어붙은 것처럼 꼼짝도 않고 있었다. 그런 세 사람을 차례로 쳐다보며, 이토 씨는 큰 한숨을 쉬었다.

"……어쩔 수 없는 사람들이군."

그러고는 일어나 방을 나갔다. 문이 닫히고 발소리가 멀어져간다. 현관문이 닫히는 소리에 겨우 정신을 차리고서 나는 자빠지듯 방을 나와 이토 씨의 뒤를 쫓았다.

이미 이토 씨는 문을 빠져나가 녹색 마차에 다다랐다. 트렁크를 열어 오늘 아침에 실어 온 침낭과 식료품 등의 짐을 차례로 지면에 내려놓는다.

"이, 이토 씨, 저기."

"회의해."

"뭐, 뭐 하는 거야."

"이대로 도쿄에 돌아가면 아무것도 변하지 않아. 당신들 세 사람, 분명 이런저런 이유를 붙여 또다시 도망칠 거잖아."

말하면서도 손은 쉬지 않는다. 내 얼굴도 안 쳐다본다. 시야 끝에 종종걸음으로 다가오는 오빠가 비쳤다. 동그란 몸이 뛰는 것처럼 보인다. 짐이 문 옆에 산더미처럼 쌓였다. 그 짐과 이토 씨와 내 얼굴을, 오빠가 삼각형을 그리듯이 번갈아 가며 본다. 이토 씨는 트렁크를 닫고 나서야 내 얼굴을 쳐다보며 말했다.

"내일 아침에는 데리러 올 테니까."

"뭐?" 의미를 모르겠다.

"오늘 밤은 두 사람 모두 이곳에 묵어요. 가끔은 아버지와 같은 방에서 자는 것도 좋아요."

툭, 하고 내 어깨를 두드렸다. 그러고서 휘파람을 불며 운전석에 올라 엔진을 켰다.

"밤 되면 추워질 테니 방한 대책은 확실하게-."

그러고는 경적을 한 번 울리고서 가 버렸다.

처음에는 어쩌면 이토 씨 특유의 독특한 농담일지도 모른다고 생각했지만 십 분이 지나고 이십 분을 기다려도 마치는 돌아오지 않았다. 삼십 분이 지난 시점에서 아무래도 진심임을 인정할 수밖에 없었다. 산더미 같은 짐 중에서 몇 개를 메고 무거운 발걸음으로 집에 돌아온다. 어느 사이엔가 문에서 사라졌던 오빠는 현관 귀틀에 멍하니 주저앉아 있었다. 어두운 얼굴로 짐을 옮기는 나를 보며 오빠도 단념한 듯하다. 가만히 남은 짐을 운반하기 시작했다.

방으로 들어오니 놀란 것에 비해 아버지는 조금 전과 전혀 변함없는 자세로 허공을 쳐다보고 있었다. 너무나도 변함이 없는 모습에 죽었나 하고 생각했을 정도다.

'……뭘 하고 있는 거야.'

간신히 고개를 움직였다. 살아 있었다. 오빠가 아버지와 눈을 마주치지 않으려 애쓰며 이토 씨가 한 말을 그대로 반복했다. 아버지는 하늘을 올려다보며 신음하듯 중얼거렸다.

"이해가 안 가는군."

아버지와 의견이 일치하는 날이 오리라고는 꿈에도 생각지 못했다.

가을 해는 짧은데 시나노(현재의 나가노 현을 일컫는 옛 지명./ 옮긴이) 산골 마을의 해는 더욱 짧다. '반나절 마을'이라는 말이 있는데 이곳이 딱 그래서, 저녁까지는 아직 꽤 시간이 남았는데도 태양이 벌써 산꼭대기로 숨기 시작해, 대지가 먹을 흘린 듯한 어스레함으로 덮여 간다. 어쨌든 더 어두워지기 전에 준비를 끝내기 위해 우리는 한눈팔지 않고 부지런히 움직였다. 덕분에 해가 완전히 떨어지기 전에 우선 하룻밤 지낼 만큼의 준비를 할 수 있었다.

밤이 가까워질수록 바람이 냉기를 더한다. 나는 얇은 재킷만 걸치고 온 것을 후회했다.

점착테이프로 틈새를 봉했는데도 어딘가에서 외풍이 불어와 방은 조금도 따뜻해지지 않는다. 저녁을 먹기에는 꽤 이른 시간이었지만 버너에 불을 붙이기로 한다. 강에서 길어 온 물을 알루미늄 냄비에 채워 버너 위에 올린다. 물 걱정만큼은 안 해도 되는 것에 감사했다. 푸른 불꽃이 출렁인다. 작지만 확실한 열에 우리는 마음속으로 안도한다. 데워진 물이 보글보글 끓기 시작하자 겨우 방도 따뜻해져 왔다. 오빠가 랜턴에 불을 켠다. 담요를 둘러쓰고서 희미한 빛 아래, 따뜻하게 데운 레토르트 스튜와 카레를 먹었다.

"아버지, 어젯밤 엄청 추웠겠는데요." 김이 나는 비프스튜를 후후 불면서 입에 넣는다.

"어젯밤은 계절에 안 맞게 따뜻했다고 택시 운전사가 말하더구나." 돼지고기가 들어간 된장국과 중화덮밥 건더기를 아버지는 뜨거운 물에 아무렇게나 넣었다. 평소에는 '몸에 안 좋다.'며 몹시 싫어했을 레토르트 식품이지만 추위와 공복을 이기지는 못한 듯하다. 배낭을 바스락바스락 뒤지던 오빠가 "이것도 데울까?" 하며 꺼낸 것은 청주 사 홉들이 술병(약 720밀리리터./ 옮긴이)이었다.

"좋지.", "꽤 눈치가 빠르군, 암." 아버지와 내 얼굴이 핀다.

레토르트 식품 사이에 끼워 놓고 병째로 술을 데운다. 제법 뜨겁게 데운 뒤 종이컵에 부어 주욱 들이켰다. 뱃속이 풀어지는 듯한 따듯함이 퍼졌다. 아버지와 오빠가 똑 닮은 가는 눈을 더욱 가늘게 하고서 데운 술을 홀짝거리고 있다. 분명 나도 같은 눈을 하고 있겠지, 하고 생각한다.

다 먹고 나서도 유일한 열원인 버너는 끄지 않고 계속해서 물을 끓였다. 오빠는 "아까워."라며 그 뜨거운 물로 달걀을 삶고 빈 페트병에 물을 담아 '간이 탕파'를 만들었다. 오빠가 이렇게나 부지런한 줄은 몰랐다.

낡은 집 여기저기에서 대들보와 기둥이 삐걱거리는 소리가 난다. 그때마다 움찔해서 소리가 난 쪽으로 의식을 집중한다. 누구도 입 밖으로 내진 않지만 '붕괴되면 어떡하지.' 하는 불안이 계속 따라다니고 있었다. 사람이 살지 않았던 이십 년, 이 집은 이런 식으로 낮에도 밤에도 계속해서 삐걱거렸을까. 아니면 오랜만에 태내에서 솟아오르는 열과 움직임에 반응하고 있는 것일까.

이따금 불어오는 바람이 버너 불을 흔든다. 우리는 입을 다문 채 귀중한 데운 술을 계속해서 마신다.

이토 씨는 멍청이. 나는 손바닥을 불꽃에 쬐며 마음속으로 마구 욕설을 퍼붓는다. 태어난 이래 이른바 '가족다운 회의' 같은 건 한 적도 없는데, 갑자기 '회의해.'라는 말을 듣는다고 할 수 있을 리가 없잖아. 실제로 아버지도 오빠도 '도쿄로 돌아간다, 안 돌아간다.'는 주제는 일절 건드리지 않고 어쩌다 입을 열어도 나오는 건 '올해는 단풍이 늦네.'라거나 '오는 도중에 원숭이 봤다.' 같은 시시한 이야기뿐이었다. 이 하룻밤은 헛된 하루가 될 것 같다. 외딴 데 떨어진 낡은 집에서 추위와 어색함을 견디고 있는 내가 갑자기 불쌍하게 여겨졌다. 온천에 들어가고 싶다.

시시한 이야기마저도 금방 떨어지고 침묵만이 공간을 차지하게 되었을 쯤, 아버지가 "잘까." 하고 말을 꺼냈다. 나도 오빠도 살았다는 생각에 고개를 끄덕였다. 버너 불을 끄고 오빠가 만들어 준 탕파를 하나씩 껴안고서 자신의 침낭으로 들어간다. 그 위에 있는 담요 전부를 덮었다. 불을 끄자 정말로 아무것도 보이지 않아 랜턴은 빛을 낮춘 채로 달아 둔다. 그래도 랜턴 주변만 밝을 뿐 방구석에 웅크린 어둠은 짙다. "잘 자요." 서로 말한다. 침낭 지퍼를 끌어 올리는 소리가 들렸다.

오빠의 탕파가 효과를 발휘해 처음 얼마간은 꽤 따뜻했다. 하지만 곧 목 주변이 으슬으슬해지기 시작하더니 곧이어 발끝이나 엉덩이, 등처럼 마루에 닿은 부분이 뼛속까지 차가워졌다. 습기를 머금은 낡은 다다미에서 냉기가 전해져 오는 것이다. 누가 먼저랄 것도 없이 스멀스멀 움직이기 시작해, 침낭과 침낭 사이를 메우기 시작했다. 서로 달라붙으면 그만큼 냉기를 차단할 수 있다. 꽤 떨어진 '강'이었던 침낭 대열은 이윽고 하나의 덩어리가 되었다.

자자. 노력했다. 잠들어 버리면 순식간에 아침이 온다. 아침이 오면 이토 씨가 돌아온다. 이토 씨가 돌아오면 도쿄로 돌아갈 수 있다. 하지만 추위 때문인지 아니면 예상치 못했던 상황 탓인지 도무지 잠이 오지 않는다. 조용히 호흡하면서 천장의 나뭇결을 쳐다보고 있는데, 잠들었다고만 생각했던 오빠가 나직이 중얼거렸다.

"⋯⋯전에 왔을 때는 이렇게 안 추웠는데."

오빠를 한가운데에 두고 아버지가 도코노마(일본식 방의 윗자리에 바닥을 한층 높게 만든 곳./ 옮긴이) 옆, 내가 맹장지 문 가까이에 누워 있다.

"전이라면, 그건가. 네 엄마가 강하게 밀어붙여 준비했던." 아버지도 깨어 있었나 보다.

"그때는 여름이었으니까. 시원하니 딱 좋았죠." 잠자기를 포기하고 대화에 참여한다. 그래, 에어컨 없이도 이렇게 시원하구나, 하고 감동했었는걸.

"여름이었어? 가을 아니었나?"

"여름이야. 나 기억해, 한밤중에 얼굴 위로 장수풍뎅이가 떨어졌잖아."

"아- 맞다 맞아. 엄청 큰 장수풍뎅이였지."

"그랬던가." 아버지는 잊은 척하고 있다, 고 생각했다. 분명 기억하고 있으면서.

"내가 '도쿄에서 사면 비싸겠지.'라고 말했더니 아버지가 '돈 내고 사는 놈 속을 모르겠군.' 이랬어."

"그래서 엄마가 '엄청난 낭비지.'라며 웃었고요."

"아, 그거였구나!" 갑자기 내가 소리를 지른 탓에 아버지와 오빠가 일제히 나를 쳐다봤다.

"휴게소! 오늘 올 때 들렀던 거기. 왠지 기억에 있다고 생각했는데, 전에 왔을 때도 거기서 밥을 먹었어."

"그게 어쨌다고."

"아버지가 '전갱이 튀김 정식'을 주문했는데 딸려 나온 소스가 중농소스라. 당연하지만 말이야, 그랬더니 아버지가 '우-스터소스는 없나.'라고 말하니까 엄마가 점원에게 물었잖아요."

엉켜 있던 기억 속 실이 풀려 간다.

"그랬더니 '없습니다.'라고 쌀쌀맞게 거절당해서. 엄마가 '어머, 이 가게에는 없나 보네.'라고 했더니 아버지가 '무슨 가게가 이래. 경영자는 야만인인가.'"

아아, 하고 오빠도 목소리를 높였다.

"생각났다, 나도. 그래서 엄마가 말했잖아. '여보, 우-스터가 아니라 우스터예요.'"

긴 머리카락을 경단처럼 둥글게 말아 올린, 연분홍색 뺨의 엄마 모습을 떠올린다. 그 여행 내내 엄마는 생긋생긋 웃고 있었다. 지나가는 시간의 한 알 한 알을, 애지중지하듯 온몸으로 맛보고 있었다. 그때의 엄마 눈을 얼굴을 목소리를, 나는 지금도 선명하게 떠올릴 수 있다.

"그런 일도 있었던가."

아버지는 흥 하고 코웃음을 치며, 일부러 따분해 하는 듯 내뱉었다.

덧문 밖에서 쏴, 하고 나무들이 서로 스치는 소리가 났다. 바람이 강해졌을지도 모른다.

"……왜 엄마는, 그때 이곳에 오자고 했을까……." 오빠의 목소리가 어둠에 녹아든다.

"모른다. 네 엄마 생각은 잘 모르겠다."

"부부인데?"

"부부라고 뭐든 다 아는 건 아니다."

오빠가 끄덕이는 기척이 느껴졌다. 확실히 오늘 이토 씨의 언동은 내 이해를 넘어선다. 나와 이토 씨는 결혼은 하지 않았지만. 결혼.

"있잖아, 아버지. 엄마와 왜 결혼했어요?" 순간적으로 말이 미끄러져 나왔다. 오빠가 놀란 듯이 작게 "효." 하고 공기를 들이마셨다.

"……아무래도 상관없지 않냐, 그런 옛날 일은."

"아무래도 상관없다면 알려 줘요. 그런 옛날 일이니까."

아버지가 쓴웃음을 머금은 목소리로 말했다.

"……억지 부리는 데는 선수라니까. 누굴 닮았는지."

"맞선은 아니었죠? 사내 결혼이었어, 분명."

다그치며 묻자, 마지못해 하는 말투로 답한다.

"……고마에에서 교사를 하던 때에 엄마가 사무원으로 왔어."

"그래서 아버지, 사랑에 빠졌구나."

짐짓 놀리자, "아니다. 엄마다. 엄마가 먼저 교제를 신청해 왔다."라는 대답이 돌아왔다.

"뭐어!?" 나도 모르게 소리를 질렀다. 오빠가 다시 "효." 하고 소리를 내며 공기를 들이마셨다.

"거짓말이죠. 만들어 낸 얘기야, 분명."

"거짓 아니다. 엄마가 하도 강하게 독촉해서 할 수 없이 사귀기 시작했다." 약간 불끈한 목소리로 아버지가 대답한다.

"그럼 결혼하자는 말은요?"

"당연히 엄마지. 자유분방한 독신으로 살고 싶었는데. 하도 집요하게 구니까 결국에는 어떻게 되든 상관없다 생각해 버렸지."

이 세상에 생을 부여받은 지 삼십사 년째에 비로소 알게 된, 경악스런 사실이었다. 철이 들고서부터 줄곧 엄마는 아버지의 집요함(혹은 쩨쩨함)을 이기지 못해 (혹은 동정하여), 결혼을 결심한 것이라고 믿고 있었다. 그것은 오빠도 똑같은지, 약간 말을 더듬었다.

"그, 그게 정말이에요? 진짜 사실?"

"이제 와 새삼 거짓말해서 어쩌자고."

"……하아─……."

오빠가 몸 전체의 공기를 긁어모은 듯한 긴 숨을 쉬었다. 나는 얼굴을 천장으로 향한 채 말했다.

"……엄마, 정말로 무슨 생각인지 모르겠네."

"그건 무슨 의미냐."

"어째─서 하필 아버지였을까……."

"끝까지 무례하구나, 너희들은. 이래 봬도 젊은 시절에는 인기 있었다."

"그럼 아버지는 할 수 없이 결혼했다? 엄마와."

"뭐, 그렇게 되려나."

그리고 아버지는 들릴 듯 말 듯한 작은 목소리로 덧붙였다.

"……그래도 후회는 안 해."

아버지의 말에 대답하듯이 천장이 '삐걱' 하고 울었다.

"……도쿄로 돌아가요, 아버지."

오빠가 그 소리 나는 천장애 아로새기듯 말한다. 어둠과 침묵이 잠시 주변에 가득 찬다. 이윽고 아버지가 조용히 말한다.

"싫다."

못된 영감. 시나노의 찬바람에 뼈까지 얼어붙는다. 그것이 잠들기 전 내가 마지막으로 한 생각이었다.

다음 날 아침은, 전날과는 정반대로 잔뜩 찌푸린 날씨였다. 묵직해 보이는 구름이 자욱이 끼더니, 이 시기 치고는 큰 빗방울이 후드드득 내렸다가 그치고, 다시 내렸다가 그치기를 반복하며 오전이 지나갔다.

"······늦네, 이토 씨."

돌돌 만 침낭에 힘없이 기댄 오빠가 수면 부족으로 부은 눈꺼풀을 쓱쓱 비벼 댔다.

"아침에는 데리러 온다고 했었지?"

"응."

"벌써 점심때잖아. 아니 이미 1시가 지났어."

"······전화해 볼게."

오늘 몇 번째인지, 이제는 알 수도 없는 다시걸기 버튼을 누른다. 연결되었다고 생각하자마자 '전파가 닿지 않는 곳에 있거나 전원이.' 아아, 정말이지. 어딜 가 버린 거야, 이토 씨.

한숨을 쉬면서 휴대전화를 덮는 내게 오빠가 물었다.

"안 받아?"

충혈된 가는 눈으로 시선을 돌린다. 나는 말없이 끄덕인다.

"큰일이네……. 앞으로 점점 더 험악해질 텐데, 날씨."

"그래?"

"폭탄 저기압, 가까워지고 있다나 봐. 낙뢰나 폭풍, 갑작스런 강한 비에 주의하래."

"11월인데?"

"이상하다니깐, 최근 일본은."

오빠의 말에 대답하듯 휘이익 하고 순간적으로 강한 바람이 불었다. 문짝이 덜그럭거리고 높은 천장이 삐걱거린다. 반사적으로 위를 쳐다봤다. 최근 일본의 이상기후에 견딜 수 있을까, 이 낡은 집은. 그런 생각을 하니 명치가 콱 막혀 온다.

"……택시를 불러 돌아가면 되지 않냐."

석고상처럼 정좌한 채로 조금도 움직이지 않던 아버지가 오랜만에 입을 열었다.

"부르면 아버지도 함께 돌아갈래요?"

"아니."

"폭탄 저기압이라고요. 이 집은 날아가 버린다고요."

"그때는 그때고. 운명이라 생각하고 단념해야지."

"아버지에게는 운명일지 몰라도 주변의 다른 사람에게는 단순한 사고라고요!"

"본인이 그걸로 됐다는데! 주변은 관계없어!"

"있어요, 있습니다, 크게 있다고요-."

"아야, 그만해."

일어나려는 나를 오빠가 황급히 말렸다. 엉거주춤한 자세로 아버지와 서로 노려본다. 그러나 그것도 일순간으로, 곧바로 아버지가 시선을 돌리며 갑자기 일어섰다. 그대로 밖으로 걸어 나간다.

"어디 가세요." 오빠도 엉거주춤 일어난다.

"……산책이다, 산책."

"그렇지만 비도 바람도."

"바보 취급하지 마라. 여기서 나고 자란 사람이다."

쾅 하고 문이 닫혔다. 발소리가 멀어져 간다. 오빠는 어정쩡한 자세 그대로 멍하니, 부서져 엉망인 맹장지 문을 쳐다보고 있다.

"……차라리 그냥 확 놔둘까? 원하는 대로."

"뭐?"

뒤돌아본 오빠의 시선이 흔들린다.

"……농담이야, 농담."

"……당연하지. 가능하겠냐, 그게."

"아- 아……."

나는 온몸을 내팽개치듯 마루에 널브러졌다. 높이 솟아오른 먼지 때문에 코가 근질근질하다. 티슈를 찾으려 헤매던 시선 끝에 아주 낯익은 그 골판지 상자가 있었다.

"오빠, 저것 뭐야?"

"으응?"

"저 골판지 상자 말이야."

오빠는 상자를 언뜻 쳐다보고는 "몰라." 간결하게 대답했다.

"우리 집에 왔을 때 가지고 왔었어, 아버지가."

"그래?"

"굉장히 중요한 것 같던데. 나도 이토 씨도 못 만지게 했어, 한 번도."

"흐음."

"너무 소중히 다루니까, 이토 씨도 '어머님 유골 들어 있는 거 아냐.'랬어."

"유골은 묘지에, 위패는 불단에 모셨잖아."

"알고 있지 그건. 그런데 말이야, 그러면 저 상자 내용물이 도대체 뭘까. 땅문서라거나? 선조 대대로 전해 오는 보물 지도라든가?"

"뭐야, 그렇게 소중하게 다뤘니. 아버지는 저 상자를."

값나가는 물건일 가능성이라는 말에 갑자기 오빠의 가는 눈이 빛났다.

"그랬다니깐. 봐, 여기까지 이렇게 들고 왔잖아."

"그렇단 말이지……. 뭘까…….

"……열어 볼까?"

상자에 시선을 둔 채 오빠의 어깨가 움찔 흔들린다.

"에이, 그래도 될까."

"좋은 방법은 아니지. 하지만 신경 쓰이잖아. 게다가 때마침 오빠도 있고 하니."

"나?"

"나 혼자서는 열어 보기 그렇지만, 생각해 봐, 혹시나 내용물이 값나가는 물건이라면, 그래도 남매 둘이서 함께 열면 서로 원망할 일은 없다고 할지, 공명정대하달지."

"그런 거였군……."

"아버지에겐 나중에 제대로 사죄하면 되잖아."

"그래도……."

"으응-, 열어 보자. 열어 봐, 으응-."

"음-……."

오빠는 팔짱을 낀 채 허공을 응시하며 생각에 잠겼다. 문득, 이런 장면, 예전에도 있었구나 하고 떠오른다.

예를 들면 "디저트로 먹어."라던 케이크를 밥 먹기 전에 먹어 버리자고 오빠를 부추기던, 부모님 부재중이던 밤.

예를 들면 "시험이 끝나기 전까지는 안 돼."라며 아버지에게 압수당했던 게임 소프트웨어를 몰래 꺼내 오자고 오빠에게 말을 걸었던, 기말시험 한창인 일요일.

언제나 먼저 말을 꺼낸 사람은 나였고 말리던 것은 오빠였다.

"자, 그럼 엽니다. 됐습니까. 준비되셨죠."

상자 옆으로 바싹 다가가 집게손가락 손톱으로 점착테이프 끝을 긁는다. 찢어지지 않도록 신중하고 또 신중하게. 몇 번이나 손톱을 세우자 겨우 뜯어질 정도로 테이프가 떨어졌다. 뜯겨 올라간 가장자리를 손가락으로 지그시 잡아당긴다. 단숨에 떼어 내려던 그 순간, 오빠가 내 손목을 잡았다.

"그만둬, 역시."

오빠의 얼굴을 쳐다본다. 완전한 한 일자로 다물어진 입술은, 이 이상 없을 진지한 얼굴을 하고 있다.

"그만하자, 아야."

나는 어깨 힘을 뺀다. 그래, 이것도 예전과 똑같다. 아무리 유혹에 사로잡혀도 결국 오빠는 그 유혹을 이겨 냈었다.

"알았어. 됐어, 뭐."

그대로 데굴데굴 뒹굴며 가능한 그 상자에서 멀리 떨어진다. 못된 짓을 제지당하고 내심 안심하고 있는 것까지 예전과 똑같아서 어쩐지 우스꽝스러웠다. 안심하는 오빠의 모습이 기운으로 전해져 온다.

빗소리가 커졌다. 바람도 강해진 듯하다. 천둥인가, 멀리 낮게 하늘이 울고 있다.

"……어떻게 된 거야, 이토 씨."

오빠가 불쑥 말한다.

"아버지, 우산, 가지고 나갔나?"

나도 불쑥 말한다.

그대로 대화가 끊어져, 잠시 비와 바람 소리만이 낡은 집에 울렸다.

"그러고 보니, 아버지 뭘 훔친 거야, 대체."

"뭐?"

뒤집힌 목소리로 오빠가 대답한다. 나도 놀랐다. 이런 질문을 할 생각이 아니었는데, 전혀, 바로 직전까지도. 그러나 일단 흘러나온 말은 주르르 다음 말을 끌어내 준다.

"신경 쓰였어, 계속. 묻진 못했지만. 도대체 뭘 훔친 거지 하고. 음식? 고가품? 그런데 아버지 돈이 궁해 곤란하지는 않았잖아. 사겠다고 마음먹은 건 대부분 손에 넣었는데. 그렇다면 역시, 평소에는 살 수 없는 것? 여성 속옷이라든가, 뭔가 이상야릇한 물품이나. 또는."

"시시한 거야."

오빠는 담담하게 말했다.

"시시한 거라니?"

"……스푼이나 젓가락 받침대나. 뭐 그런 잡화."

"뭐야, 한 개 몇 만 엔씩 하는 그런 것?"

"아니, 아냐, 모두 백 엔 숍에서 살 수 있을 만한 싼 것."

"뭐, 에이, 왜 그런 걸 일부러."

"모르지."

"말도 안 돼, 그래서 아버지는 뭐래."

오빠는 휴 하고 숨을 한 번 내뱉고는 대답했다.

"모르겠대."

"모르겠다?"

"본인 스스로도 모르겠대. 왜 그런 것을 훔쳤는지, 전혀 모르 겠다, 정신을 차리고 보니 주머니에 들어 있었다, 고."

나는 물끄러미 오빠의 얼굴을 쳐다봤다.

"……그게 있을 수 있는 일이야? 그보다 그걸 경찰이 봐 줘?"

"……노망난 사람이라 생각했을지도."

"……아."

나는 퍽 하고 얻어맞은 듯한 충격을 느낀다.

"봐, 요즘 많잖아, 고령 절도범. 평소에는 성실한데 갑자기 의 미도 없이 일을 저질러 버리는 노인. 더구나 본인은 제대로 기억 못하는. 치매 증상에 그런 게 있는 것 같아. 뭐, 아버지가 꼭 그렇 다는 말은 아니지만, 적어도 가게나 경찰은 그런 식으로 이해해 서, 뭐, 그래서…… 원만하게 해결해 준 게 아닐까."

노망난 아버지라.

생각지도 못한 일이었다.

그만큼 내게 아버지는 절대적으로 강하고, 크고, 그리고 흔들 림 없는 존재였던 것이다.

"……설마. 노망났을 리가 없잖아. 저 아버지가."

나는 있는 힘껏 기력을 긁어모아 일부러 농담하듯이 말했다.

"생각해 봐, 그저께 먹은 저녁밥까지 기억하고 있어. '그저께는 닭튀김이고 어제는 마파두부고, 그리고 오늘 밤은 불고기. 죽일 작정인 게냐.'라고 하신다고."

"그렇지. 나도 아버지가 노망났다고는 생각 안 해. 하지만……."

오빠는 일단 거기서 말을 끊고 작게 중얼거렸다.

"……그렇다면 왜 그런 짓을 하는 걸까."

비도 바람도 천둥도 점점 격해진다. 이따금씩 하늘 한구석이 빛난다. 번개인가.

아버지가 돌아온 것은 그로부터 약 한 시간 정도 지났을 무렵이었다. 흠뻑 젖은 아버지를 끌어안다시피 해서 데려온 것은, 이토 씨였다.

"때마침 나무 터널을 벗어나는 지점에 있었어, 아버님. 비를 피하고 있었던 것 같은데, 이 비에 말이야. 나무 아래에 있어도 전혀 의미 없어 보여서."

아버지가 옷을 갈아입으러 간 동안 이토 씨가 알려 주었다.

"그보다 늦어, 이토 씨. 아침에는 오겠다고 했잖아."

"어머, 그랬나."

"뭐 했어, 이렇게 늦게까지."

"뭐, 밥 먹고, 온천에 들어가고. 칭기즈칸 맛있었어-, 아야. 왜 그, 오는 도중에 있었잖아, 양 간판의. 거길 가 봤어. 칭기즈칸도 맛있었지만 웬걸 양고기 초밥이 있었어! 살짝 구워 부드러운 고기가 이게 또."

"아무튼 빨리 도쿄로 돌아가죠."

영원히 떠들어 댈 것 같은 이토 씨의 말을 오빠가 재빨리 차단했다.

"아. 결론, 나왔습니까."

"아, 아뇨, 그건."

오빠가 이토 씨의 눈을 피한다.

"남겠다고 하시는데, 아버지는."

"안 돌아가, 도쿄에는."

내가 입을 여는 것과 동시에 옷을 다 갈아입은 아버지가 방으로 돌아왔다.

"여전히 그 얘기 중이라……."

오빠 목소리 역시 매우 지쳐 있다.

번쩍하고 여태보다 강한 번개가 방에 비쳤다. 간격을 두지 않고 쾅! 우르르우르르, 불온한 소리가 울린다. 가깝다. 모두 반사적으로 소리가 난 쪽을 본다. 묵직해 보이는 시커먼 먹구름이 계속해서 솟아 나온다.

"일단 오늘은 돌아가요, 아버님."

이토 씨의 말투는 끝까지 여유롭다.

"저희 집도 형님네도 싫으시면 호텔에라도 묵는 게 어떨까요. 그래도 역시 이곳에 살고 싶다면 제대로 준비를 갖춰서 다시 오는 것이."

"하지만."

"겨울 동안에 집수리를 해서 봄이 되면 이주한다든지. 가재도 구도 정리해야 하고 그렇게 생각하면 역시 필요하잖아요, 준비 기간이. 더구나 처음에 확실하게 준비하는 것이 그 이후 진행이 원활하고."

"으음……."

아버지는 골똘히 생각에 잠겼다. 그 옆에서 오빠가 얌전한 얼굴로 고개를 끄덕이고 있다. 이토 씨도 더없이 진지한 얼굴을 하고 있지만 사실은 임시방편으로 이것저것 말하고 있을 뿐이라는 것을 나는 알고 있다.

"그렇게 해요, 아버님. 집은 도망가지 않으니까요. 여기서는 일단 저를 살린다 생각하고. 부탁드립니다."

이토 씨가 머리를 숙였다. 오빠가 즉각 따른다. 나도 황급히 숙였다. 그 입버릇이 이번에는 희한하게도 효과적으로 들린다.

"……할 수 없지. 사실은 싫지만, 그런 곳으로 돌아가고 싶지 않지만, 이토 씨가 그렇게까지 말하니, 뭐, 오늘은…… 할 수 없겠군."

무게 있게 아버지가 말했다. 지체 없이 극찬을 한다.

"과연 아버님, 잘 알아주시네요. 역시 오랜 시간 선생님을 하신 분이라, 정말이지 다르네요. 이때다 하는 판단력이 남달라요."

이것으로 아버지도 더는 뒤로 못 뺀다. 오빠가 진지한 얼굴로 끄덕인다. 나는 혼자 고개를 숙이고 필사적으로 웃음을 참았다. 이런 일, 이토 씨 정말 능숙하다.

"그러자고 마음먹었으면 쇠뿔도 단김에 빼야지요. 자, 냉큼 짐을 정리해서 돌아가죠."

탁! 하고 손으로 두 무릎을 치며 이토 씨가 일어났다.

"아, 그럼 나는 옆 방 정리할게." 오빠가 느릿느릿 움직이기 시작한다.

"이 층 문단속하고 와야겠군, 암."

아버지도 어이차, 하고 소리를 내며 일어섰다.

나와 오빠의 짐은 이미 정리되어 있다. 아버지의 짐이래 봤자 보스턴백에 그 상자뿐이다. 해야 할 일이라면 쓰레기를 치우는 것 정도이려나. 그것도 대단한 양은 아니지만.

이토 씨와 둘이서 레토르트 식품 껍질이며 티슈 등 쓰레기를 모아서 큰 비닐봉지에 채워 간다. 손을 멈추지 않고 말을 걸었다.

"이토 씨."

"응?"

"스푼이나 젓가락 받침대였대."

"뭐가?"

"……아버지가 훔친 물건."

"……아-." 살짝 끄덕였다.

"……노망났다고 생각해?"

페트병을 밟아 찌그러뜨리며 묻는다.

"아버지 노망나기 시작해서, 그래서 그런 물건 훔친 것이라 생각해?"

"……아니-……. 노망난 것처럼은 안 보여."

"그렇지? 노망 같은 거 안 났잖아." 매달리는 듯한 말투가 돼 버렸다.

"다만 비전문가는 판단할 수 없으니까, 그 부분은. 신경 쓰이면 한번 병원에 모시고 가 보면 어때."

"잘도 가겠다, 그 아버지가. '노망났는지 어떤지 병원 가서 확인해 봐요.'라고 말하면."

뚫어지게 나를 쳐다보며 이토 씨가 말한다.

"그러면야 당연히 안 가지."

"역시."

"아야는 직구가 지나쳐. 좀 더 변화구로 공격해야 돼."

"알아."

"아야도 말이야, 슬슬 변화구 던지는 걸 배우지 않으면 안 돼. 직구는 먹혀들어 가면 강하지만, 상대가 받아쳤을 때의 데미지도 커."

"알고 있다니까."

"그래도 뭐, 그런 부분이 장점이기도 하지만, 아야의."

"됐거든요."

"그나저나, 어라, 무슨 이야기 중이었지."

"그-러-니-까 아버지가-."

빠지직, 쾅.

새하얀 빛이 일순간 방을 비추며 거의 동시에 굉음이 울려 퍼졌다. 공기가 드르르 흔들린다. 나는 비명을 지르며 귀를 막은 채그 자리에 웅크렸다.

"떨어졌다, 가까워." 이토 씨가 툇마루로 곧장 달려 나간다.

"벼락!? 방금." 넙죽 엎드린 채로 나도 뒤따랐다.

밖을 확인한 이토 씨의 입에서 낮은 신음 소리가 새 나온다. 이토 씨의 시선 끝에 다다르자, 말을 잃었다. 눈앞에서 일어난 일이믿기지 않았다.

"뭐뭐뭐야, 무슨 일이야!?"

"어디에 떨어졌어!?"

오빠와 아버지가 넘어질 듯이 방으로 되돌아왔다. 그대로 툇마루로 달려간다. 아버지가 한순간 숨죽이는 느낌이 들었다. 오빠가 단조로운 목소리로 중얼거린다.

"……나무가……감나무가……."

불타고 있다.

아버지가 오르던, 엄마가 올려다보던, 그리고 두 사람의 따뜻한 시간을 지켜 주었던 그 감나무가, 불타고 있다. 완전히 두 동강이 나서, 요란하게 불기둥을 내뿜으며 타고 있다. 나는 막대처럼 우두커니 서서 그 광경을 바라보고 있었다. 누구도, 한마디도 하지 않는다. 그저 눈을 크게 뜨고서 활활 타오르는 감나무를 보고 있을 뿐이다.

갑자기 아버지가 툇마루에서 마당으로 뛰어나갔다. 그대로 감나무를 향해 빗속을 일직선으로 달려간다. 맨발로, 진흙에 발이 미끄러지면서도. 나도 오빠도, 그것을 눈앞에서 보면서도 움직이지 못한다. 움직이기는커녕 목소리조차 안 나온다. 마치 가위에 눌린 것처럼.

제일 처음 움직인 것은 역시나 이토 씨였다.

"아버님!"

소리치며 마당으로 뛰어내린다. 그 소리에 간신히 가위에서 풀려나 나도 뒤따라 달리기 시작했다. 그 순간 미끄러져 나뒹굴어, 정원석에 오른쪽 허리를 세차게 부딪쳤다.

"괜찮아!?"

뒤따라 온 오빠가 부축해 일으켜 세운다. "괜찮아." 고개를 끄덕였지만 온몸이 진흙투성이에다 이마와 손바닥은 까져서 피가 번지고 있다. 아프다, 그러나 지금은 그런 것에 신경 쓸 때가 아니다. 아버지는 어떻게 됐지. 이토 씨는.

두 사람은 나란히 불타오르는 감나무를 올려다보고 있었다.

문에서 조금 떨어진 곳에서 아무 말 없이 그저 물끄러미 감나무를 올려다보고 있었다.

나와 오빠도 가만히 그 대열에 동참한다.

불길을 받아 온몸이 뜨겁다. 살아 있는 나무라 해도 일단 타오른 불은 사그라지지 않고 감나무는 어느새 하나의 거대한 불기둥으로 변해 있었다.

천천히 아버지가 한 걸음 앞으로 걸어 나갔다. 오빠가 황급히 그 어깨에 손을 얹었다. 아버지는 그대로 움직이지 않는다.

그때 우지직, 우지끈, 하는 둔탁한 소리가 불기둥에서 들리기 시작했다. 소리가 급속도로 커져 간다.

"물러서!"

이토 씨의 외침과 거의 동시에 감나무가 쓰러졌다.

이토 씨의 태클에 나는 다시금 진흙 바다에 쓰러져, 그 기세 그대로 데굴데굴 안채 쪽으로 굴렀다. 시야 끝에서 아버지를 질질 끌며 달리는 오빠의 모습이 보인다. 불타오르는 감나무는, 쿵 하는 땅울림을 울리며 안채로 이어지는 헛간 위로 나동그라졌다. 순식간에 불이 헛간 초가지붕으로 옮겨 간다. 세월이 흘러 약해진 헛간은 맥없이 불의 희생물이 된다.

불타오르는 감나무와, 헛간.

온몸이 진흙투성이가 된 우리는 손쓸 방법도 없이 그 모습을 쳐다보고 있었다. 비꼬기라고 하는 듯, 비는 완전히 그쳤다. 불을, 불을 꺼야 한다. 불을. 같은 말만 빙빙 맴돈다. 소화기, 없다. 수도, 그것도 없다. 아, 소방서. 그래, 소방차를 부르면 되지. 무척 혼란스러운 머리로 거기까지 생각했을 쯤 겨우 중요한 것이 생각났다.

"휴대전화가!"

휴대전화도 지갑도 면허증도 모두 안채의 가방 속이다. 어떻게 이런 중요한 것을 잊고 있었을까!

"가, 가지러 돌아가자."

상기된 목소리로 오빠가 말하자, 이토 씨가 막는다.

"위험해. 그만두는 게 좋아요."

"그, 그래도."

"그만둬요. 이미 불이 안채까지."

그 말이 맞다. 불은 기세를 높여 안채 끄트머리를 불태우기 시작했다.

"지금이라면 아직."

"불보다도 연기가 위험해."

"홱 달려가서 재빨리 가지고 오면."

"지붕이 붕괴되면 끝이야."

"하지만."

단념하지 못하고 물고 늘어지는 오빠에게, 이토 씨가 쏘아보는 듯한 눈길을 보냈다.

"죽으면 모든 게 끝입니다."

그런 눈의 이토 씨를 처음 봤다. 과연 오빠도 입을 다문다.

불은 점점 기세를 드높이고 있다. 내뿜는 열풍에 따끔따끔 얼굴이 아프다. 흘러나오는 검은 연기로 눈을 뜨고 있는 것이 괴로워졌다.

"더 멀리 떨어져요."

이토 씨의 재촉에 대지 밖으로 나가려고 하던 그때, 아버지가 천천히 안채를 향해 걸어가기 시작했다.

"아버지!?"

내 목소리가 스타트의 총포였다는 듯이 아버지가 달리기 시작한다. 대체 어디에 저런 힘이 남아 있었나 하고 신기하게 생각될 만큼 강력한 힘으로 대지를 박차며 순식간에 툇마루를 뛰어넘어 안채로 사라졌다.

"무슨 짓을 하는 거예요!"

오빠가 낮게 외치며 뒤를 따른다. 생각할 겨를도 없이, 나 역시 안채를 향해 달리기 시작했다.

"안 돼! 아야, 돌아와!"

등 너머로 이토 씨가 외치는 소리가 들린다. 나는 정신없이 오빠를 뒤따라 방으로 뛰어들었다.

조금 전까지 있던 방은 연기로 가득해 일 미터 앞도 보이지 않

는다. 대들보로 활활 불이 기울고, 부서진 장지문이 순식간에 불
에 타서 내려앉는다.

"오빠! 아버지!"

"아야!"

누군가 팔을 꽉 잡았다. 뒤돌아보니 바로 옆에 오빠가 있었다.

"아버지는!?"

"안에 있는 것 같아."

"아버지!"

연기 너머에서 얼핏 뭔가가 움직인 느낌이 들었다.

"있다! 저기다!"

허리를 구부려 자세를 낮춘 오빠가 대각선 전방을 가리킨다.
오빠를 따라 나도 웅크린다. 방구석 쪽, 모두의 짐이 쌓여 있는
곳 부근에 분명 아버지 등이 보인다. 손으로 코와 입을 가린 오
빠가 낮은 자세 그대로 걸어가기 시작했다. 바로 그 뒤를 따른다.
훅 하고 강한 냄새가 코로 들어와 눈물과 콧물이 엄청나게 나왔
다. 실제로는 몇 초였을 텐데 굉장히 길게 느껴진다. 간신히 아버
지 옆에 섰을 때는 이미 코로는 호흡이 되질 않아 개처럼 하악하
악 입으로 숨을 쉬고 있었다.

"아버지! 나가요!"

오빠가 아버지의 야윈 몸에 손을 두른다. 아버지는 그 손을 난
폭하게 뿌리쳤다.

"어디냐!"

"네에?"

"어디에 뒀냐!?"

아버지의 눈은 화재 탓인지 아니면 궁지에 몰려 있어서인지 시뻘겋게 충혈되어 있었다. 그 빨간 가는 눈을 딱 부릅뜨고서 필사적으로 뭔가를 찾고 있다. 쓰레기 봉지를 냅다 던지고 침낭을 걷어찬다. 내 짐도 오빠의 배낭도 밀쳐지고 헤쳐져 연기 저편으로 사라졌다.

"뭘 찾고 있어요, 도대체!?"

"돈이라면 그 검은 보스턴백 속이잖아요!"

"돈 아니다! 그런 것 아니야!"

"그럼 뭘를."

"있다!"

말을 거는 오빠를 퍽 밀치며 아버지가 돌진한다. 엉덩방아를 찧은 오빠 옆에 아버지가 가리킨 것이 있었다. 어느새 익숙해진 그 골판지 상자였다. 이 상자 하나에 가족 셋이 목숨을 걸었단 말인가. 분노가 치민다.

"뭐야 그게!? 거기에 뭐가 들어 있냐고요!?"

"너희와는 관계없다!"

"네에!? 없을 리가 없잖아요!"

"뭐가 들었든 상관없으니까 빨리!"

오빠의 날카로운 목소리에 정신을 차린다. 오빠를 선두로 나, 아버지 순으로 왔던 길을 되돌아간다. 이미 천장은 반이 타서 내려앉고 있었다. 그럼에도 불의 기세는 사그라지지 않는다. 열기 때문에 콧구멍이 아프다. 목도 눈도 아리다. 그리고 뜨겁다. 매우 뜨겁다.

앞으로 조금만 더 가면 분명 밖이겠다 싶은 곳까지 도달했다. 흘러가는 연기의 방향, 그것으로 알 수 있다. 다 왔다, 무사히 돌아왔다고 생각한 그때, 등 뒤에서 아버지의 엄청난 비명이 들렸다.

"아악!"

뒤돌아본다. 셔츠 옷깃에 붙은 불을 끄려 죽을힘을 다해 아버지가 발버둥치고 있었다. 그 놀란 와중에도 여전히 한 손으로 그 상자를 껴안고 있다. 아버지가 귀신 같은 형상으로 손을 휘둘렀지만 불은 사정없이 옷깃에서 소매로 옮겨 붙는다.

"아버지!"

나와 오빠도 달려들어 불을 끄기 위해 정신없이 아버지를 때려 댔다. 휘두른 오빠 손이 골판지 상자에 명중한다. 그 바람에 그만 상자는 아버지 손에서 떨어져 공중에서 회전했다. 힘과 열로 인해 상자가 터진다. 터진 상자에서 무수히 많은, 반짝반짝 눈부시게 빛나는 작은 것들이 튀어나왔다.

그것은, 식기였다. 모두 식기였다.

자루가 긴 스푼. 과일을 먹기 위한 작은 포크. 검은 옻칠을 입

흰 남자용 젓가락. 끝에만 톱날이 달린 큰 나이프…….

식사를 위한 온갖 도구가 골판지 상자에서 튀어나와 유유히 허공을 떠돌았다. 불꽃을 비추며 모두 날카롭게 반짝이며 강렬한 빨간 빛을 발한다. 그것은 아름답기까지 한 정경이었다. 하나하나는 작지만 그 하나하나에 생명이 깃들어 있는 듯한, 그런 빛.

이윽고 빛은 땅으로 떨어졌다. 떨어져서도 여전히 반짝이는 식기들에서 나도 오빠도 눈을 떼지 못했다.

"아야!"

이토 씨가 외치는 소리가 들리고 얼굴에 물방울이 뿌려졌다. 젖은 여름 이불로 아버지의 온몸을 덮고 있는 이토 씨와 눈이 마주쳤다.

"어서!"

정신이 든 나와 오빠가 구르다시피 툇마루에서 밖으로 나온다. 아버지를 업은 이토 씨가 바로 뒤를 따랐다.

"뛰어! 강으로 가!"

시키는 대로 무아지경으로 문을 빠져나가 반가운 작은 개천으로 향한다. 호우 탓으로 수량이 높아진 개천에 망설임 없이 뛰어들었다. 치이익, 소리가 나고 고약한 냄새가 부근을 떠돈다. 그것이 내 머리카락이 타는 냄새임을 깨달은 것은 사이렌을 울리는 소방차와 구급차가 허접한 형사 드라마에서처럼 죽 늘어선 뒤였다.

9

　도쿄 아파트로 돌아온 뒤로 아버지는 상당히 움츠러들었다. 작아져 버렸다.

　자신의 방 청소창문 앞에 쭈그리고 앉아 멍하니 정원을 보고 있는 일이 잦아졌다. 그 등을 보고 있으니, 뭐라도 말을 걸어야겠다는 생각이 강하게 든다. 생각이 들지만, 해야 할 말을 아무것도 찾지 못하고 있다. 내 생각은 아버지의 등에 도착하기 전에 쿵 하고 중간에서 떨어져 어딘가 먼 곳으로 살금살금 빠른 걸음으로 도망가 버린다.

　그 화재 이후, 아버지는 두 달간 현지 병원에 입원했다. 경도 화상을 입은 나와 오빠는 일주일, 덧붙여 이토 씨는 거의 상처 없음.

　아버지의 입원 이유. 우선 광범위한 상반신 화상. 그래도 이토 씨의 적절한 조치(젖은 이불로 온몸을 덮은)가 빛을 발해, 피부를 이식할 정도의 큰 사고로 이어지지는 않았다. 아버지가 입고 있던 셔츠가 울 백퍼센트였던 것도 다행이었던 것 같다. 화학섬유였다면 순식간에 다 타서 피부에 들러붙고 말았을 것이다. 울아, 고마워. 입기에도 좋고, 먹기에도 좋고. 양은 위대하다.

다만 오른손의 화상이 생각 외로 심했다. 버스에서 취객을 제압했을 때 입은 상처, 그것을 치료하기 위해 발라 놨던 약과 붕대가 화근이 된 듯하다. 열 때문에 녹아 그것이 피부에 파고들어 아버지의 오른손이 노구치 히데요(일본의 세균학자. 어릴 때 큰 화상을 입어 왼손이 불구가 됐다. / 옮긴이)처럼 (본 적은 없지만) 굳어져 버린 것이다.

신경을 연결하고 피부를 이식하여 근육이 돌아오기를 기다려 재활 치료를 시행한다. 어느 것이고 아버지처럼 고령자에게는 어려운 것뿐이었다.

결국 의사에게 "이제 앞으로는 자택에서 착실하게 생활하는 수밖에 없다."는 말로 퇴원을 재촉받았다. 정말로 그 말에 공감한다. 치료를 통해 눈에 띄게 좋아지는 상처나 병 같은 건, 사실은 극히 일부라고 생각한다.

아버지가 퇴원한 날.

아버지와 오빠, 나 셋이서 그 낡은 집과 감나무를 보러 갔다. 공기까지 얼어붙은 듯한 겨울 오후라 주변 일대는 눈으로 새하얗다. 멀리, 북알프스의 봉우리들도 하얗게 얼어붙어 접근하기 힘든 고상한 자태로 우뚝 솟아 있다.

집도 감나무도 깨끗이 무너져 내려앉아 설경 속 그곳만 봉긋이 작은 검은 산이 되어 있었다. 집이 없어진 만큼 맞은편의 하늘과 산이 시원스럽게 보이고, 그리고 그것이 한없이 푸르고 투명해 어쩐지 서글펐다.

"……왠지 하늘이 넓어 보이는군."

여기저기에 거즈를 붙인 채 괴물 프랑켄슈타인 같아진 아버지가 나직이 중얼거렸다.

"그래도 뭐, 다행이에요. 탄 곳이 이곳뿐이라. 산불로 안 번지고."

오빠가 최대한 밝은 목소리로 대답했다.

아버지는 아무 말이 없다. 나 역시 어떤 말도 할 수 없다. 모두가 내뱉은 하얀 숨만이 하늘로 올라간다.

잠시 후 아버지가 "들어가도 괜찮으려나." 불탄 자리에서 눈을 떼지 않고 물었다.

"네? 아―……. 별로 상관없지 않을까요. 현장검증도 이미 끝났고."

오빠의 대답을 듣더니 천천히 걷기 시작했다.

"조심해요, 발밑, 위험하니까." 황급히 뒤를 따른다.

탄화된 목재가 스니커 아래에서 흐물흐물 부서진다. 타지 않고 남은 못이나 금속 파편이 이따금 얼굴을 내밀고 있어서 발에 찔리지 않도록 신중하게 걷는다. 스니커즈는 순식간에 새까맣게 더러워졌다.

아버지가 작은 산꼭대기에 도착했다. 사방을 한 바퀴 빙 둘러본다. 나와 오빠는 조금 떨어진 곳에서 그 모습을 지켜봤다.

말없이 시간이 지나간다. 이윽고 태양이 산모퉁이로 저물어 주변이 옅은 어둠으로 가라앉는다. 기온이 급속도로 내려갔다.

"……아버지, 이제." 제자리걸음을 하면서 오빠가 말한다.

"……응? ……아아, 그렇구나." 꿈에서 깬 듯한 목소리로 아버지가 대답했다. 한걸음 디딘 순간 깨진 기와 조각 때문에 발이 미끄러져 넘어지려 한다. 오빠가 얼른 부축했다.

"아아, 미안하구나."

"눈 표면도 얼어 있으니까 조심해요."

"암."

오빠에게 안기다시피 하여 아버지는 '집'에서 멀어져 간다. 태어나 자란 집에서. 미쓰오 큰아빠의 형편없는 낙서가 있는 집에서. '너덜너덜 낡아 빠져 아무것도 없다.'며 욕설을 퍼부으면서도 절대로 잊을 수 없었던 집에서.

아버지는 또 하나, 돌아갈 '집'을 잃었다. 단 하나 남아 있던 '집'을 잃었다. 그리고 그 감나무도.

깨진 조각들을 힘주어 밟으며 아버지와 오빠의 뒤를 걸어간다. 그때 대각선 앞의 검은 재 아래에서 희미하게 빛나고 있는 뭔가를 발견했다. 몸을 굽혀 집어 올린다. 그을음투성이에다 열에 의해 휘어진 그것은, 은색 스푼이었다. 이십 센티미터 정도의, 카레나 스튜를 먹을 때 사용할 만한, 아주 흔한 스푼. 나는 손바닥에 올린 그 스푼을 물끄러미 쳐다보았다.

"아야, 뭐해. 빨리 가자."

오빠의 목소리에 정신이 들어, 거의 무의식적으로 스푼을 코트 주머니에 쑤셔 넣었다. 기다리는 두 사람 곁으로 서둘러 향한다. 어둠은 이미 주변을 휘덮어 아버지와 오빠의 표정이 내게는 잘 안 보인다.

오빠 차로 그대로 도쿄로 돌아왔다.

오른손이 움직이지 않는 아버지를 혼자 둘 수는 없다. 오빠가 부탁하기도 전에 내가 먼저 권했다. "아버지 우리 집으로 가요." 아버지는 "미안하다."고 나직이 말하고는 그 뒤 거기에만 경련이 일어난 것처럼 오른쪽 입술 끝을 올리며 "이 손으로는 이제 못된 짓도 못하겠지. 안심할 일이군." 웃어 보였다.

"하하." 오빠가 건조한 목소리로 웃었다. 나는 웃을 수조차 없었다.

아파트에서는 이토 씨가 닭 날개로 냄비 요리를 만들며 우리를 기다리고 있었다.

"다녀오셨어요."

이토 씨의 활짝 내려간 미소 짓는 얼굴만이 수증기 너머로 따뜻했다. 닭고기 냄비 요리는 정말 맛있었지만 아버지도 나도 거의 먹지 못했다.

불탄 자리에서 주운 스푼은 화장품 파우치 안에 넣어 두었다.

이따금씩 꺼내어 쳐다본다. 일그러진 끝 부분에 더 일그러진 내 얼굴이 비쳤다.

"아야, 아야."

간마니와 씨의 목소리에 퍼뜩 고개를 들었다. 하얀 정사각형 테이블 너머에서 간마니와 씨의 큰 눈동자가 걱정스럽게 두세 번 깜박였다. 나도 모르는 사이에 내 세계에 깊숙이 파고들어 간 듯하다. 최근, 이런 일이 많다. 점장에게 잔소리를 듣는 횟수도 늘었다.

"아, 미안. 그래서 어땠어, 발표회는."

"응, 잘했어, 대체로. 그런데 굉장한 사건이 있어 가지고."

"오오, 어떤 사건?"

점심을 먹는 내내 간마니와 씨가 새해부터 배우기 시작한 훌라댄스 이야기를 듣고 있다.

자녀의 학교에 볼일인지 뭔지 때문에 오후, 간마니와 씨는 휴가를 받았다. "시간 맞춰서 점심 같이할까?"라는 말에, 점장에게 나도 빠져도 될지 물었더니 비교적 깔끔하게 오케이가 나왔다. 시간도 없고 이야기하기에도 편하다는 이유로 역 앞의 패밀리 레스토랑을 선택했다.

"그게 말이야, 한창 춤추는 도중에 허리에 두른 훌라 치마가 내려가 버린 사람이 있어서-."

"어머나-."

"주변 사람은 당연히 바로 눈치 챘는데 정작 본인은 모르는 거야, 전혀. 그만큼 긴장한 거지."

"후훗."

"그래서 결국 그대로 계속 춤을 췄어, 끝까지. 그리고 퇴장할 때가 되어서야 겨우 알아차렸지. 팬티 한 장이었다는 것을. 완전히 울상인 표정으로 돌아왔어, 대기실에."

"그랬구나."

"물론 본인도 불쌍하지만 손님들이 더 불쌍했다고-. 웃어야 할지 위로해야 할지, 그것도 아니면 못 본 척해야 할지, 굉장히 오묘한 분위기가 돼 버렸어, 객석이."

"아하하"

나는 웃는다. 간마니와 씨도 웃는다. 대화가 끊긴다. 둘이서 동시에 컵의 물을 마신다. 대각선 맞은편 좌석에서 아기가 울고 있다.

간마니와 씨가 올려다보며 조용히 나를 살피고 있다. 걱정하는 마음이 아플 정도로 전해져 온다. 아니, 아프다. 실제로 그 마음이 지금 내게는 너무 아프다.

아버지의 산골 집이 다 타 버린 것과 화상을 입은 것, 그리고 현재 아버지가 다시 내 집에서 함께 생활하고 있는 것은 간마니와 씨에게도 이야기했다. 간마니와 씨는 크게 동정하고 걱정하며 신경 써 주었다. 아버지의 간병 때문에 '히타치 서점'을 장기간 쉬었을 때도 자신의 휴가를 반납해 가며 내가 낸 구멍을 메워 주었다. "다른 아르바이트생을 찾겠다."는 점장을 설득하는 일까지 해 주었다. 나는 그런 간마니와 씨의 헌신적 모습에 정말 감사했고 감동했다. 생판 남인 나를 이렇게까지 정성껏 돌봐 주는 사람이 있다. 약해 빠진 마음을 비추는, 그것은 따뜻한 빛이었다.

하지만 그런 간마니와 씨에게조차 하지 못한 말이 있었다.

그 골판지 상자의 내용물. 그리고 상자의 내용물이 휘날렸던, 그 순간의 광경.

간마니와 씨는 물론이고 이토 씨에게조차 말하지 않았다. 분명 오빠도, 리리코에게 말하지 못했으리라. 그 정도로 충격적이었고 무엇보다 그때의 일을 이야기하는 것 자체가 아버지에 대한 크나큰 배신이라 생각되었다. 그렇지 않아도 상처 입은 아버지를 더욱 상처 받게 하는 행위라 느꼈다. 그러면 아버지가 너무 불쌍하니까.

……아니. 다르다. 그것은 거짓말이다. 나는 나 자신에게까지

체면을 차리고 있었다.

컵 안의 녹아 버린 얼음을 쳐다보면서 스스로를 추궁한다.

사실은 너, 부끄러운 거잖아. 네 아버지가 절도범이라, 더구나 훔친 것이 작은 스푼이나 포크였다는 사실이. 당연히 부끄럽겠지. 나는 나에게 대답한다. 정말 비참해, 아버지 못지않게 나도. 그렇지만 나는 왜 아버지가 그런 것을 훔쳤는지, 그 이유를 알아. 그 여름날, 불빛이 사라진 초등학교 앞에서 우두커니 혼자 앉아 있던 아버지, 그 아버지의 옆모습을 보고 있던 나는 알 수 있었어. 정작 장본인조차 모르는 것을 알고 있다고.

하지만 아버지의 생각을 이야기해 봤자 분명 타인은 이해해 주지 않을 거야. 아니, 아니아니, 이해받지 않는 쪽이 차라리 나을지도 몰라. 만약 이해받는다면. 간마니와 씨나 리리코가 이해해 준다고 한다면. 오히려 그게 더 불쌍해. 아버지가 가여워.

이렇게 어디에도 빠져나갈 길 없는 미로를 나는 머릿속에서 빙글빙글 더듬고 있다.

다시 입을 다물어 버린 내 앞에서 간마니와 씨가 고개를 숙인 채 먹다 남긴 콘 샐러드를 찔러 대고 있다. 햄버거와 함께 나온 콘 샐러드는 이미 바짝 말라, 기름과 소스투성이의 갈색으로 변색되어 있다. "이제 나갈까." 말을 건 순간 툭 하고 누군가가 어깨를 두드리기에 깜짝 놀라 뒤돌아봤다. 이토 씨가 생글생글 웃으며 비스듬히 뒤에 서 있었다.

"어어, 어쩐 일이야, 이런 곳에."

"점심, 먹을까 해서."

떠올랐다. 오늘은 개교기념일이라 이토 씨가 근무하는 초등학교가 휴일이었다.

"아버지는."

"같이 가자고 했는데 싫다시네. 도시락이라도 사서 가려고."

"그렇구나……. 아, 이쪽 간마니와 씨. 히타치 서점의. 간마니와 씨, 이쪽이, 저기 어, 이토 씨야."

"안녕하세요. 처음 뵙겠습니다. 이토입니다."

"처음 뵙겠습니다. 아야에게 말씀 많이 들었어요."

이토 씨와 간마니와 씨가 굽실굽실 서로 머리를 숙이고 있다. 정신을 차리고 보니 나는 일어나 있었다.

"자, 그럼 그런 것으로 알고."

"그런 것이라니?"

간마니와 씨가 반 엉거주춤한 자세로 말한다. 이토 씨가 물끄러미 내 얼굴을 쳐다본다.

"나는 이제 가야 할 시간이니까. 나머지는 둘이서 천천히."

"뭐? 자, 잠깐, 아야."

"그럼, 나중에 봐, 이토 씨."

"네네." 이토 씨가 내가 앉았던 자리에 쑥 들어가 앉았다.

"그럼, 간마니와 씨, 내일 봐-."

"아야!"

매우 당황한 간마니와 씨를 뿌리치듯 나는 빠른 걸음으로 가게 안을 가로질러 출입구로 향했다. 밖을 나오기 직전, 흘끗 뒤돌아본다. 간마니와 씨는 '아' 모양으로 입을 벌린 채 굳어 있고 그 앞에서 이토 씨가 진지하게 메뉴를 살펴보고 있었다.

그날은 한 시간 정도 야근한 뒤 집에 왔다. 아버지가 퇴원한 이후로는 종종 야근을 하고 있다. 사실 야근할 정도로 바쁘지는 않지만 아버지가 기다리는 집으로 돌아가는 일이 참으로 힘들어, 평계를 대고서는 '히타치 서점'에 남아 있다. 아버지의 입원으로 지출이 컸다고 생각했는지 그 입 시끄러운 점장도 너그럽게 봐주고 있다.

"다녀왔어요." 문을 연다. 아버지의 신발이 없다. 테이블에 요리도 놓여 있지 않다. 조미료만 늘어선 테이블 맞은편에서 이토 씨 혼자 스포츠 신문을 읽고 있었다.

"저녁은?" 머플러를 풀며 묻는다.

"오늘 밤은 안 만들었어. 가끔은 외식도 좋겠다 싶어서."

"아버지는?"

"나갔어. 저녁은 밖에서 해결할 테니까 됐다고."

"어머. 웬일이래."

이 집으로 돌아온 이후, 아버지는 외출할 기회가 현저히 줄어

들었다. 본인은 "오른손이 자유롭지 못하니까 전철이나 버스 타
는 일이 귀찮아."라고 말했지만, 애초에 '밖에 나가야겠다.'는 마
음이 솟아나지 않는 듯했다. 그렇게 좋아했던 정원 가꾸기조차
손을 대려고도 않는다. 비파나무는 이토 씨가 대신 돌보고 있지
만, 아버지의 모습처럼 어쩐지 전체가 움츠러든 듯한 기분이 든
다. 아버지가 외출하지 않으니 자연스레 나와 이토 씨도 집에 있
는 일이 많아졌다. 그래, 생각해 보니 밖에서 저녁을 먹는 게 몇
주 만인가.

"뭐 먹을까."

한차례 풀었던 머플러를 다시 두른다. 머릿속에서 초밥이나
불고기, 피자나 만두가 돌아다니고 있다.

"모처럼 한잔하러 갈까."

이토 씨가 어이차 하고 늙은이 같은 소리를 내며 의자에서 일
어났다.

"좋지. 밖에서 마셔 본 지도 꽤 오래됐네."

이번에는 생맥주 잔과 모락모락 김이 피어오르는 만두가 머릿
속에서 빙빙 돌기 시작했다.

"자, 아야, 건배."

"뭐로?"

"응? 뭐라니."

"뭐 됐어, 아무렴 어때."

"음-…… 굳이 말한다면, 오늘 밤도 이렇게 술을 먹을 수 있음에, 건배."

짠, 하고 생맥주 잔을 맞부딪친다. 아무리 추운 날이라도 첫 잔은 반드시 맥주. 눈이 내리건, 얼음이 얼건, 어떻든 간에 일단은 맥주. 그것이 나와 이토 씨의 불문율이다.

단숨에 세 모금 정도 들이켜고서 후 하고 숨을 몰아쉬며, 잔을 흠집투성이인 나무 테이블에 내려놓는다. 결국 우리는 역 앞에 있는 체인점 술집에 왔다. 아버지가 언제 돌아올지 몰라서 멀리 나가는 건 보류했다.

"이건 기본 안주입니다."

사무에(일본의 승려복./ 옮긴이) 풍의 유니폼을 입은 젊은 남자아이가 작은 사발에 담은 파 된장무침을 테이블에 놓았다. 젓가락으로 집어 입에 아무렇게나 넣는다. 파, 달다. 맛있다. 겨울은, 땅속에서 자란 것이 어쩜 이렇게 맛있어지는지.

파의 깊은 참맛을 알게 됐다는 건 나도 나이가 들었다는 말이군, 이런 생각을 하고 있는데 벌써 맥주를 다 마신 이토 씨가 중얼거렸다.

"그건 네팔도 인도도 아니야."

"뭐?"

"여기요. 따뜻한 술. 두 잔이요."

"알겠습니다-!"

"그게 무슨 말이야?" 재차 묻는다.

"간마니와 씨. 그 얼굴은 네팔이나 인도도 아니고 아랍계야, 정확히 말하자면. 이란이나 이라크."

"그렇구나."

이란인과 이라크인, 나는 전혀 구분이 안 되지만 일단은 끄덕였다. 그리고 그제야 점심때 강제로 두 사람을 놓고 온 것이 생각났다.

"어땠어, 간마니와 씨."

"일일 런치 먹었어."

"그건 알고 있어. 어떤 이야기 나눴어?" 주욱 상반신을 앞으로 내미는데 때마침 "오래 기다렸습니다."라며 조금 전 주문한 튀김 두부와 방어 아가미살 구이, 거기에 김치 제육볶음이 도착했다. 틈을 두지 않고 곧바로 통통한 술병에 담긴 데운 술이 옮겨진다.

"걱정하고 있었어, 아야가 괜찮은지."

"응."

"아버님 부상에 관해서도."

"응."

"화재 일도. 분명 지금도 쇼크일 거라고 했어."

"……응."

"그리고 아버님이 집에서 꼼짝 않고 지내고 있다는 것도, 형님

이 데리러 오지 않는다는 것도, 이모님의 개성이 강렬했다는 것
도……."

"대체 우리 집 얘기 얼마나 한 거야-."

"어쩔 수 없잖아. 간마니와 씨와 나의 공동 화제는 아야밖에
없으니까."

그렇게 말하며 이토 씨는 자작으로 가득 채운 술잔을 다 들이
켰다. 그건 그렇지, 라고 생각을 고쳐먹는다. 그래, 간마니와 씨가
이토 씨에게 남편 푸념을 늘어놓는 것이 훨씬 이상하다.

"그래도 돌아갈 무렵엔 꽤 상쾌해진 얼굴이었어, 간마니와
씨도."

"그래?"

"아야 일이 굉장히 걱정되지만 대놓고 직접 본인에게 물어볼 수
도 없고, 혼자 몸부림치던 참에 나라는 이야기 상대를 만나서. 정
확히 말하면 만나게 해 줘서. 그래서 마음껏 이야기할 수 있어서."

"미안. 강제적이었지." 나는 가만히 고개를 숙였다. 점심때 해
버린 행동, 무슨 생각으로 그랬는지 나조차도 잘 모르겠다.

"아냐, 다행이었어, 내게도."

"응?" 의외의 말에 당황한다. 이토 씨는 튀김 두부를 흩뜨리며
말했다.

"나도, 누군가 제삼자와 이야기하고 싶었던 것 같아. 이야기하
면서 지금의 상황을 객관적으로 다시 보고 싶었구나 하고 생각

해. 이런 식으로 분명하게 의식하고 있지는 않았지만. 지금 되돌아보니 그래. 그래서 다행이었어. 간마니와 씨와 이야기 나눠서 좋았어, 나도."

이토 씨가 그렇게 생각하고 있었다니. 내 입장에서 봤을 때 이토 씨는 이미 충분히 객관적이고 제삼자적이기도 했다. 하지만 그렇구나, 분명 이렇게 보여도 꽤 혼란스러워 하고 있구나, 이토 씨도. 이토 씨라도. 이토 씨 나름대로. 내가 놀라고 납득하고 어이없어 하며 혼자 머릿속에서 정신없는 동안에 이토 씨가 담담히 말을 이어 갔다.

"이사 갈까."

"뭐?"

"좀 더 시골로. 아니 시골이라 해도 도시인, 그래, 하이지마 부근에라도."

"갑자기 왜?" 커진 목소리에 옆 커플이 나란히 이쪽을 흘끗 쳐다봤다. 낮은 목소리로 다시 묻는다.

"하이지마라니, 왜 그런."

"그렇게 하면 같은 집세라도 조금 더 넓은 집에 살 수 있잖아. 역까지 가는 버스가 있다면 외딴 단독주택을 빌릴 수 있을지도 모르고."

"그러니까, 대체 왜 일부러 그런."

"그러는 편이 생활하기 편하잖아, 우리에게도 아버님에게도."

술병을 기울인다. 한 방울, 찔끔 나오더니 끊겼다.

"여기요, 한 병 더요. 뜨겁게 데워서."

"네, 알겠습니다-!" 조금 전의 남자아이가 빈 술병을 가져갔다.

"……괜찮아? 이토 씨는, 그래도?"

물끄러미 방어 아가미살을 쏘아보며 묻는다.

"그 아버지와, 그런 아버지와 함께 살 수 있어? 앞으로도." 계속, 이라고 말하려다 참았다. 우리의 관계에 '계속'이란 단어를 붙여도 되는 걸까. 그래, 우리 두 사람의 관계는 그렇지 않아도 위태롭다. 그런데 거기에다가 아버지 같은 '폭탄'을 껴안고 과연 살아갈 수 있을까. 아버지 때문에 이토 씨와 헤어질 가능성 또한 충분히 있을 수 있지 않은가. 아버지냐 이토 씨냐. 어쩌면 앞으로 그 어느 한쪽을 선택해야만 하는 때가 올지도 모른다. 그 생각은 나를 더욱 우울하게 만든다. 나도 모르게 눈을 감았다. 머릿속에 불꽃을 받아 눈부시게 빛나는 무수한 스푼과 포크가 떠다닌다. 공중에 뿌려진 그것들은 서로 맞부딪쳐 킹, 킹, 날카로운 금속음을 내며 거대한 불기둥 속으로 사라져 간다.

"오래 기다렸습니다! 뜨거우니 조심하세요-!"

씩씩한 목소리와 함께 술병이 툭 하고 테이블에 놓였다.

"좋고 자시고 간에, 그것밖에 없잖아, 지금은."

이토 씨가 중지와 엄지로 술병의 목을 집으며 중얼거렸다. 지금은. 지금은. 마지막의 그 한마디만이 내 귀에 끈적끈적하게 들러붙는다.

"내일 봐."라고 간마니와 씨에게 말해 버렸지만 다음 날, 나는 휴무였다.

아침, "아이 씨, 지각이다!" 하며 벌떡 일어난 뒤에야 휴무였다는 게 생각났다.

이토 씨는 이미 출근했고 아버지 방에서는 어떤 소리도 안 난다. 다이닝 테이블에는 랩이 씌워진 아침 식사 접시 두 개가 놓여 있었다. 그 정연한 모습을 보고 있으니 서서히 안도감이 생겨났다. 마음이 안정되니 잠이 와서 결국 다시 누워 버렸다.

두 번째 잠에서 일어난 것은 점심 전이었다. 테이블 위 접시는 하나로 줄어 있었다.

"아버지, 점심, 어떡할래요." 맹장지 문 너머로 아버지에게 말을 걸자 "필요 없다. 먹은 지 얼마 안 됐다." 억양 없는 목소리가 되돌아 왔다.

"알았어요. 그럼 나중에 뭐라도 만들게요." 대답은 없다. 못 들었나 싶어서 맹장지 문을 주먹 하나만큼 열어 안을 살핀다. 어깨를 떨어뜨린 채 등을 웅크린 아버지가 단정치 못하게 발을 아무렇게나 뻗고 앉아 있었다. 시선은 정원의 비파나무를 향하고 있었지만 도중에 사라져 버릴 정도로 힘이 없었다.

가슴 한가운데에 막대로 찔린 듯 날카로운 통증이 스쳐 간다.

아슬아슬하게 찔린 상태 그대로 문을 닫고 나서도 통증은 사라져 주지 않았다. 긴 하루가 될 것 같았다.

그런 겨울날 오후, 그 기묘한 이인조가 찾아왔다.

벨이 울렸을 때 나는 오랜만에 양손에 매니큐어를 칠하고 있었다.

마르지 않은 손끝을 움직일 수는 없다. 분명 아버지도 움직이지 않겠지. 어차피 판매원이겠거니 생각해 그대로 놔두기로 했다. 하지만 벨은 전혀 멈추지 않는다. 강압적이지 않을 정도의 간격으로 딩동딩동 계속해서 누른다. 할 수 없지. 나는 손톱을 말리기 위해 양손을 펄럭펄럭 흔들면서 현관까지 걸어가 현관 구멍을 살폈다. 렌즈 탓에 묘하게 얼굴이 퍼진 비슷한 신장과 몸집의 두 아줌마가 다소곳이 나란히 밖에 서 있었다.

"네." 문 너머로 낮은 목소리로 대답했다. 두 사람 모두 깜짝 놀라 눈을 끄게 떴다. 오른쪽에 선 아줌마가 입을 열었다.

"저기. 여기가 야마나카 선생님 댁인가요."

속삭이는 듯한 목소리였다. '야마나카 선생님'이 아버지라는 것을 깨닫기까지 몇 초가 걸렸다.

"아, 네, 그런데요."

"선생님 계신가요?"

"실례합니다만 무슨 일이신가요?"

왼쪽 아줌마가 약간 앞으로 기우뚱거리며 현관 구멍을 향해 목소리를 짜냈다.

"저희는 야마나카 선생님께 신세를 진 사람입니다. 초등학교 때 담임선생님이셨어요. 저기, 인터넷으로 우연히 선생님이 화재를 입으셨다는 사실을 알게 되어서. 그래서 저기, 늦었지만 병문안을."

겨우 이해가 갔다.

문을 열고 슬쩍 밖으로 나간다. 다 마르지 않은 매니큐어가 손잡이에 닿아 벗겨졌다. 아아, 다시 처음부터 새로 발라야 한다.

"실례했습니다. 저는 딸 아야라고 합니다. 일부러 이렇게 와 주셔서 감사합니다." 인사를 했다. 두 사람도 꾸벅 인사를 한다. 그 각도에서부터 타이밍, 하나에서 열까지 비슷하다. 입고 있는 옷도, 위에는 터틀넥의 얇은 스웨터에 작은 꽃모양 튜닉, 아래는 그레이 타이츠로, 이것 역시 닮았다. 다른 점이라면 터틀넥의 색 정도일까. 혹시 쌍둥이인가. 두 사람의 얼굴을 정면으로 쳐다본다. 약간 턱이 벌어진 동그란 얼굴, 작은 눈은 닮았지만 코에서부터 아래의 생김새가 다르다. 오른쪽 아줌마는 매부리코에 돌출된 두꺼운 입술, 왼쪽은 콧구멍이 완전히 보일 정도로 위를 향하고 있고 입술은 얇은데다 더욱이 옆으로 심하게 길었다.

매부리코는 옛 성 사토 노조미, 보이는 콧구멍은 옛 성 나카에 유미코라고 각자의 이름을 대며 종종 아버지의 이름을 인터넷으로 검색했는데 화재 뉴스를 발견했다는 것, 바로 달려서 병문안을 오고 싶었지만 두 사람 모두 결혼하여 도쿄를 벗어나 있어서 시간이 걸리고 말았다는 것, 동창회 명부와 동료였던 선생님을 찾아 겨우 우라야스 집에까지 이른 게 지지난주였다는 이야기들을 번갈아 가며 늘어놓았다.

"겨우 만나게 되었다고 생각하고 우라야스까지 갔는데 집에서 나온 할머니께 '선생님은 이곳에 없어요.'라는 말을 들어서요."

보이는 콧구멍이 매부리코에게 "그렇지?"하고 동의를 구한다. 매부리코가 정중하게 끄덕인다.

'할머니'라면 혹시 사에코 이모를 말하나. 여기서 할머니 취급을 받고 있다는 사실을 알면 불같이 화를 내겠지.

"그 할머니께 이 주소를 받아서. 그래서 오늘 간신히 올 수 있었습니다."

"선생님은 계신가요?"

"혹시 계신다면 꼭 만나 뵙고 싶습니다만." 두 사람이 한목소리로 호소한다.

"잠시만 기다려 주세요. 곧 돌아올게요."

추운 바깥에서 기다리게 하는 것이 망설여졌지만 안으로 들여도 좋을지 어떨지, 판단하기 어렵다. 아무튼 아버지에게 물어봐야겠다고 생각해, 방을 살핀다. 아버지는 벽에 기대어 불도 켜지 않은 채 어제 신문을 읽고 있었다.

"아버지. 아버지를 만나고 싶다는 사람이 왔는데."

천천히 아버지가 신문에서 눈을 떼고 고개를 든다. 나는 아이에게 말하듯, 한마디 한마디 천천히 전했다.

"사토 노조미 씨와 나카에 유미코라는 분. 초등학교 때 아버지 제자였대요. 화재 사건을 인터넷으로 알게 돼서, 그래서 병문안 온 것 같아요, 일부러."

"……사토 ……노조미…… 나카에 ……유미코……."

아버지가 우물우물 입안에서 복창하며, 초점이 안 맞는 눈으로 허공을 응시한다. 기억 못하려나. 잊어버렸나. 그 또한 어쩔 수 없지. 사십 년 교사 인생에서 얻은 제자의 수는 분명 천 명이 넘는다. 그 한 사람 한 사람을 다 기억한다는 것 자체가 근본적으로 무리다.

"어떻게 할까요? 들일까?"

일단 물어보았다. 아버지의 반응은 없다. 나는 가만히 한숨을 쉰다. 지금의 아버지 모습을 보는 것은 저 두 사람에게도 괴로울 텐데. 역시 돌려보내자. 이렇게 찾아와 주었는데, 정말로 죄송하지만. 방문을 닫으려고 하는 내 등에 아버지의 목소리가 닿았다.

"들어오시라고 해."

당당하고 힘찬 목소리였다. 놀라서 뒤돌아본다. 아버지는 정좌하고 있다. 반듯하게 허리를 펴고 두 손을 무릎 위에 가지런히 올리고 앉아 있다. 목도 빳빳하게 세우고 눈에는 그 익숙한, 쏘아보는 듯한 강한 빛이 돌아와 있었다.

"노조미와 유미코. 물론 기억하고말고. 반갑군. 삼십 년 전, 와카바 초등학교에서 5, 6학년 담임을 맡았지. 얼른 안으로 모셔라. 이렇게 추운데 왜 밖에서 기다리게 한 게야. 감기라도 걸리면 어쩔 작정이야."

여기까지 단숨에 말을 마쳤다. 나는 기가 꺾인 듯이 놀란다. 뭐지? 무슨 일이 있었던 거지. 도대체 어떤 기적이, 모난 성격에 잔소리 많고 성미 급한 저 아버지를 되살아나게 만든 걸까. 내가 산소를 갈구하는 금붕어처럼 그저 뻐끔뻐끔 입만 움직이고 있자 아버지는 얼굴을 과도하게 찡그리며 나를 밀어내고 직접 문을 열러 일어났다.

"도움이 안 되는 녀석이야, 여전히. 됐다. 비켜라."

손잡이가 돌아가는 소리가 나더니 곧이어 터질 듯한 환호성이 겨울 공기에 메아리쳤다.

사토 노조미와 나카에 유미코가 우리 집에 들어온 지 세 시간.

세 사람은 아버지 방에 콕 틀어박혀서는 계속해서 이야기에 열중하고 있다. 문 너머로 즐거워 보이는 웃음소리가 들려온다. 화제가 중간에 끊어지지도 않는지, 나카에 유미코가 딱 한 번 화장실에 간 것 이외에는 누구도 자리를 뜨지 않는다.

차를 갈아 줄 겸 두 번 정도 방에 들어갔지만 세 사람은 이야기에 정신이 팔려 내게는 눈길 한번 주지 않았다. 아버지는 팔짱을 끼고 등을 뒤로 젖힌 듯한 모습으로 앉아 삼십 년 전의 제자들을 흐뭇하게 번갈아 가며 쳐다보고 있었다. 사토 노조미가 익살맞은 말투로 반 친구 누군가의 흉내를 내고 나카에 유미코가 익숙한 모습으로 그것에 참견한다. 아버지가 "지금이라 말할 수 있다."며 그 당시 에피소드를 공개하자 두 사람은 서로 손뼉을 치며 웃어 대면서 더욱더 이야기를 펼쳐 나간다. 반 친구나 선생님들 소식에서부터 (누구와 누가 헤어졌다느니, 누구 선생님을 우연히 어디에서 만났다느니), 당시 와카바 초등학교 급식 메뉴까지 (맛있었던 것은 튀김 빵, 인기가 없었던 것은 파만 들어 있던 마파두부), 화제는 멈출 줄 모르고 마침내 우주 규모의 넓이를 보여 주고 있었다.

다이닝 의자에 앉아 끝도 없이 이어지는 세 사람의 추억 이야기를 멍하니 듣고 있다. 아직까지도 믿을 수 없다는 생각으로 가득했다.

옆에, 아버지가 있다. 그건 조금 전과 똑같다. 다만 한 가지, 결정적으로 다른 것이 있다. 지금, 그 좁은 4조 반에 있는 사람은 예전의 '훌륭한 선생님'이다. '자랑스러운 아버지', '모두가 부러워하는 이상적인 아버지'다. 예전, 나와 오빠가 매일 쬐던 빛, 너무 눈부셔 나도 모르게 등을 돌리고 싶어질 만큼 강한 빛이, 맹장지 문의 좁은 틈으로 확실하게 쏟아져 나오고 있다. 사라져 버렸다고 생각했던, 빛이.

두 사람이 겨우 무거운 엉덩이를 들어 올린 것은 해 질 녘, 하나둘씩 가로등이 켜지기 시작할 무렵이었다.

사토 노조미와 나카에 유미코는 상기된 얼굴로, 몇 번이나 갑자기 찾아온 무례를 사과하고 오래 머물러 죄송했다며 고개를 숙였다.

"선생님 다음에는 미즈구치와 홋타도 데려올게요."

"오오. 기대하고 있으마."

"앗코와 미탄도 선생님을 뵙고 싶어 했어요. '좋았어-' 하던 놈도요."

"상관없다. 모두 데리고 오렴."

"그보다 선생님 동창회 해요, 동창회. 제법 연락이 되니까요, 많이 모일 것 같은데요."

"그래요, 선생님 인기인이잖아요. 선생님께서 오신다고 하면 무조건 모두 모일걸요."

두 사람의 말에 아버지의 얼굴이 미소로 가득하다.

"바보 같은 소리. 이런 할아버지를 만나서 즐거울 리 있겠냐."

나카에 유미코가 아버지의 셔츠 소맷부리를 꽉 붙잡고서 말했다.

"무슨 말씀이세요, 선생님. 선생님은 앞으로도 계속 우리들의 선생님이세요. 재밌고 무서운, 6학년 2반 야마나카 선생님."

아버지의 눈이 꾹 하고 가늘어졌다. 사토 노조미가 코를 훌쩍

인다.

"알았다, 알았어. 괜찮으니까, 자, 조심해서 돌아가렴."

겨우겨우 눈물을 참은 아버지가 헛기침을 하고서 말한다. 두 사람은 소녀처럼 고개를 끄덕이며 밖으로 나왔다. 나도 뒤따라 나간다.

"역까지 배웅할게요."

나카에 유미코가 당치도 않다는 얼굴로 야단스레 두 손을 흔든다.

"괜찮습니다, 길, 대충 알고 있어요."

"신경 쓰지 마세요. 저녁 장 보러 가는 김이니까요." 지갑을 흔들어 보인다.

"이 주변 길은 의외로 헤매기 쉬우니, 암, 아야와 함께 가렴."

아버지 말에 두 사람은 얌전히 고개를 끄덕였다. 선생님에게 훈계받는 초등학생의 모습 그 자체였다.

몇 번이나 뒤돌아보고, 뒤돌아보면서 집에서 멀어진다. 모퉁이를 돌아, 더 이상 문간에 선 아버지의 모습이 보이지 않는데도 여전히 두 사람은 아쉬움이 남아 보였다.

즐거웠어, 즐거웠다고 떠들어 대는 두 사람을 데리고 역으로 향하는 길을 걷는다. 때마침 집에서 가장 가까운 편의점 앞에서 나오던 이토 씨와 우연히 마주쳤다. 이토 씨는 양손에 슈퍼 봉지를 들고 있다. 어라, 하는 얼굴로 이토 씨가 나를 본다. 소리를 내지 않고 '나중에.'라고 전하자 역시 소리를 내지 않고 '오케이.'라고 대답했다. 두 사람은 수다 떠는 데 정신이 팔려 눈치채지 못한다.

마침 수다가 끊긴 시점에서 줄곧 신경 쓰이던 것을 물어봤다.

"저기, 한 가지 물어봐도 될까요."

"네, 말씀하세요."

사토 노조미가 작은 눈을 크게 뜬다. 옆에서 나카에 유미코도 똑같이 뜬다. 역시 닮았다.

"두 분은 이란성 쌍둥이인가요?"

"네에?"

"저기, 쌍둥이세요, 혹시?"

"어머나-!"

동시에 두 사람이 자지러지게 웃는다. 팍 하고 사토 노조미에게 등을 맞아 뜻하지 않게 숨이 막혔다.

"아니에요. 완전 남이에요."

"그래요? 틀림없이."

"어머-, 그렇게 닮았나요?"

"닮았어요. 뭐랄까 분위기가."

"에이-, 들어 본 적 없는데."

"그렇지?" 얼굴을 마주보며 또다시 하하하, 하고 웃었다. 나카에 유미코가 웃음을 머금은 목소리로 말했다.

"역시 유전인가. 아야 씨, 아무렇지 않게 웃기네요. 그 부분 선생님과 판박이야."

사토 노조미가 크게 끄덕인다. 그리고 목소리 톤을 조금 떨어뜨리며 말했다.

"……그래도 다행이야. 선생님, 생각보다 건강해 보여서."

잠깐 틈을 둔 뒤 나카에 유미코가 말한다.

"손에 난 상처도 상상했던 것보다 심하지 않았고."

"그러게. 오른손만 제외하면 옛날 그대로의 선생님이었어." 두 사람은 서로 끄덕였다.

사토 노조미가 자신의 발끝을 쳐다보면서 중얼거렸다.

"아야 씨 같은 따님이 선생님 곁에 있어 준 덕분이지."

그 말에 포개듯이 나카에 유미코가 "정말로. 선생님은 행복한 사람이야." 하며 나를 똑바로 쳐다봤다.

나도 모르게 발이 멈춘다. 행복? 아버지는 행복하지 않아, 절대로. 오늘 아침까지의 아버지를 한 번이라도 봤다면 아마 인사치레로라도 그런 말은 안 나올 것이다.

갑자기 멈춘 나를 두 사람이 의아하다는 듯이 뒤돌아본다.

"아야 씨?" 사토 노조미가 걱정스럽게 불렀다.

"아, 죄송해요."

"왜 그래요?"

"아무것도. 아무것도 아니에요."

어색하게 웃으며 다시 걷는다. 그런 나를 물끄러미 보고 있던 나카에 유미코의 표정이 확 하고 반짝인다.

"아야! 역시 그때 그 아야지!?"

"네에?"

"뭐야, 유미코, 갑자기."

"봐, 노조미, 기억 안 나? 6학년 여름이었나, 선생님이 자기 아이를 수영장에 데리고 왔었잖아."

나카에 유미코의 위를 향한 코가 흥분으로 붉어진다.

"왜 있잖아-, 선생님이 여름방학 수영장 당번이라. '다른 선생님에게는 비밀로 해 줘.'라면서 어린 여자아이를 데리고 왔었잖아!"

빙빙 헤매고 있던 사토 노조미의 시선이 별안간 안정되었다.

"있었어! 생각났어! 세 살 정도 된, 빨간 튜브를 든 여자아이!"

"선생님에게 '이름은?' 하고 물었더니 '아야라고 한다. 우리 집 막내야.' 하고 알려 줬잖아! 그래서 그날은 계속 아야와 다 같이 놀았었잖아!"

"맞아! 그 아야구나! 그때 그 작은 아야!"

두 사람이 잡아먹을 기세로 내 얼굴을 들여다본다. 그 박력에 압도되어 뒷걸음질 쳤다.

"기억 안 나!? 아야, 그때의 일!?"

"우리 학교 수영장에 왔었어! 함께 수영했었다고!"

"어, 어, 그게 말이죠⋯⋯."

나는 필사적으로 기억을 뒤적거린다. 세 살. 유아 때잖아. 기억도 못할 때라고. 대체로 내 첫 기억은 유치원 운동회 달리기에서 보기 좋게 넘어졌을 때로, 어떻게 그걸 기억하냐면 그때 큰 소리로 울고 있는 내 사진이 앨범에 잔뜩 남아 있기 때문이라, 거기까지 생각하다, 떠올랐다, 갑자기.

있었다. 분명히. 초등학생들에게 둘러싸여 수영장에 떠 있는 빨간 튜브의 내 사진이, 가족 앨범에 붙어 있었다. 그것을 계기로 기억의 서랍이 쑥 빠지며 거기 들어 있던 내용물이 넘쳐흐른다.

그래, 기억난다, 그날, 그 여름날 오후. 처음으로 들어간 초등학교 수영장은, 터무니없이 넓었고 시꺼멓게 탄 언니 오빠들은 하나같이 모두 친절했다. 아버지에게 "방해하면 안 돼."라는 말을 들었지만 풀장 가장자리가 지글지글 탈 것처럼 뜨거워, 나는 몰래 무릎 아래를 물에 담그고서 물의 차가움을 즐겼다. 자유 시간이 되자 모두 앞다투어 나와 놀았고, 나는 일약 아이돌 스타가 되었다. 튜브를 빙빙 돌려주는 게 재밌었다. 주운 바둑돌을 두 손에 넘칠 정도로 올려 주어 기뻤다. "아야, 아야." 모두의 목소리가 메아리친다. 수면에 여름 햇살이 반사되어 빛난다. 푸르고 투명한 물과, 여름 하늘에 새하얀 적란운이 솟아 있었다. 물이 튀는 소리, 아이들이 떠드는 소리, 그리고 그것을 만족스럽게 쳐다보고 있는 아버지-. 생각났다. 그, 아름다운 여름 오후를, 나는 완벽하게 떠올렸다.

"왜, 왜 그래, 아야!?"

완전히 동요하는 사토 노조미의 목소리를 듣고서야 나는 비로소 내가 울고 있다는 걸 알았다.

나는 울고 있었다. 주룩주룩주룩, 눈물이 한없이 흘러넘친다.

한겨울 찬바람이 불어 대는 2월의 길목에서 8월의 빛을 떠올리며 나는 울었다.

지금은 아줌마가 돼 버린 그때의 두 언니가 안절부절못하면서도 열심히 내 등을 쓸어 주었다.

그날 밤, 아버지는 이토 씨가 만든 방어 무 조림으로 밥을 두 공기 먹었다. 식후에 요구르트를 두른 딸기와 키위까지 먹었다. 첫 순서로 목욕을 하고서 "자기 전에 마시는 술이다."라며 더운 물을 섞은 소주를 들고 자기 방으로 사라졌다. 이런 적, 퇴원하고서 한 번도 없었다.

불을 끄기 직전, 이토 씨가 물었다.

"아버님에게 말했어? 이사."

고개를 가로저었다.

"가능한 빨리 말하는 게 좋을 것 같아."

나는 작게 끄덕였다.

이토 씨는 씩 웃고는 "잘 자." 하며 자기 이불로 바스락거리며 들어갔다. 불을 끄고 나도 이불에 눕는다. 이토 씨가 순식간에 새근새근 잠들기 시작했다. 좀처럼 잠들지 못한 채 어둠 속에서 낮에 일어난 일을 다시 생각했다. 문득 생각이 떠올라, 전기스탠드를 켜고 컬러 박스 위에 둔 그 화장품 파우치 속을 뒤졌다. 립스틱이며 마스카라에 뒤섞인 채, 그 스푼은 얌전히 그곳에 있었다. 스푼을 꺼내 손 위에 굴린다. 여름의 추억처럼, 타서 눌어붙은 스푼 또한 내 안에 확실하게 존재하고 있었다.

오늘은 기필코 이야기해야지, 오늘 밤에야말로 의논해야지.

그렇게 생각하면서 이 주가 또다시 눈 깜짝할 사이에 지나갔다.

그 두 사람이 방문한 뒤로 아버지는 눈에 보일 정도로 기운을 되찾아 점심때 외출하는 일이 늘었다. 그렇게 빈번하지는 않지만 우리가 저녁밥을 다 먹은 후에 돌아오는 일도 있었다.

이사.

이토 씨와 아버지와, 새로운 집에서 산다.

각오는 분명 이미 확고한데 어째서인지 실제 아버지와 얼굴을 마주하면 그 이야기가 안 나왔다. 그런 나를 이토 씨가 아주 흥미롭게 옆에서 보고 있다. 보고 있을 바엔 조력 좀 하라고 말하고 싶지만, 역시 이 일은 이토 씨의 문제가 아니라 어디까지나 나와 아버지의 문제이다. 혹은 나와 아버지와 오빠의.

내가 혼자서 그렇게 꾸물거리는 사이에 아버지가 먼저 움직여
버렸다.

저녁밥을 먹은 뒤, 나와 이토 씨가 텔레비전을 보면서 여름귤
의 하얀 속껍질을 벗기고 있는데, "잠깐 들어가도 될까." 하며 아
버지가 격식을 차린 느낌으로 방에 들어왔다.

"텔레비전을 꺼 주겠느냐."

"아, 네네." 아버지의 말에 이토 씨가 리모컨 버튼을 누른다.
일순간 잠잠히 고요한 밤이 돌아왔다.

"실은 두 사람에게 할 얘기가 있다." 훗, 흐흠. 아버지가 가볍
게 헛기침을 한다. 이토 씨가 흘끗 내 얼굴색을 살핀다. 그러나
나 역시 아버지가 무슨 말을 꺼낼지 짐작도 안 간다.

"이 집을, 나가려고 한다."

"네?"

"하."

예상 밖의 아버지 말에 두 사람, 자신도 모르게 몸이 앞으로 고
꾸라진다.

"여러 가지로 생각해서 내린 결정이다. 이 집을 나가려고 한다."
다시 한 번 아버지는 반복했다.

"아니, 나간다니, 우라야스로 돌아가려고요?" 내가 물었다.

"아니. 우라야스에는 안 돌아간다."

"그럼."

"간호 서비스 유료 양로원이라는 곳이 요즘에 있더구나. 그곳에, 들어가려고 한다."

어안이 벙벙한 나와 이토 씨 앞에서 아버지는 담담히 이야기를 시작했다.

"몇 곳을 둘러보았다. 그러다 때마침 빈자리를 찾았어. 양로원이라고 해도 독방에다가 목욕탕도 큰 게 달려 있고 식사도 뭐 못 먹을 것도 없고. 료칸 같은 곳이다. 료칸, 그보다 하숙인가, 옛날로 치면."

"그, 그렇지만 아버지, 저기."

"문제는 돈이었는데, 퇴직금과 저금한 것, 전에 살던 집을 판 돈을 쏟아부으면 뭐 어떻게든 될 것 같아서. 너와 기요시에게 남겨 줄 돈이 없어져 버린 것은 미안하다만. 죽으면 돌려주는 몫도 있는 것 같으니. 뭐, 얼마 안 되겠지만. 암."

오빠 이름이 나오자 퍼뜩 정신이 들었다.

"이 얘기, 오빠한테 이미 했어요?"

"아니, 기요시에게는 아직 얘기 안 했다. 우선 너와 이토 씨에게 말한 뒤에 할까 해서." 아버지가 조용히 대답한다.

"그런 연유로 내일 이곳을 나가마. 갑작스레 미안하지만."

"내일!?"

"아니, 아버님, 아무리 그래도 그건 너무 갑자기 아닙니까." 그

침착한 이토 씨도 안절부절못한다. 아버지는 느긋하게 그런 이토 씨를 쳐다보며 말한다.

"이미 계약하고 왔네. 계약하면 집세를 치르지. 그러니 하루라도 빨리 들어가는 것이 이익이지 않겠나?"

"그래도 짐이나."

"별로 없다. 가구 같은 건 비치되어 있고. 그래서 뭐, 몸만 가지고 가면 된다, 암."

"하아……." 이토 씨가 입을 다문다.

"기요시에게는 오늘 중으로 전할 테니 걱정하지 마라. 그럼 방해해서 미안하네."

아버지는 일어나려다가 다시 생각난 듯이 무릎을 꿇으며 똑바로 정좌를 했다. 그리고 다다미에 두 손을 대더니, 깊숙이 고개를 숙였다.

"아야와 이토 씨에게는 참으로 큰 신세를 졌다. 진심으로 감사하구나……. 고맙다."

이토 씨가 황급히 정좌하여 고개를 꾸벅 숙였다. 어떤 생각도 하지 못한 채 나도 어색하게 머리를 숙였다. 아버지는 그런 우리 두 사람을 만족스러운 표정으로 쳐다보며 그대로 자신의 방으로 사라졌다.

"……당했다."

잠시 후 이토 씨가 나직이 중얼거렸다.

"역시, 아야 아버지 말이야……."

"아버지, 뭐."

아버지가 앉아 있던 얇은 방석을 응시하면서 기계적으로 되묻는다. 머리가 전혀 돌아가지 않는다. 이토 씨는 잠시 말을 찾더니 이윽고 입을 연다.

"……아야의, 아버지, 네……."

크게 천장을 올려다보며 그대로 털썩 뒤로 쓰러졌다.

아버지 방에서 말하는 소리가 들려온다. 분명 오빠와 통화하고 있는 중이겠지.

그날 밤은 결국 한숨도 못 잤다.

다음 날은 벚꽃 필 무렵의 흐린 날씨처럼 세상의 윤곽이 번져 보이는 그런 날씨였다. 낮게 드리운 구름 색이 어둡다. 당장이라도 빗방울이 떨어질 듯했다.

"슬슬 가 볼까."

현관을 나온 아버지는 정말로 가벼운 차림이었다. 들고 있는 것은 새로 산 감색 여행 가방 하나뿐.

"역까지 배웅할게요."

"그래요, 최소한 역까지는."

"아니, 됐다. 짐도 없고. 여기서 됐구나."

아버지는 우리의 의사를 부드럽게 거절했다. 그리고 마치 지금 생각난 듯한 얼굴로 입을 열었다.

"참, 이토 씨, 부탁이 있소만."

"말씀하세요."

"작년에 산 비파나무, 미안하지만 잘 보살펴 줄 수 있겠나."

"그럼요. 기꺼이."

"미안하네. 아, 맞다, 그리고…… 하는 김에 아야도 잘 부탁함세." 생긋이 장난꾸러기처럼 웃고는 깊숙이 고개를 숙였다.

갑작스레 얻어맞은 것처럼 내 머릿속에서 하얀 빛이 튀었다. 이토 씨는 순간 몸을 살짝 젖히며, 그러고는 평소와 다름없는, 전부 아래로 처진 미소로 확실하게 고개를 끄덕였다.

"네."

아버지는 후 하고 어깨 힘을 뺐다.

"그럼. 두 사람 모두 건강 조심해라."

오른손을 가볍게 들어 올리며 아버지가 걸어가기 시작한다. 약간 새우등 모습으로, 내 기억에 있는 것보다, 느릿한 발걸음이다.

이토 씨가 물끄러미 아버지의 등을 보고 있다. 그 옆에서 나도 같이 등을 쳐다본다. 아버지가 멀어져 간다. 뒷모습이 점점 작아진다. 그렇게 모퉁이를 돌아 마침내 보이지 않게 되었다. 그대로 두 사람, 꼼짝 않고 서 있다.

"……저기 말이야."

이토 씨가 앞을 향한 채로 느긋하게 내게 말을 걸었다.

"나는 도망가지 않으니까."

"뭐?"

바로 의미를 알지 못해, 이토 씨의 옆모습을 올려다보았다. 이토 씨는 코 옆을 집게손가락으로 문지르며 다시 한 번, 한 음, 한 음, 단락을 짓듯 천천히 말한다.

"……나는, 도망가지 않으니까, 말이야."

그러고 나서 나를 쳐다보며 힘주어 웃었다.

똑, 비 한 방울이 얼굴에 닿는다. 뒤이어 두 방울, 세 방울.

비가 내려 주어 다행이었다. 이토 씨에게도 아버지에게도, 눈물은 분명 보이지 않을 것이다.

이토 씨가 톡 하고 내 머리를 가볍게 친다. 나는 한 번 끄덕이고서 집으로 돌아왔다. 현관 옆 수납장에서 싸구려 비닐우산을 하나 끄집어낸다. 단단히 꽉 쥐고서 달리기 시작했다. 직선을 단숨에 벗어나 모퉁이를 돈다. 세 번째 전봇대 끝쯤에서 비를 맞아 이미 젖기 시작한 아버지의 등이 보인다.

나는 머지않아 아버지를 따라잡겠지. 그리고 우산을 건넬 테지. 그때 내밀 말에, 나는 더 이상 망설이지 않을 거야.

빗발이 점점 강해진다. 나는 계속해서 달린다. 아버지의 등을 향해, 필사적으로 달려간다.

아버지와 이토 씨

1판 1쇄 인쇄 2016년 5월 6일
1판 1쇄 발행 2016년 5월 13일

지은이 나카자와 히나코
옮긴이 최윤영
펴낸이 고영수

경영기획 고병욱 책임편집 김진희
마케팅 이일권, 이석원, 김재욱, 김영범 디자인 공희, 진미나
제작 김기창 관리 주동은, 조재언, 신현민 총무 문준기, 노재경, 송민진

펴낸곳 레드박스
등록 제2000-000238호
주소 06048 서울시 강남구 도산대로 38길 11(논현동 63)
      10881 경기도 파주시 회동길 173(문발동 518-6) 청림아트스페이스
전화 02)546-4341
팩스 02)546-8053
홈페이지 www.chungrim.com
이메일 redbox@chungrim.com

ISBN 978-89-89456-85-8 (03830)